Heinrich Steinfest
Tortengräber

Zu diesem Buch

Klaus Vavra ist ein Feinschmecker. Er liebt Croissants. Sehr spezielle Croissants. Und damit beginnt es, sein Unglück. Klaus Vavra ist ein ordentlicher Mensch. Und kann nicht verstehen, daß Leute Geldscheine benutzen, um darauf Telefonnummern zu notieren. Klaus Vavra ist ein merkwürdiger Mensch. Es bereitet ihm Freude, Frauen telefonisch zu belästigen. Einfach dadurch, daß er schweigt. Er nennt es sein harmloses Hobby. Doch er ist ein Mensch, der Pech mit seinem Hobby hat. Indem er die falsche Nummer wählt. Indem er mit einemmal verdächtigt wird, eine Entführung zu verantworten. Indem er in einen Strudel gerät. Den Wiener Strudel, welcher ihn in eine Tiefe zieht, aus der noch keiner gesund wieder herausgekommen ist. Es gibt viele Möglichkeiten, in Wien verrückt zu werden oder zu sterben. Heinrich Steinfest beschreibt hier die schönsten.

Heinrich Steinfest wurde 1961 geboren. Albury, Wien, Stuttgart – das sind die Lebensstationen des erklärten Nesthockers Heinrich Steinfest, welcher den einarmigen Detektiv Cheng erfand (»Cheng«, »Ein sturer Hund«, »Ein dickes Fell«), eine »Gebrauchsanweisung für Österreich« und zuletzt die Kriminalromane »Die  feine Nase der Lilli Steinbeck« und »Mariaschwarz« schrieb. Heinrich Steinfest wurde mehrfach mit dem Deutschen Krimi Preis ausgezeichnet.

Heinrich Steinfest

Tortengräber

Ein rabenschwarzer Roman

Piper München Zürich

Mehr über unsere Autoren und Bücher:
www.piper.de

Von Heinrich Steinfest liegen bei Piper im Taschenbuch vor:
Cheng. Sein erster Fall
Tortengräber
Der Mann, der den Flug der Kugel kreuzte
Ein sturer Hund. Chengs zweiter Fall
Nervöse Fische
Der Umfang der Hölle
Ein dickes Fell. Chengs dritter Fall
Die feine Nase der Lilli Steinbeck

Taschenbuchsonderausgabe
Januar 2009
© 2007 Piper Verlag GmbH, München
Erstausgabe: Verlagsgruppe Lübbe GmbH & Co KG, Bergisch Gladbach 2000
Umschlaggestaltung: Cornelia Niere, München
Umschlagfoto: Image Source (Tortenpapier) und plainpicture (Blutstropfen)
Autorenfoto: Bernhard Adam
Satz: Filmsatz Schröter, München
Druck und Bindung: CPI - Clausen & Bosse, Leck
Printed in Germany   ISBN 978-3-492-26300-9

Inhalt

1	Ein Täter wird geboren	7
2	Striptease	24
3	Cernys Fieber	78
4	Begegnung zwischen Torten	119
5	Polizeiarbeit	125
6	Das Stück zur Pause	139
7	Rad redet	159
8	Wiese redet	187
9	Ein Buch klärt auf	213
10	Frau mit Sonnenbrille	220
11	Finale mortale	225
	Epilog	241

BEWUSSTSEINSSCHWELLE. Trennlinie zwischen dem Bewußten und dem Unbewußten. Sie bildet aber keine scharfe Grenze, die imstande wäre, die Innenwelt in zwei getrennte Abschnitte zu teilen.

(*Wörterbuch des Kriminaldienstes*, Leopold Vitecek, 1965)

Die Österreicher haben kürzlich ein Länderwettspiel im Fußball abgeführt, bei welchem sich erwies, daß die gefürchtete ungarische Elf Österreich nicht zu schlagen vermochte. Man spielte 2 mal 45 Minuten unentschieden. Aber schließlich schossen die Österreicher durch das Pech eines ihrer prominentesten Sportsleute sich selbst ein – Tor, ein Eigen-Goal, wie man auch sagt. Und so gingen denn die Ungarn als nicht eben rühmlicher Sieger vom Platze. Das ist österreichisches Schicksal. Und gewiß bin ich in diesem Sinne ein giltiger Repräsentant meines schönen und liebenswürdigen Vaterlandes. Denn das entscheidende Tor hab' ich mir immer selbst geschossen: nie die Anderen.

(*Commentarii*, 15.4.1954, Heimito von Doderer)

1 | Ein Täter wird geboren

Was könnte man Gutes über diesen Mann sagen? Daß er pünktlich zur Arbeit kam, seinen Fernseher angemeldet hatte, regelmäßig Vitamintabletten schluckte und häusliche Schimmelbildung vermied? Daß er auf seine Zimmerpflanzen achtete, ohne deshalb gleich persönlich zu werden, da er dies als esoterisch und in der Folge als weibisch empfunden hätte: mit grünen Gewächsen reden? Daß er eine Ehe und eine Scheidung hinter sich gebracht hatte? Worüber er nicht sprach. Und kaum einer, der ihn kannte, konnte sich vorstellen, daß dieser Mann je das Herz einer Frau erobert, belästigt oder auch nur überrascht hatte. Er vermittelte den Eindruck eines ewigen wirklichen Junggesellen. Nicht daß er sich gegenüber Frauen unhöflich verhielt. Aber die so überaus höflich behandelten Damen spürten seine leise Verachtung und seinen gar nicht so leisen körperlichen Ekel. Es war wie eine Allergie. Und tatsächlich bekam er Ausschläge, vornehmlich an den Beinen und oberhalb des Beckenknochens, wenn er gezwungen war, die Hände von Frauen, also die Hände von vorgesetzten Frauen, die er nicht ausschlagen konnte, anzufassen. Mehr zu berühren, das wollte er sich gar nicht vorstellen. Er meinte, eine solche extreme Reaktion müsse mit den Hautcremes und Nagellacken und Parfüms zusammenhängen, mit dem vielen Gold und Silber und dem ganzen Kunststoff auf Frauenhänden. Daß seine Allergie möglicherweise einen psychischen Ausgangspunkt besaß, wollte er ebensowenig ausschließen. Aber was, dachte er sich, hätte es ihm genutzt, sich eines traumatischen Erlebnisses und seiner fatalen Fortpflanzung bewußt zu werden. Er glaubte nicht an Heilung. Sehnte sich auch gar nicht nach einer solchen. Ihm war einfach nicht danach, Frauenhände anzufassen. Punktum. Und da vorgesetzte Frauen selten vorkamen, glückte seine Methode der Vermeidung. Andere Männer aßen keine Kiwis. Waren sie deshalb unglücklich?

Was könnte man Schlechtes über diesen Mann sagen? Daß er Blattläuse umbrachte, Zigarettenkippen ins Klo warf, Tageszeitungen las? Nicht ganz so harmlos war allerdings seine gelegentliche Abendbeschäftigung, von der er freilich nicht sprach, da allgemein das Verständnis dafür fehlte. Doch davon später.

Gerne wurde er für einen Buchhalter oder Beamten der alten Schule gehalten, vielleicht weil er regelmäßig Hut trug oder wegen seiner vom Tageslicht verschonten Gesichtshaut. Aber er hatte einen durchaus modischen Beruf. Er entwarf Nahrung für Leute, die keine Zeit hatten. Und wer hatte schon Zeit? Dabei wollte der Konsument ja nicht bloß satt werden, sondern sich mit den Speisen auch gleich ein gutes Gewissen einverleiben. Weshalb neuerdings eine Menge vegetarischer oder quasivegetarischer oder eben auf irgendeine ominöse Weise korrekte Fertiggerichte entwickelt wurden, auch von Vavra, der sich dennoch nur wundern konnte. Er selbst hielt sich Vegetarier vom Leib, gleich welchen Geschlechts. Aber er bastelte an einer revolutionären Avocadosuppe für eingebildete Spitzensportler und andere Hypochonder sowie an einer ganzen Serie sogenannter U-Bahn-Nahrung, etwa Hirsekroketten, auf deren goldbrauner Oberfläche diverse Markenfirmen mit ihren Namen und Logos warben. Das war die Zukunft: Lebensmittel, die nicht nur für sich selbst buhlten, sondern auch für Schuhe, Kleidung, Parfüms, das neue Familienprogramm der Regierung etc., eine Werbung, die man hinunterschlucken, sich einverleiben konnte. Auch arbeitete Klaus Vavra an einem Sojaburger, den man mitsamt der Verpackung verspeisen konnte. Eßtaugliche Hüllen empfand er als seine große Herausforderung. Wobei er nicht primär an Müllvermeidung dachte, sondern an die Vermeidung des Aufwandes, der mit jeder individuellen Beseitigung einer Hülle einherging. Was blieb, war das hygienische Problem. Deshalb ja die Verpackung. Im Grunde hätte die eßtauglich Verpackung ihrerseits eine Verpackung benötigt, was natürlich Unsinn war. Andererseits: Unsinnigkeit war kein Gegenargument, war es nie gewesen.

Vavra liebte die Routine. Dazu gehörte auch sein tägliches Croissant, das er sich auf dem Weg zur Arbeit besorgte. Immer nur eines. Das war sein ganzes Frühstück. Er achtete auf seine Figur, ohne zu wissen, wozu eigentlich.

Auch an diesem Tag, der, wie man so sagt, als ein rabenschwarzer enden sollte, betrat er die Bäckerei, grüßte und orderte sein Croissant. Die Verkäuferin kannte ihn, wußte, was er wollte, aber die Bestellung auszusprechen, war ihm wichtig. Er wäre sich sonst wie ein Trinker vorgekommen, dem man ungefragt sein Glas hinstellt.

Er kramte in seiner Geldbörse. Da er aber nicht genug Kleingeld zusammenbekam, zahlte er mit einem größeren Schein. Unter dem Geld, das ihm die Verkäuferin herausgab, befand sich ein Zwanzig-Schilling-Schein, der dem peniblen Vavra sofort ins Auge stach. Die Banknote war mit Kugelschreiber beschmiert worden: Kreise, Kreuze, dazwischen eine Zahlenreihe. Vavras Verhältnis zu Geldscheinen war, zumindest bis zu diesem Tag, ungleich besser als das zu Frauen. Er empfand es als Unverschämtheit, ein Zahlungsmittel, das ja durch eine Unzahl von Händen ging, in welcher Form auch immer zu verunstalten. Was dachten sich die Menschen dabei, Papiergeld zu Notizblöcken umzufunktionieren? Nicht daß er glaubte, daß solche Menschen dachten. Allzugerne hätte er die Annahme des Geldscheins verweigert. Doch Vavra war ein ängstlicher Mensch. Er fürchtete das Unverständnis der Verkäuferin, fürchtete – da nun weitere Kunden eintraten –, man würde ihn belächeln. Öffentliche Auftritte waren ihm ein Greuel. Das war nicht der Ort und nicht der Anlaß, um im Mittelpunkt zu stehen. Weshalb er sich mit einer unsichtbaren Mißfallensgeste begnügte, das Ärgernis in seiner Geldbörse unterbrachte und die Bäckerei verließ.

Während seiner Arbeitszeit dachte er nicht mehr an die Geschichte, war zu sehr damit beschäftigt, einem Tofuwürfel den Geschmack von Leberkäse einzuhauchen, seine Festigkeit zu erhöhen und ihm eine fingerfreundliche Form zu verleihen sowie auf der Vorder- und Rückseite das markante Konterfei eines ehemaligen russischen Präsidenten und auf den Seitenflächen das Logo eines Möbelhauses unterzubringen. Auf dem Nachhauseweg wiederum war er wie üblich in die Lektüre seiner Tageszeitung vertieft. Doch als er nun in seinem bequemen Ledersessel saß und gelangweilt den Bemühungen eines telegenen Psychologen folgte, dem Fernsehpublikum den Grund für die Häufung von Amokläufen zu erklären, da kam Vavra nicht umhin, sich seines morgendlichen Ärgers zu entsinnen. Auch wenn er sich ermahnte, nicht weiter darüber nachzudenken, die Sache regte ihn auf. Er nahm seine Geldbörse vom Tisch, zog den inkriminierten Geldschein heraus und betrachtete das Geschmier, das jene wirre und dichte konstruktivistische Note von Graphiken besaß, die während eines Telefonats entstehen und des öfteren an Bebauungspläne erinnern. Vavra sah auf die sieben Ziffern, welche in aneinandergereihte Karos eingeschrieben waren. Sein Gesicht erhellte sich. Ein kleines, dafür böses Lächeln zog seinen Mund auseinander.

Es muß nun also erwähnt werden: Herrn Vavras Obsession. Er selbst hätte wohl eher von einem bescheidenen Abendvergnügen gesprochen, aber er sprach nicht davon. Wer erzählt schon, irgendwelche Telefonnummern anzuwählen, in der Hoffnung, daß sich am anderen Ende der Leitung eine alleinstehende, ängstliche Frau meldet? Von Obszönitäten allerdings konnte keine Rede sein. Vavra schwieg eisern. Atmete bloß, auch nicht lauter oder rascher als üblich. Er hörte zu. Ob es nun die verzweifelte Bitte war, er möge sich endlich melden, oder ob er als perverses Schwein beschimpft wurde, immer hörte er die Angst heraus, und die ließ er sich auf der Zunge zergehen. Und auch wenn er nie eine Nummer zweimal wählte – aus Gründen der eigenen Sicherheit und da er Übermut für schändlich hielt –, so stellte er sich gerne vor, wie die Frauen darauf warteten, daß er sie erneut anrief, wie sie sich vorbereiteten, sich eine Strategie zurechtlegten, unschlüssig, wie einem solchen Psychopathen zu begegnen sei, ob sie sich belustigt geben, ihm drohen sollten, mit Kastration, mit einem Ehemann, der demnächst nach Hause kam, oder ob es besser war, die Kraft seines Schweigens aufzulösen, indem sie selbst schwiegen. Überlegten, ob sie überhaupt zum Telefon gehen, den Anrufbeantworter einschalten, den Stekker herausziehen sollten. Vavra genoß die Vorstellung, wie die Phantasie mit diesen Frauen durchging, sie an ihrer Angst herumdrückten wie an einem Furunkel und dadurch nur noch alles schlimmer machten. Wie sie in Küchenläden nach Messern kramten, Türen überprüften, Fenster schlossen, Pillen schluckten, durch Zigaretten atmeten, in den seltensten Fällen jemanden anriefen, der ihnen helfen konnte. Wer hätte das auch sein können? Die Polizei? Ein Witz, lieber starben sie, als sich vor der Polizei lächerlich zu machen. Freunde? War es besser, sich vor Freunden lächerlich zu machen?

Vavra gab sich nur hin und wieder diesem seinem Vergnügen hin. Und tätigte nie mehr als einen erfolgreichen Anruf pro Abend. Daß er dabei etwas Unkorrektes tat, kam ihm sehr wohl in den Sinn, so unkorrekt, wie den Fiskus um ein paar hundert Schilling zu betrügen, sich nach Beginn des Kinofilms in eine bessere Reihe setzen oder auf dem Gehsteig parken. Ihn plagte keine Sekunde ein schlechtes Gewissen. Schließlich griff er die Frauen nicht an. Daß er ihnen in die Seele griff, nicht mit einer Pranke, sondern mit einem feinen, scharfen Instrument, das mußte er zugeben. Aber deshalb von Terror sprechen? Wirklich nicht, sagte sich Vavra, das mußten diese Weiber schon aushalten, ohnehin ein zähes Volk.

Warum also nicht jene Nummer probieren, die auf dem Geldschein stand? Aus dem Ärgernis vielleicht sogar einen Profit ziehen. Eine schöne Möglichkeit. Er holte sich den Telefonapparat, den er auf seinem Schoß plazierte, streckte seine Beine aus, entspannte sich, und erst als sein Atem ruhig und gleichmäßig ging, wählte er die Nummer. Bei aller atemtechnischen Gelassenheit fuhr ihm die Erregung wie ein kundiger Griff zwischen die Beine, als er nun eine Frau vernahm, die sich mit »Hafner« meldete. Vavra schwieg in gewohnter Weise. Souverän, wie er das bei sich nannte. Die Frau erklärte mit einer Stimme, deren Festigkeit einen nervösen Unterton besaß, sie sei bereit, sämtliche seiner Forderungen zu erfüllen.

»Wie?« wäre es Vavra fast entschlüpft.

»Aber ich bitte Sie, töten Sie meine Tochter nicht.«

Gerne hätte Vavra darauf insistiert, daß ihm nichts ferner lag. Auf was für Sachen kamen die Leute bloß? Verdammte Hysterie. Konnte man sich denn keinen biederen kleinen Streich mehr erlauben, ohne gleich der ungeheuerlichsten Absichten verdächtigt zu werden?

Die Frau sprach von Geld, erwähnte die Banken, die sich Zeit ließen. Natürlich ließen sich Banken Zeit, aber Vavra verstand nicht. Hörte auch nicht mehr richtig hin, schwieg in die verwirrende Rede hinein, dachte an seine eigenen Sorgen, an den jungen Kollegen, den man ihm zur Seite gestellt hatte, zu seiner Entlastung, wie es hieß. Daß er nicht lachte. Der Bursche hatte keine Ahnung. Besaß zwar tausend Abschlüsse, wie das jetzt Mode war, kam aus Deutschland, wie das jetzt auch Mode war, aber hatte nie in seinem Leben auch nur eine Suppe selbst zubereitet. Vavra war nämlich der Überzeugung, daß, wer zeitgenössische Nahrungsformen entwickelte, der traditionellen Kochkunst mächtig sein mußte, so wie jeder ernstzunehmende abstrakte Künstler sich in seinen Anfängen mit der Gegenständlichkeit beschäftigt hatte. Nein, er wußte ganz gut, daß ihm der Laborchef diesen jungen Ehrgeizling nur deshalb vor die Nase gesetzt hatte, damit er, Vavra, jenen Druck verspürte, den man neuerdings für unerläßlich hielt, um die Kreativität der Mitarbeiter anzustacheln.

Vavra legte auf. Einfach verrückt, dachte er, und meinte damit den heraufbeschworenen Konkurrenzkampf, der die Leute in Wirklichkeit von ihrer Arbeit abhielt, da sie primär damit beschäftigt waren, Intrigen zu entwickeln, Querelen auszutragen, Angriffe abzuschmettern. An die Frau, die Merkwürdigkeit, daß sie seinen Anruf erwartet zu haben schien, dachte er nicht weiter. Wozu sich den Kopf zerbrechen? Er gab sich noch kurz dem Fernsehen hin, was in diesem Moment gar keine schlechte Lösung war. Als er sich eine halbe Stunde später erhob, um schlafen zu gehen, fiel sein Blick auf den Tisch, dort, wo noch immer der Zwanzig-Schilling-Schein lag. Er nahm das Ding, das seine morgendliche Verstimmung und seine abendliche Enttäuschung verursacht hatte, und wollte es zurückstecken. Da war nun aber das unklare Gefühl einer Bedrohung, die von diesem Schein ausging. Er wollte sich nicht länger aufregen müssen. Und er wollte diese Schandtat aus dem Umlauf ziehen, weshalb er das Geld in den Holzofen warf, wo die Glut zwar nicht der Angelegenheit, aber dem bedruckten und beschmierten Papier ein rasches Ende bereitete.

Vavra fühlte sich ärmer, aber auch reicher. Er vollzog die Abendtoilette mit der gewohnten Gründlichkeit und legte sich ins Bett, wo er sogleich, wie alle Menschen reinen Gewissens und dank der Wirkung einer zuvor eingenommenen Tablette, in den Schlaf sank.

Leider blieb er dort nicht lange, da nur Minuten später der Lärm berstender Fenster und Türen den Erfolg des Medikaments zunichte machte. Vavra riß die Augen auf. Gleißende Lichtkegel schossen über ihn hinweg. Merkwürdig verzerrte Stimmen drangen aus allen Richtungen. Ihm war, als führten unzählige Röhren zu einem zentralen Punkt, der sein Bett war, der – genaugenommen – er selbst war. Warum? Weil er Suppen erfand? Oder war das eine Gasexplosion, ein Erdbeben? Oder bereits die Hölle, die jeden Menschen einzeln willkommen hieß, wie unbedeutend er auch sein mochte? Nun, nichts von dem. Es war bloß die Polizei, die hier so spektakulär auftrat, eine ihrer Spezialeinheiten. Leute, die eine gewisse Erfolgsgarantie darin sahen, eine Wohnung in größte Unordnung zu bringen. Vavra aber fürchtete, in eine bruegelsche Vision vom Triumph des Todes geraten zu sein, als nun im endlich erstarrten Licht dunkle, gesichtslose, käferartige Gestalten über ihn herfielen, ihn auf den Bauch warfen und seine Arme Richtung Schulterblätter verdrehten. Ein Knieschützer und mit ihm das Gewicht eines ausgewachsenen Mannes lastete auf Vavras Nacken, während eine Stiefelspitze gegen seine Hoden stieß. Er schrie auf. Jemand schlug ihm gegen das Ohr, mehr beiläufig, als wollte man ihn bloß daran erinnern, daß er hier der letzte war, der sich eine Wehleidigkeit erlauben durfte.

Jetzt spürte er das kalte Metall der Handschellen an seinen Gelenken. Auch fixierte man seine Beine fachgerecht. Zwei Polizisten faßten ihn wie ein Kind am Saum seiner Pyjamahose, hoben ihn hoch und trugen ihn aus der Wohnung.

Im Stiegenhaus drängte sich eine ganze Armee, worunter dieses gelitten hatte. Doch waren die Männer zwischenzeitlich zur Ruhe gekommen, schließlich befand sich die Katze im Sack. Trotz Rauchverbot glühten erste Zigaretten. Vavra wurde kaum beachtet, als er nun wie ein Möbelstück aus dem Haus befördert wurde. Kein einziger Mensch auf der Straße, nicht einmal Polizeiwagen waren zu sehen. Man hatte die Gegend weiträumig abgeriegelt und die Anrainer mittels einer Megaphonstimme, die Schmerz und Tod versprochen hatte, davon abgehalten, an die Fenster zu treten.

Vavra im seidenen Nachtgewand, frierend – immerhin war es Mitte Dezember –, einige Zentimeter über dem Boden schwebend. Die beiden vermummten Polizisten blieben wortlos. Auf der anderen Seite der Straße lag eine Parkanlage, auf der nun ein Hubschrauber wie ein alkoholisiertes Insekt aufsetzte. Vavra vermutete die Blicke der Nachbarn auf seiner anstößigen Erscheinung. Er genierte sich. Auch für den Lärm, den er gewissermaßen verursacht hatte. Übrigens hielt er Kafkas *Prozeß* für eine schlimme

Übertreibung. Die Welt war besser, als die Kunst sie sich vorstellen wollte. Auch in seinem Fall lag ein Irrtum vor, doch er war überzeugt, daß sich selbiger würde aufklären lassen. Und als man ihn nun in den Hubschrauber verfrachtete, hätte er gerne erwähnt, daß er diese Polizeiaktion, ihren Ablauf, die präzise Folge aktionsreicher Maßnahmen für mustergültig halte. Verwechslungen geschahen nun einmal, auch im besten System. Mag sein, daß Unschuldige im Gefängnis saßen. Wollte man deshalb den Rechtsstaat abschaffen? Natürlich nicht. Diese wenigen Opfer erkennungsdienstlicher Mißgriffe waren wohl auch selbst schuld an ihrem Schicksal. Er hingegen würde, sobald er die Möglichkeit dazu bekam, darlegen, daß er keineswegs daran denke, die Presse zu informieren oder gar die Behörden anzuklagen, bloß weil diese daneben- und zufällig ihn gegriffen hatten. Er wollte sich mit einer förmlichen Entschuldigung zufriedengeben und die Sache gerne wieder vergessen.

Zu seiner Überraschung landete der Hubschrauber auf einem der beiden flakturmartigen Komplexe des Allgemeinen Krankenhauses. Erneut wurde er an der Hose gepackt, die einen unbedankten Qualitätstest bestand. Man zog ihn über den Landeplatz und hinein in den Aufzug. Vavra war das alles nun doch ein wenig zuviel. Die Ansätze seiner Oberschenkel brannten. Auch seine nackten Füße, die auf die plötzliche Wärme reagierten. Wie der ganze Vavra, der für einen Moment das Bewußtsein verlor, so wie man einen Faden verliert. Als er erwachte, trugen sie ihn gerade durch einen Gang, hielten vor einer gläsernen Kabine an. Eine Krankenschwester musterte Vavra über den Rand ihrer Brille hinweg, als sei er es nicht wert, durch die korrigierende Wölbung des Glases betrachtet zu werden. Ein Blick wie zur Schädlingsbekämpfung. Nicht gerade die Frau, der man vorwerfen konnte, sie markiere hier den Engel in

Weiß. Sie nahm eine Liste, auf der sie mit zwei geraden, boshaften Strichen einen Namen durchkreuzte. Am Ende des Ganges öffnete sich eine mit Kinderzeichnungen zugeklebte Türe, und Vavra wurde in einen langgestreckten Raum geschafft. Auf einem ebenso langgestreckten gläsernen Konferenztisch triumphierten in schönster Ordnung vier pflastersteingroße Aschenbecher. An den Tischenden waren Aufnahmegeräte installiert worden, dazwischen standen mehrere Tassen, darin mit Sahne verdünnter Kaffee. Die am Tisch abgelegten Pistolen fielen nicht weiter auf unter den silbernen Zuckerschalen, Milchkännchen, den Schnupftabakdosen, den Zigarettenetuis und Flachmännern. Auf der Fensterseite des Tisches saß ein halbes Dutzend Männer in hellen Anzügen. Die bunten Krawatten korrespondierten mit den Einstecktüchern. Die Köpfe schmückten echte Friseurfrisuren, nichts Hausgemachtes, nicht die übliche Heimarbeit talentierter Gattinnen. An Fingern und Ohren trugen sie breite Ringe, wie man das öfters bei Staatsdienern sieht. Die zwei Burschen aber, die an den Aufnahmegeräten saßen, wirkten eher wie Praktikanten. Und tatsächlich handelte es sich um technisch versierte Gymnasiasten, die ihr Direktor im Zuge der von der Regierung ausgegebenen Forderung nach eigenverantwortlicher Kapitalbeschaffung und Diversifikation an die Polizei vermittelt hatte.

Der Blick auf das nächtliche Wien war großartig. Es schien, als vibrierten die Lichter in vorweihnachtlicher Erregung, als habe der optimistische Geist der Wiener Handelskammer selbst die letzte und kleinste Straßenlaterne erfaßt. Während die beiden Schüler mit privatwirtschaftlichem Eifer ihre Geräte prüften und die Beamten rauchten und plauderten, als sei das hier ein Betriebsfest, stand eine Person am Fenster und sah hinauf zum klaren Nachthimmel. Eine Frau mit aufgestecktem Haar. Die Spitzen der sichelförmigen Ohrringe wiesen auf den langen, dünnen Hals, der wie ein weißer Stiel das schwarze Haar mit dem schwarzen Kleid verband. Daß sie hier das Sagen hatte, war spürbar, vielleicht auch bloß, weil sie als einzige stand.

Natürlich: Durch die Fernsehserien wirbelten in jüngster Zeit weibliche Chefkriminalistinnen, rotgelippte, schmalwangige Bastionen der Unbestechlichkeit, zwischen kalter Autorität und Waldorfpädagogik wankend, zwischen distanzierter Grazie und burschikoser Direktheit. Aber daß auch im wirklichen Leben Frauen in den befehlsgebenden Bereich des polizeilichen Apparates vordrangen, war Vavra so neu wie fremd und ihm ein weiterer Beweis für den fatalen Einfluß klischeebildender Fiktionen auf die Realität. Was es im Fernsehen gab, drängte sich über die Köpfe des Publikums in die Wirklichkeit hinein. Ein künstlicher Virus, der mit mörderischer Kraft in die Natur fuhr und sie bis zur Unkenntlichkeit deformierte.

Die Frau wandte sich um. Eine auf eine kränkliche Art elegante Erscheinung. Die nackten Arme, dünn und bleich wie ihr Hals, verrieten eher einen Hang zum skandinavischen Symbolismus als zum Schießsport. Freilich konzentrierte sich der Blick aller Betrachter, die diese Frau das erste Mal sahen, auf die flachgedrückte, S-förmige Nase, die wie eine blecherne Gebäckform zwischen den infolge Müdigkeit oder Trauer stets angestrengten Augen steckte. Wie sie zu dieser auffälligen Gesichtsmitte gekommen war, blieb weitgehend unbekannt, auch, warum sie die Möglichkeiten der plastischen Chirurgie nicht nutzte, um dem voyeuristischen, einmal mitleidigen, einmal höhnischen Blick ihrer Umwelt zu entkommen. Etwa dem Verdacht, daß sie mittels dieser Entstellung sich die Männer vom Leib halte. Oder daß sie den Zustand ihrer Nase einer kämpferischen Liaison verdanke, an die sich ständig zu erinnern ihre masochistische Ader sie zwinge. Auch gab es obskure Spekulationen darüber, inwieweit ihre verunfallte Nase ihre Karriere gefördert habe, da einige Neider behaupteten, gerade ihre Nase habe Lilli Steinbeck den Geruch von Kompetenz verliehen. Daß sie diese tatsächlich besaß, ignorierten sogar ihre engsten Mitarbeiter, die sich die beachtlichen Erfolge der Abteilung fälschlicherweise selbst zuschrieben. Natürlich litten die untergebenen Herren Qualen, daß eine Frau das Kommando innehatte, die außer ihrer Nase so gar nichts von einem Mann besaß und die im Gegensatz zu ihren fiktionalen Pendants weder eine Waffe noch ein hartes Wort zu bedienen wußte, langsam und vorsichtig und selten mit dem Auto fuhr, keinen schwarzen Gürtel besaß, überhaupt keinen Gürtel, Computer mied und gerne früh schlafen ging. Dafür war sie fast so berühmt wie für ihre Nase: daß sie sich, wann immer möglich, um acht, neun am Abend in den Schlaf zurückzog. Man kann sich also vorstellen, daß sie wenig von Nachtarbeit hielt, während ihre Kollegen sich mit Vorliebe im Rahmen von Observationen und diversen Aufmischungen die Nächte um die Ohren schlugen, um dann freilich tagsüber das Geld nicht wert zu sein, das sie nächtens in Bars und Kneipen ausgaben.

Natürlich galt Steinbeck als Lesbe. Warum, das wollte keiner sagen. Warum, das war ja auch nicht die Frage. Doch zu einem echten Widerstand gegen sie war es nie gekommen. Sie wurde in den oberen Etagen geschätzt. Dort saßen zwar auch nur Männer, die überall Lesben sahen. Aber diese Männer waren auf Erfolge angewiesen. Und Steinbeck lieferte diese Erfolge.

Es war jetzt kurz vor Mitternacht. Steinbeck folglich wenig begeistert ob eines Verhörs, das man genausogut am nächsten Vormittag hätte führen können. Doch ihr Vorgesetzter hatte die Priorität und Eile betont, mit der dieser Fall zu behandeln sei, da ja nicht nur ein Leben auf dem Spiel stehe, was allein die Nacht noch nicht zum Tage mache, sondern ausgerechnet eine in Österreich ansässige deutsche Industriellenfamilie im Mittelpunkt der unerfreulichen Geschehnisse stehe. Schließlich kämen die Deutschen in dieses Land, um ihre Ruhe zu haben, eben, um aus dem Mittelpunkt zu treten und am Rande der Aufmerksamkeit dem allzu menschlichen Bedürfnis nach Beschaulichkeit und angstfreiem Genuß des Erworbenen nachzukommen. Der Wohnungsstandort Österreich dürfe nicht gefährdet werden. Die Deutschen wären heikel. Das sei ja auch ihr gutes Recht.

Vavra starrte auf ihre Nase, als überlege er angestrengt, mit welcher Spezies er es zu tun habe. Steinbeck blieb gelassen und erinnerte Vavra solcherart, daß es nicht an ihm war, sich hier freche Blicke zu erlauben, sondern mit aller Freundlichkeit auf einen Irrtum hinzuweisen.

Ein Sessel wurde herangeschoben und Vavra endlich fallen gelassen. Sein gebeutelter Leib entspannte sich nur langsam. Gerne hätte er geantwortet. Doch niemand stellte eine Frage. Merkwürdigerweise hatten die Männer Besseres zu tun, als sich um ihn zu kümmern. Man unterhielt sich angeregt über Bandscheibenschäden, schlechte Bezahlung und die Oberweite einer Dame, die bloß einen Vornamen zu haben schien. Nur Steinbeck betrachtete ihn. Er sah nicht zurück, der Nase wegen, spürte aber ihren Blick, der wie eine Trennscheibe seinen dürftig bekleideten Körper kopfabwärts durchschnitt.

»Könnte ich vielleicht etwas zum Anziehen haben?«

Sofort wurden sämtliche Gespräche eingestellt, waren sämtliche Blicke auf ihn gerichtet. Nur der Qualm der Zigaretten stieg ungebrochen, geradezu geräuschvoll zur Decke. Einer zeigte mit dem Finger auf ihn und meinte, wenn er hier gedenke, große Töne zu spucken, dann werde er sich noch wundern. Was Vavra dann auch tat, als man endgültig zur Arbeit überging, ihn vornweg über die Aussichtslosigkeit seiner Situation unterrichtete und schließlich die Frage stellte, wo er Frau Hafners Tochter Sarah versteckt halte, ob, und wenn ja, wie viele Komplizen beteiligt seien.

Vavra zeigte sich erschüttert, erklärte, daß er das Opfer eines groben Mißverständnisses geworden sei, bereute sogleich das Wort *grob* und wurde ja auch für diese Äußerung mit zwei Schlägen ins Gesicht bedankt, die er bis in seine halberfrorenen Füße hinunter spürte. Die alte Geschichte: Man wollte keine Beteuerungen, sondern ein Geständnis. Beteuerungen hätten bis morgen warten können.

Irgendwie kam Vavra nicht dazu, seine ursprüngliche Strategie zu verfolgen, indem er den Einsatz lobte, auch für härtere Methoden Verständnis zeigte und polizeifeindliche Medienberichte geißelte. Man dichtete ihm eine Entführung an. Bei allem Verständnis – hatten diese Leute denn keine Augen im Kopf? Glaubten die tatsächlich, er besäße soviel Schneid, eine derartige Aktion zu planen, gar auszuführen, ein vielleicht schreiendes Mädchen zu betäuben, sie in irgendein Versteck zu schleppen, seelenruhig telefonische Forderungen durchzugeben ... Endlich verstand er: die Nummer auf dem Geldschein. Gerade die Tatsache, daß er am Telefon geschwiegen, daß er Angst hatte hervorrufen wollen, machte ihn verdächtig. Er war in eine Fangschaltung geraten wie andere in die Arbeitslosigkeit. Sein Schweigen, das ihn absichern sollte, hatte sich als Bumerang erwiesen. Hätte er gestöhnt, Frivolitäten ausgespuckt, mit Vergewaltigung gedroht, man hätte ihn aus der Leitung geworfen, um Platz zu machen für den Anruf der Entführer. So aber ...

Vavra rang mit sich. Nun, es blieb ihm gar nichts anderes übrig. Er mußte seine kleine Leidenschaft gestehen. Was ihm leichter gefallen wäre ohne die Anwesenheit dieser Frau. Es war aber diese Frau, die ihre Leute, indem sie sich schneuzte – ein vertrautes Zeichen –, in Schach hielt und also Vavra die Möglichkeit gab, seine unglaubwürdige Geschichte zu erzählen. Immerhin führte dies zur Erheiterung der Runde. Allerdings stand man unter Druck, hatte eigentlich keine Zeit für solche absurden Ausreden.

»Bei dem kommen wir mit Höflichkeit nicht weiter, wann sind wir mit Höflichkeit je weitergekommen«, sagte ein rotgesichtiger Enddreißiger. Allgemeines Nicken der Männer. Die Jünglinge grinsten. Freuten sich darauf, ihren Mitschülern Authentisches berichten zu können. Aber Steinbeck erwies sich einmal mehr als Spielverderberin, nahm einen Stuhl, setzte sich Vavra gegenüber, plazierte ihre spitzen Ellenbogen auf den Sessellehnen, schob ihre Fäuste zusammen, auf deren Fläche sie ihr Kinn ablegte, und erklärte Vavra, daß er doch bitte so nett sein möge, ihr eine andere Geschichte aufzutischen. Mit dieser könne sie schließlich nicht vor den Polizeipräsidenten und den Minister treten, die leider beide auf eine rasche Erledigung der Affäre pochen würden. So seien Politiker nun mal, einfach gestrickte Leute, die Forderungen aufstellten, als wäre das Leben ein begrenztes Feld. Auch der Polizeipräsident sei gewissermaßen Politiker. Sie könne das, was er da berichte, glauben oder nicht, aber sie könne es beim besten Willen *so* nicht weitergeben.

Wie alle Unschuldigen machte Vavra nun den Fehler, nicht nur auf seiner Unschuld zu bestehen, was noch angegangen wäre, sondern auch noch auf seiner Version von der Wahrheit zu beharren. Er war einfach nicht bereit, sich eine bessere Geschichte auszudenken, sondern gab immer wieder, trotz freundlichen Ersuchens Steinbecks und drohender Gebärden ihrer Mitarbeiter, seine dämliche Zwanzig-Schilling-Schein-Burleske zum besten.

Nach zwei Stunden unerquicklicher Wiederholungen tat Steinbeck einen Seufzer, in dem echtes Mitleid zum Ausdruck kam, zündete sich eine Zigarette an, steckte sie Vavra in den Mund und verließ den Raum. In dem sich nun niemand mehr befand, der dem Delinquenten seinen kleinen Nikotingenuß gönnen wollte. Wer hätte die Ungeduld der Herren nicht verstanden? Einer der Gentlemen erhob sich und schnippte Vavra die Zigarette aus dem Mund. Der darauffolgende Schlag ins Gesicht erwies sich jedoch als wenig umsichtig, da Vavra in eine Ohnmacht fiel, aus der man ihn so schnell nicht wieder herausbekam.

2 | Striptease

Die Zelle, in der er nun seit Wochen einsaß, Weihnachten und Silvester wenig feierlich hinter sich gebracht hatte, schien eher ein Büroraum zu sein. Auf einer zerkratzten Schreibtischplatte, deren hellgrüner Anstrich nur noch schwach in das Auge des Benutzers fuhr, stand eine mechanische Schreibmaschine, die – laut einer an die Wand genagelten Tafel – dazu diente, jederzeit und selbständig ein Geständnis zu verfassen, da man an die Einsicht sowie die Bekenntnis- und Beichtfähigkeit der festgenommenen und inhaftierten Personen unbedingt glaube.

Es war eines von diesen trostlosen Büros, das nie einen Innenarchitekten, Ergonomen oder Betriebspsychologen gesehen hatte, mehr eine Amtsstube, die der Abschreckung von Antragstellern diente. Die ohne Begeisterung tapezierten Wände waren geschmückt mit einer ausgebleichten Straßenkarte Wiens, einem Poster, auf dem eine halbnackte Dame für den Genuß gespritzten Weißweins in Zeiten erhöhter Temperatur warb, einem schlichten Holzkreuz und einem gerahmten, aber glaslosen Farbdruck von phantastischer Harmlosigkeit. Zwei Topfpflanzen demonstrierten ihre Unzufriedenheit mit den Verhältnissen. In einem Regal standen Bücher, die nicht zum Lesen gedacht waren, wie *Chemie erobert die Welt* oder *Schachkuriosa*. Tröstlich war der Blick durch das Fenster hinunter auf eine Parkanlage. Wieder schien er sich in einem Spital zu befinden. Er sah Leute in Rollstühlen, Hausmänteln und Gipsverbänden, die trotz der Kälte ihre Runden absolvierten. Dazu Angehörige, die immerfort auf ihre Uhren sahen. Allerdings war das Fenster verschlossen, der Raum überheizt. Es stank nach kaltem Rauch, obwohl Vavra keine Zigaretten erhielt. Ein Kadaver von einem Sofa diente ihm als Bett. Zum Schlafen kam er freilich selten. Die traditionelle Masche. War er einmal eingenickt, wurde er unsanft geweckt, in einen gerätelosen Operationssaal eskortiert und mußte sich stehend die ständig gleichen Fragen anhören. Daß er hin und wieder einen Schlag erhielt, nahm er bereits mit einer gewissen Gelassenheit hin. Von einer gezielten Folter konnte man nicht sprechen, fand Vavra, die verhörenden Beamten waren schlicht ungehalten, eigentlich hilflos, auch nicht unfreundlicher, als es ihr Beruf verlangte. Das Stehen war die eigentliche Tortur. Eine Grippe schwächte ihn. Er fühlte sich, als habe er Sport getrieben. Gerne hätte er den anderen und sich selbst aus dem Dilemma herausgeholfen. Aber wie sollte ihm ein Geständnis gelingen, eines, das die Beamten auch zufriedenstellen würde? Er konnte keine Auskunft darüber geben, wo sich Sarah Hafner befand. Und darum ging es doch wohl.

Am Abend irgendeines Tages – längst hatte er den Überblick verloren – erschien ein fetter Mensch mit der Gehetztheit des Freiberuflers in Vavras Zelle. Er trug einen altväterischen, dunklen Anzug, reinigte seine Brille am weißen Hemd, stöhnte über die schreckliche Luft, die Hitze, betrachtete kopfschüttelnd die Einrichtung, erregte sich über das Kreuz an der Wand, mein Gott, in welchem Jahrhundert lebe man eigentlich, nahm eine Packung aus seiner Sakkotasche, aus der er ein ganzes Rudel ineinander verschmolzener Schokoladekugeln zog und mit einer entschlossenen Bewegung in seinem Mund unterbrachte, kaute einige Zeit daran, um dann die Masse ebenso entschlossen hinunterzuschlucken. Jetzt schien er erleichtert, lehnte seinen Körper an den Schreibtisch und stellte sich als Dr. Grisebach vor, Rechtsanwalt, der hier sei, um seine, Vavras, Interessen zu vertreten.

»Sie kommen spät«, sagte Vavra, der auf seinem Sofa liegenblieb, einfach, da er sich für Höflichkeiten zu schwach und deprimiert fühlte. Seine Bemerkung bezog sich darauf, daß ihm bisher – entgegen jeglicher vermuteter Rechtsstaatlichkeit – der Besuch eines Strafverteidigers verwehrt worden war. Ja, man hatte auf seinen Protest geradezu beleidigt und mit dem nebulösen Hinweis reagiert, höhere Interessen seien zu berücksichtigen. Auch Dr. Grisebach schien sich daran nicht zu stoßen und meinte: »Lieber Herr Vavra, wir wollen doch nicht kindisch werden.«

»Natürlich nicht.«

»Ausgezeichnet.«

Grisebach sah sich um, als suche er verzweifelt nach einem geeigneten, einem unverfänglichen Gesprächsthema.

»Wie ist das Essen?«

Vavra gab keine Antwort, wies bloß mit einer knappen Geste auf den Emailtopf, der auf einem kniehohen Holztisch stand. Der Anwalt reckte seinen Kopf vor, erkannte – oder erahnte auch bloß – die Masse aus zerstampftem Gemüse, seufzte amüsiert, na ja, man sei ja auch nicht zum Essen hier, nicht wahr.

»Also, Herr Vavra. Ich bin jetzt Ihr Anwalt. Ob Sie das freut oder ob es mich freut, darum geht es nicht. Es geht in erster Linie darum, Verfahren abzukürzen, Schmerzen zu lindern, Schmerzen, die eben aus der Überlänge von Verfahren resultieren. Ich will gar nicht wissen, welchen unglücklichen Umständen Sie Ihre Situation verdanken. Es mag Sie enttäuschen, aber wen kümmert schon Ihr Unglück. Keiner will wissen, warum Sie etwas getan haben, es reicht, daß Sie es getan haben.«

Vavra richtete sich halb auf. Sein Zorn fuhr heilend durch seine Gelenke. Von der Polizei konnte er nichts verlangen, aber der Kerl hier war *sein* Anwalt.

»Was, denken Sie, Grisebach, soll ich getan haben!« schnauzte er ihn an und fühlte sich sehr wohl dabei, auf den Titel dieses Herrn verzichtet zu haben.

Grisebach lächelte milde, signalisierte, daß er als Rechtsbeistand noch lange nicht verpflichtet war, sich mit den Unschuldsbeteuerungen seiner Mandanten auseinanderzusetzen. »Bitte, bitte«, sagte er.

»Worum?«

»Reden wir Tacheles miteinander.«

War der Kerl etwa Jude? Grisebach? Eine solche Vorstellung beunruhigte Vavra. Nicht daß er sich als Antisemit verstand. Er kannte keine Juden. Woody Allen, das war der einzige, soweit man das sagen konnte. Er mochte seine Filme. Aber konnte man sie jüdisch nennen? Schon richtig, daß man hin und wieder einen Orthodoxen auf den Straßen Wiens sah. Doch die besaßen etwas Unwirkliches, Geisterhaftes.

»Sie müssen verstehen, Herr Vavra, niemand ist an Ihrem Kopf wirklich interessiert. Man hält Sie für einen Zufallstäter, für einen Kleinbürger, der auch einmal an das große Geld wollte. Glauben Sie mir, gerade schlechtbezahlte Polizisten haben dafür das allergrößte Verständnis. Aber die Angelegenheit ist ... nun, sie ist delikat. Deutsche Industriellentöchter in Österreich entführen, ich bitte Sie, das geht einfach nicht. Ich bringe es gleich auf den Punkt. Man will wissen, wo Ihre Kompagnons diese Sarah Hafner versteckt halten. An einem Prozeß, an einer Verurteilung Ihrer Person besteht nicht das geringste Interesse. Sie wären ja nicht der erste Verbrecher, der frei herumläuft. Das hält eine Gesellschaft schon aus. Die Presse weiß nichts von der

Entführung. Und die Familie Hafner würde sich bei einem glücklichen Ausgang aus der Sache heraushalten. Das sind vernünftige Leute. Im Prinzip ist dem Deutschen die Rache fremd. Wirklich. Sie sehen, der Spielraum ist beträchtlich. Im Grunde, Herr Vavra, müßten Sie sich einzig damit begnügen, Ihr altes Leben erneut aufzunehmen. Einen Rückfall hält der zuständige Psychologe für unwahrscheinlich.«

»Tut er das?«

»Sie sind verbittert. Verständlich. Aber sehen Sie Ihre Chance. Ein kleines, bescheidenes Leben. Ein ehrbarer Bürger sein. Das ist nicht die Hölle. Das ist besser als schlechtes Essen, schlechte Umgebung, schlechte Bücher.«

Grisebach hatte in das Regal gegriffen und *Duden: Richtiges und gutes Deutsch* herausgezogen, in welchem er nun blätterte, erneut kopfschüttelnd. Dann warf er den Band neben die Schreibmaschine wie ein totgeschlagenes Tier und sah wieder zu Vavra.

»Also?«

»Sie wollen, daß ich gestehe.«

»Gottchen, guter Mann, ich will, daß Sie hier als freier Mensch herauskommen. Das wird uns aber nicht gelingen, wenn Sie unentwegt das Unschuldslamm markieren. Sie hätten nichts davon, würde ich Sie dabei unterstützen, Ihre Tat zu verdrängen. Wie stellen Sie sich das vor? Soll ich auf den Tisch klopfen und darauf bestehen – Indizien hin oder her –, mein Mandant sei ein guter Mensch, Opfer unglaublichster Schnitzer, und ich, sein Anwalt, ein *gläubiger* Thomas, stehe eisern hinter seiner behaupteten Schuldlosigkeit? Und dann marschieren Sie dennoch für den Rest Ihres Lebens hinter Gitter. Und meine Kollegen fragen mich, ob ich verrückt geworden bin. Ich habe einen Ruf zu verlieren.«

Grisebach nahm sich einen Stuhl, setzte sich neben Vavra,

legte ihm die fleischige Hand auf die Schulter, zwinkerte sozusagen von Mann zu Mann, in diesem Moment nicht mehr Anwalt, sondern Zeitgenosse, Freund, Priester. Sprach mit weicher Stimme. Der eigentümlich faltige Sack unter seinem Kinn zitterte.

»Vavra, Menschenskind! Ich kann doch verstehen, wie Ihnen zumute ist. Zuerst denkt man nur ans Geld. Wer denkt nicht daran? Sie sind ein braver Mann, Sie schuften, zahlen Steuern, trennen Ihren Müll, sparen, spielen ein bißchen Lotto, anständiger kann man gar nicht sein, und müssen zusehen, wie einige aufgeblasene Kretins Millionen machen, indem sie ein paar Hundert Leute freisetzen und so was dann Wirtschaftskompetenz nennen. Sie werden wütend, wenn Sie sehen, wie unverschämt da getrickst, spekuliert, betrogen, wie da gehurt wird, werden wütend, wenn Sie etwas von wohlerworbenen Privilegien hören, von irrwitzigen Mehrfachbezügen, wenn Sie die Scheckbetrüger im Parlament sehen, wenn Sie an steinreiche Deutsche denken, die ganze Landstriche in Besitz nehmen. Und dann sagen Sie sich, daß der Anstand einen ja auch nicht davor bewahrt, irgendwann im Grab zu landen. Sie wollen auch einmal im *Ritz* logieren, die kurzen Gehwege zwischen Lifts und Limousinen in Maßschuhen bewältigen, die Weiber an den geschenkten Perlenketten ins Bett führen, den Winter im Whirlpool verpennen, vielleicht sogar arbeiten, Aktienschieberei und ähnliche Beschwerlichkeiten. Gottchen, vielleicht wollen Sie auch bloß Ihre Schulden bezahlen. Wer denkt nicht einmal daran, damit zu drohen, Babynahrung zu vergiften? Wer denkt nicht an Postraub und Versicherungsbetrug? Und an Entführung. Viele träumen, und ein paar nehmen ihr Schicksal in die Hand. Und dort wird es dann dreckig, das Schicksal. Daß diese Leute scheitern, liegt in der Natur der Sache. Laien eben. Zum Verbrecher muß man geboren sein. Eine Frage des Talents. Und man darf auch nicht glauben, man könnte sich von einem Tag zum anderen echte Skrupellosigkeit einverleiben. Einfach ein Kind entführen und dann auch noch gut schlafen. Sehen Sie sich doch all diese Hobbykriminellen an, die dann flennend, um Verzeihung heischend, vor den Gerichten stehen, bloß wieder sein wollen, was sie einst waren. Da werden Sie kein aufrechtes Haupt sehen. Aufrechte Häupter sind der Luxus der Professionellen und der Politischen, der Eliten auf der anderen Seite des Spektrums. Ich weiß, Vavra, wie Ihnen zumute ist. Daß Sie längst nicht mehr an das Geld denken, an das Sie ja doch nicht gelangt sind. Das kümmert Sie gar nicht. Die Vorstellung, die Sie wahnsinnig macht, ist die, ein Kind entführt zu haben. Damals dachten Sie, warum nicht ein Kind, immerhin das beste Druckmittel, irgend so ein verzogener Fratz, der mit Ponys und barocken Spieluhren aufgewachsen ist. Jetzt denken Sie nur noch: ein Kind. Das macht Sie krank. Und darum glauben Sie, Sie könnten sich in wüste Behauptungen flüchten, glauben, wenn man Sie nicht verurteilt, brauchen Sie auch sich selbst nicht zu verurteilen. Nun, ich kann Ihnen versichern, man wird Sie schuldig sprechen. Außer Sie sind endlich bereit, diese ganze hirnrissige Aktion zuzugeben und zu sagen, wo Sarah Hafner versteckt ist.«

Warum eigentlich nicht, dachte sich Vavra und antwortete: »Taubenhofgasse 3.«

»Ausgezeichnet«, sagte Grisebach, notierte die Adresse auf der Rückseite einer Eintrittskarte, lächelte noch einmal in den Raum wie in eine Kamera und verließ die Zelle.

Vavra war müde gewesen, hatte diesen schrecklichen Menschen, diesen angeblichen Rechtsbeistand aus seiner Zelle haben wollen. Warum ihm ausgerechnet die Taubenhofgasse eingefallen war, konnte er nicht sagen. Er war in der Nähe dieser unbedeutenden Einbahnstraße in die Schule gegangen. Damals hatte die Taubenhofgasse einen durchaus bedeutenden Eissalon beherbergt, der jetzt nicht einmal mehr eine Legende war. Ob der altehrwürdige Schlüsseldienst noch existierte, konnte Vavra nicht sagen, denn er war schon viele Jahre nicht mehr in dieser Gegend gewesen, also auch sicher nicht vor kurzem, um dort eine entführte Industriellentochter unterzubringen. Zudem kannte er die Wohnung nicht, die er Grisebach angegeben hatte, irgendeine Taubenhofgassenwohnung eben.

Er schlief ein. Wovon er auch immer träumte, seine Träume gefielen ihm. Das Gefängnis tat seinen Träumen gut, wenngleich sie nicht unbedingt als hübsch zu bezeichnen waren, da in ihnen eine beträchtliche Anzahl von Menschen in bedeutendem Maße Schaden nahm.

Ob er das Grisebach zu verdanken hatte, konnte er nicht sagen. Aber zum ersten Mal ließ man ihn die Nacht durchschlafen. Kurz vor sieben stampfte einer von den weißgewandeten Wärtern in die Zelle und servierte das Frühstück: Kaffee und Croissant. Im Kaffee schwammen schwarzgrüne, runzelige Blätter, die als Seetang zu erkennen noch die optimistischste Vermutung darstellte. Das Croissant aber bot nicht bloß einen angenehmen Anblick, sondern erwies sich nach vorsichtiger Annäherung auch als durchaus schmackhaft, eigentlich als einzigartig. Exakt dieser Umstand schmälerte den Genuß und rang ihn nach dem zweiten Bissen völlig nieder. Denn das Hörnchen erinnerte an all jene, die Vavra in den vergangenen Jahren in der Bäckerei Lukas erstanden hatte. Er war fest davon überzeugt, ein Lukascroissant von jedem anderen auseinanderhalten zu können, da jedes andere qualitativ abfiel. Das gibt es nicht, hatten seine Arbeitskollegen behauptet, aber Vavra hätte jeden Test bestanden, hätte er nicht abgelehnt, sich einem solchen zu unterziehen. Er wollte nicht, daß die Kunst, ein Croissant von einem anderen zu unterscheiden, zur Kuriosität verkam. Man konnte natürlich auch sagen, daß Herr Vavra Croissants betreffend ein wenig komisch war. Auf jeden Fall legte er das angebissene Backwerk auf den lichtgrauen Teller zurück, betrachtete es eingehend und fragte sich, wer hier die Fäden zog. Ein Zufall konnte das nicht sein. Daß die Bäckerei Lukas für ein Gefängnis oder Spital buk, war für Vavra unvorstellbar. Auch hatten die Frühstücke der letzten Tage aus ungenießbaren Donuts bestanden, deren Oberflächen von einem dichten Netz von Haarrissen bedeckt gewesen waren. Nein, dieses unverkennbare Lukascroissant auf seinem Tisch mußte ein Zeichen sein. Aber ein Zeichen wofür? Vavra zitterte, seine geschwollenen Augen schimmerten marmeladig, tief in seinem Magen nistete die Wut, was noch keinem Magen bekommen ist. Er ballte die Hand zur Faust und hätte sich beinahe vergessen, hätte beinahe auf das Croissant eingedroschen. Statt dessen faßte er sich an die Knie. *Dreh jetzt bloß nicht durch, alter Junge, das wollen die doch. Was wäre denn gewonnen, sich an einem Croissant, an einem Lukas zu vergehen.*

Er beruhigte sich. Vavra verspeiste die Blätterteigkonstruktion. Und ließ es sich also doch noch schmecken.

Grisebachs Besuch blieb einmalig. Andererseits wurden die Verhöre eingestellt. Was Vavra verwirrte, da er sicher gewesen war, daß man ihn nun erst recht bearbeiten, ihm seine Taubenhof-Lüge übelnehmen würde. Vielleicht aber versuchte man, irgendeine Falle aufzubauen. Eine Falle, in die er nicht gehen würde, weil er nicht gehen konnte, eben weil er unschuldig war.

Vavra wurde nur noch abgeholt, wenn es unter die Dusche ging. Man brachte ihm ein Schachspiel, nach dem er nicht verlangt hatte, dazu Schachbücher. Er belächelte diesen platten, bildungsbürgerlichen Hinweis, begann dennoch zu spielen, allerdings nicht klassisches Schach, sondern, wenn man so will, Free Chess, indem er etwa seinen Bauern ungeheuerliche Freiheiten einräumte. Alltag stellte sich ein. Er durfte sich selbst rasieren. Die Rasierklingen waren neu. Niemand schien es zu stören, hätte er sich umgebracht. Die Zeit kroch unmerklich vorbei. Manchmal hörte er Gesang. Ein Sonntag, vermutete er. An irgendeinem Vormittag, an dem nicht gesungen wurde, kamen sie. Nicht die üblichen grobschlächtigen Typen in ihren weißen Unterhemden, sondern zwei Streifenpolizisten, ziemlich jung – Hänsel und Gretel, dachte Vavra. Auf ihn wirkten sie zurückgeblieben, wie sie dastanden, die Kappen in den Händen, und auf ihn hinunterschauten wie auf ein Stück strahlendes Material.

»Und?« fragte er, bereits im Ton der hochmütigen Gleichgültigkeit eines Menschen, den ein paar Schläge nicht mehr aus der Fassung bringen konnten.

»Mitkommen«, sagte Gretel mit gespielter Strenge. Sie zupfte nervös an ihren Haaren, die steif, gespalten und gefärbt ihr rundes Gesicht leidlich dämmten.

Vavra drehte sich zur Seite und schloß die Augen, überlegte, warum man ihm diese beiden Kinder geschickt hatte. Er mußte wohl aufstehen, um das herauszufinden. Ließ Hänsel noch ein paar dünnhäutige Drohungen vor sich hin murmeln, erhob sich schließlich, richtete seinen Anzug und sagte in Richtung Tür: »Wenn ich Ihnen eine Freude machen kann.«

Die beiden führten den Häftling ohne Umstände aus dem Gebäude hinaus und setzten ihn in einen Wagen. Vavra war erstaunt über die Unachtsamkeit, mit der er befördert wurde. Gleich zu Anfang hatte er festgestellt, daß die Wagentür zu seiner Seite unverschlossen war. Er saß allein auf dem Rücksitz des Polizeiwagens. Hänsel fuhr in mäßigem Tempo dahin und unterhielt sich mit Gretel über Schußwaffen, als ginge es um die Frage, welche Kleidung zu welchen Anlässen passe. Auf der Floridsdorfer Brücke gerieten sie in einen Stau. Vavra hätte die Tür öffnen, aus dem Wagen und in die eiskalte Donau springen können, um vielleicht in den Tod zu entkommen, vielleicht auch in die Brigittenau. Aber warum sollte er? Seine Unschuld würde sich schon noch herausstellen, trotz dieses Anwalts, trotz der dunklen Mächte, die es verstanden, ihm eine Warnung in Form eines Lukascroissants zukommen zu lassen.

Vavra fand, daß Hänsel, egal wo das Ziel lag, recht umständlich fuhr, als wollte er Zeit schinden. Vielleicht wollte er das auch. Als Vavra die beiden Flaktürme sah, fürchtete er, erneut ins Allgemeine Krankenhaus gebracht zu werden. Aber sie passierten den gespaltenen Koloß und näherten sich über kleine Gassen der Stadthalle, der sie dann auswichen, um hinauf zum Wilhelminenspital zu fahren. Dort parkte Hänsel. Also doch wieder ein Krankenhaus. Allerdings wurde Vavra angewiesen, sitzen zu bleiben. Hänsel und Gretel verließen den Wagen und gesellten sich zu einem Mann, der vor dem Eingang stand, einer von der Art, als sei er mit heruntergezogenen Mundwinkeln und den Händen in den Manteltaschen auf die Welt gekommen. Sein Wollmantel wies einen klassischen Schnitt auf, war jedoch von durchaus gewagter Farbgebung, Zitronengelb, und das mitten im Winter. Er rauchte freihändig, wobei ihm die beiden Polizisten mit Respekt zusahen, als führe er ein kleines Kunststück vor. Anschließend spuckte er die Kippe aus und sprach, wie man eben mit solchen Mundwinkeln sprechen kann. Ein Fischmaul, fand Vavra. Nachdem er geendet hatte, salutierten Hänsel und Gretel, was dem Mann in Gelb ein Lächeln abrang. Er steckte sich eine neue Zigarette an und ging davon. Die Polizisten sahen ihm nach wie dem letzten Kaiser, stiegen dann wieder in den Wagen. Man fuhr über Neu-Lerchenfeld, um dann auch in südöstlicher Richtung die Möglichkeiten einer zeitraubenden Anfahrt auszureizen. Endlich hielten sie, eigentlich mitten in Wien, dennoch in einer gottverlassenen Gegend, hinter dem Arsenal, zwischen reservierten Parkplätzen der Post und einer von trostlosen Wohnbauten flankierten Kirche.

Gretel strich den linken Haarteil hinter ihr Ohr, daß es knisterte, wandte sich halb zu Vavra um und befahl ihm, den Wagen zu verlassen. Vavra sah zur Kirche hinüber, vor deren Stufen zwei ältere Damen die Köpfe zusammensteckten, was anmutete, als würden sich ihre gefrorenen Körper gegenseitig am Fallen hindern. Ansonsten war kein Mensch zu sehen. Vavra runzelte die Stirn und fragte, ob er wirklich hier aussteigen solle. Als Gretel nickte – nun flehend, wie ihm schien –, öffnete er die Tür und trat hinaus in die Kälte.

Er machte einige Schritte auf das Gotteshaus zu, das im Nebel den plattgesichtigen Charakter einer Bühnendekoration besaß. Die beiden Frauen lösten ihre Köpfe voneinander, starrten zu ihm hinüber, flüchteten ins Innere. Hinter Vavra schlug die Wagentür zu. Als er sich über seine Schulter hinweg umsah, wurde der Polizeiwagen gestartet, und Hänsel und Gretel fuhren los. Vavra schlug, wie Millionen Gestrandeter vor ihm, den Mantelkragen hoch. Er verstand nicht, was das alles bedeutete. Aber er war auch nicht überrascht. Wie hatte sein Anwalt gesagt? Er wäre ja nicht der erste Verbrecher, der frei herumliefe.

Ohne einen Groschen in der Tasche machte er sich auf

den Weg. Unterließ es, ein öffentliches Verkehrsmittel zu benutzen, marschierte entlang des sogenannten Gürtels, einer vom Verkehr eingesargten Straße. Die Prognosen bestätigend, begann es zu schneien. Vom Sturm geschlagen, wankte Vavra in die Arbeitergasse, in deren ungefährer Mitte seine Adresse lag.

Das Haustor stand offen. Er ging hinauf in den zweiten Stock. Die Tür die in seine Wohnung führte, war verschlossen. Natürlich war sie das. Ordentliche Leute ließen nichts unverschlossen. Und ordentlich schien auch jener »Mag. Holt«, dessen auf einer dicken Glasplatte eingravierter und von schlanken Lichtröhren erhellter Name darauf verwies, daß nicht nur ein neuer Mensch, sondern auch eine neue Zeit in diese Räumlichkeiten eingezogen war. Die Klingel war verschwunden. Und wenn es eine neue gab, so lag sie verschämt im verborgenen. Weshalb Vavra mit der Handfläche gegen das jüngst polierte Holz schlug. Doch die Tür, die sich öffnete, war die in seinem Rücken gelegene. Vavras langjährige Nachbarin, Frau Liepold, stand im Rahmen, ihr Gesicht mit Schminke fragmentarisch abgedeckt. Unter dem Kimono trug sie einen Trainingsanzug. Sie balancierte geschickt auf ihren hochhackigen Sandalen. Vavra hatte in all den Jahren – von der Unbedingtheit innerparteilicher Höflichkeiten abgesehen – kaum ein Wort mit dieser Frau gewechselt, die er als ordinäre Erscheinung empfand.

»Der Holt ist nicht zu Hause«, sagte sie mit ihrer tiefen, vom Alkohol versengten Stimme, »ein eingebildeter Mensch, macht nicht Buh und nicht Bäh. Der paßt nicht ins Haus. Wirklich schade, daß Sie ausgezogen sind, Herr Vavra. Na ja, nach einem solchen Überfall. Das versteh' ich schon. Da liegt man im Bett. Und dann so was. – Haben Sie was vergessen?«

»Also ... nicht wirklich.«

»Wollen S' reinkommen? Einen Kaffee vielleicht?«

Was nahm sich dieses Frauenzimmer eigentlich heraus? So, als existierten irgendwelche Vertraulichkeiten zwischen ihnen. Als hätte ausgerechnet *er* in dieses Haus so gut hineingepaßt. Vavra empfand ihr Angebot, auch wenn es sich wirklich bloß auf die Tasse Kaffee bezog, als unverschämt. Andererseits bot sich eine Möglichkeit, mehr zu erfahren über das, was als »Überfall« bezeichnet wurde. Und ein solcher war es ja gewesen, ein Überfall auf seine Existenz.

Er nickte, folgte Liepold in den Vorraum, wo sie seinen schweren Mantel wie einen Blumenstrauß entgegennahm. Sie führte ihn in ein Zimmer von beiläufiger Unordnung und stilbildender Geschmacklosigkeit. Kissen mit aufkopierten Fotos, sämtliche Frau Liepold darstellend, eine Kerze aus Lourdes, dick wie ein Männerhals, erotische Anspielungen in Form von Bierkrügen und Vasen. Im massiven Bücherschrank befanden sich *Bertelsmanns Universallexikon* und andere bekannte Staubfänger, irritierenderweise aber auch mathematische Fachbücher wie Malcolm Lines *A Number for Your Thoughts* und Max Bertens *Anregungen zur Umkehrung Nicolaischer Vergleiche*. Über den Raum verteilt sah man Tischuhren, Glaskugeln, Vitrinenobjekte jenseits der Vitrinen, Stickereien. Auf einem Stoß Telefonbücher leuchtete ein Globus, auf dem der Pazifische Ozean auch Stiller hieß. Am Tisch Essensreste, Hühnerknochen auf Aluminium, eine Terrine von einem Aschenbecher. Auf den Sesseln Kleidungsstücke, die Liepolds Hang zum Gewagten verrieten. Die Socken am Boden schienen männlicher Provenienz zu sein. Eine Schar von Trachtenpuppen bevölkerte die Sitzbank, auf die Ingrid Liepold ihren Gast zwang. Sie bat ihn, sich ein wenig zu gedulden, sie müsse den Kaffee wärmen, wolle sich auch umziehen. Sie stellte ihm eine Packung Hustenbonbons auf den Tisch und tänzelte aus dem Raum. Er war nicht verkühlt, griff nach einem Magazin, ließ es dann aber liegen, denn die Spekulation über eine bestimmte Unterleibserkrankung oder auch nur Schwangerschaft einer prominenten Dame interessierte ihn nicht, nahm statt dessen die Fernbedienung und schaltete das TV-Gerät an. Irgendwo Sommer. Die Übertragung zeigte zwei junge, schlanke Männer, deren lange Beine aus kurzen Hosen ragten und die aus den Taschen dieser Hosen billardkugelgroße, fluoreszierende Bälle zogen, die meiste Zeit aber auf ein zwischen sie gespanntes Netz starrten. Während der zahlreichen Unterbrechungen saßen sie im Schatten großer Schirme und fingen mittels weißer Frotteetücher ihren Schweiß ein, während im Hintergrund Heineken mit nichts anderem als seinem Namen warb. Es war lange her, daß Vavra Tennis gespielt hatte. Der Anblick der Berufsspieler ärgerte ihn. Was taten sie schon Großartiges, daß ihnen derart viel Aufmerksamkeit zuteil wurde? Bloß weil sie sich mit der Zunge über die Oberlippe fuhren, den Schiedsrichter beleidigten, in der Sonne umherliefen, Mineralwasser tranken. Verwöhnte Buben, die auf ihre gereizte Knochenhaut stolz waren und die einen Ball, ein Bällchen, über das Netz schlugen oder auch nicht. – Vavra sah den hochgewachsenen Bengels zu, gelangweilt, aber er sah ihnen zu.

Ingrid Liepold trug noch immer ihren Kimono, als sie nun ein Tablett mit zwei Tassen auf den Tisch stellte. Ohne sich zuvor nach Vavras Bedürfnissen erkundigt zu haben, drehte sie den Fernseher ab und legte statt dessen eine Platte auf. Fernsehen konnte der Mann woanders. Sie hatte ihre Lippen frisch bestrichen, und was auch immer sie jetzt unter dem Kimono trug, es war rot, und es war kein Trainingsanzug. Die rauhe Stimme der Sängerin dickte die Luft ein. Vavra wollte flüchten, stammelte etwas bezüglich eines Termins.

»Termine«, wiederholte Frau Liepold verächtlich. Und dann sagte sie: »Nein«, stellte die Musik etwas lauter, postierte sich in der Mitte des Raumes unter einem papierenen, faltigen Lüster, breitbeinig, die Hände befehlshaberisch in die Hüften gestützt, mit dem Rücken zu ihrem Gast, ihrem Publikum. Die Naht der roten Strümpfe schien übergangslos in die Stilettabsätze überzugehen. Vavra dachte an winzige, dünne Beinstümpfe, die im Boden steckten.

Eine Minute lang bewegte sich Frau Liepold kaum, ließ bloß den Kopf von einer Seite zur anderen pendeln, so daß das mittellange Haar wellenartig mitschwang. Dann begann sie, im Rhythmus der Musik ihre Hüften zu bewegen und mit kleinen Schritten die Tanzfläche auszuweiten, ohne sich aber zu ihrem Gast zu drehen.

Steh einfach auf und geh, sagte sich Vavra, der Hausfrauen verachtete, und ganz speziell deren erotische Anstrengungen, die er als ein höchst mißlungenes Zitat verfilmter Lockgebärden empfand, während er seinem eigenen Treiben, womit jenes beharrliche Schweigen gemeint war, Originalität zuschrieb.

Aber er stand nicht auf, schlürfte den Kaffee, gegen welchen nichts einzuwenden war, betrachtete den Lampenschirm, auf dem die verklärten und von goldenen Strahlenkränzen umgebenen Gesichter bekannter Bischöfe der Achtundsechziger-Revolte aufgedruckt waren, konzentrierte sich dann aber doch auf Frau Liepold, die nun ihren Gürtel öffnete, den Kragen des Kimonos hinter die Schulter schob und den Kopf zurückwarf, so daß nun auch ihr Mittelscheitel und ihr Nasenrücken eine Linie bildeten. Und indem sie sich schüttelte, glitt das Gewand von ihrem

Körper, der jetzt nur noch von einer aus Büstenhalter, einem kaum sichtbaren Höschen, Strapsen und Strümpfen bestehenden Unterwäsche bedeckt und gefestigt wurde und der üppigen, wenngleich nicht fetten Gestalt der Tänzerin eine radikal gefällige Note verlieh. Mit ihren Händen griff sie sich kurz an den Hintern, preßte die Fingerkuppen in das Fleisch, aus dessen Einbuchtungen die Spuren gelackter Nägel zehnäugig aufleuchteten. Die wiegenden Bewegungen wurden nun heftiger, steigerten sich – zusammen mit der Musik – zu einem psychedelischen Ausdruck, den sie, wiederum in Einklang mit dem Gesang, abrupt abbrach, sekundenlang völlig starr blieb, dann mit ihren Fingern wie auf einer Tastatur die Wirbelsäule aufwärts fuhr, den Verschluß ihres Büstenhalters öffnete und die Träger abwechselnd über eine Etappe des rechten und des linken Armes führte, um das »reizende« Ding schließlich in gemäßigtem Bogen von sich zu werfen. Beinahe im selben Moment stieß sie sich mit einem ihrer Stöckel ab, drehte sich auf dem anderen um die eigene Achse und bremste, indem sie das abgewinkelte Bein ausstreckte und mit dem Absatz in den Teppich stieß, womit sie wieder so breitbeinig wie zu Anfang dastand, doch jetzt frontal zu ihrem Gast. Mit den Händen fuhr sie unter ihre Brüste, durch die der Kunststoff durchzuschimmern schien, hob sie an, was eigentlich kaum noch ging, streckte Kinn und Oberkörper ihrem Gast entgegen und schenkte ihm einen verführerischen Blick, in welchem nach Vavras Überzeugung jene Verachtung lag, die so gut wie jede Frau für so gut wie jeden Mann hegt. Nach einem kurzen Moment der Zurschaustellung ihrer beiden präparierten Körperteile vollzog sie zwei Schritte, ging, die Beine fest zusammengepreßt, in die Knie, hob ihren Kimono auf und warf ihn sich um. Als sei es einem schrecklichen Zufall zu verdanken, daß sie so gut wie nackt war und sich mit diesem Mann im selben Zimmer befand, flüchtete sie mit Trippelschritten aus dem Raum.

»Widerlich!« dachte Vavra.

Eine gewisse Professionalität der Choreographie war ihm freilich nicht verborgen geblieben. Aber würde er dafür bezahlen müssen? Mit Geld, das er nicht hatte? Mit Schlimmerem? Würde er noch weitere unverlangte Manöver der Verführung zu ertragen haben? Doch als Frau Liepold zurückkam, war ihr Blick absolut trocken, der Trainingsanzug wieder zwischen Haut und Kimono und ihre Hand mit Glas und Zigarette beschäftigt. Sie setzte sich auf ihren Fauteuil, nahm einen Schluck und fragte Vavra, wie ihm ihre Show gefallen habe. Als er nicht antwortete, meinte sie: »Alles aus der Volkshochschule.«

Vavra machte ein verständnisloses Gesicht. Liepold erklärte, daß sie auf der Volkshochschule einen Stripteasekurs belegt habe. Er brauche sich keine falschen Vorstellungen zu machen. Dort werde hart gearbeitet. Eine großartige Sache. Die Leiterin sei eine aufgeschlossene Balletteuse und einst an großen Häusern engagiert gewesen. Die Kunst der Entblößung werde leider allgemein unterschätzt, als reine Frivolität abgetan. Die meisten der Kursteilnehmerinnen seien natürlich darauf aus, den Waschlappen, mit denen sie verheiratet wären, eine späte Gefühlserregung, zumindest Aufmerksamkeit abzuringen, die Kerle – vielleicht auch nur der Finanzen wegen – im Haus zu halten. Darauf verzichte sie gerne. Sie habe zwei Ehen hinter sich. Beide seien fanatische Zuseher von Sportübertragungen gewesen. Was sie nie ganz begriffen habe. Dieses Interesse gerade der Unbeweglichen an der Beweglichkeit anderer Männer.

Vavra war zugleich erleichtert und erschüttert. Erleichtert, daß es also nicht nötig sein würde, sich diese Frau vom

Leibe zu halten. Erschüttert über den Niedergang der Volkshochschulen.

Aus dem Vorraum drang ein Husten, das sehr bestimmt klang, anmaßend, ein Husten aus der Überzeugung heraus, daß die Welt schlecht sei und in dieser Welt die eigenen Kinder das Allerschlechteste.

Liepold griff sich an die Stirn, als versuche sie einen Schmerz zu dämmen, und sagte: »Meine Mutter im Vorzimmer«, wie man sagt: meine Schraube im Knochen.

Eine pummelige, kleine Person Ende Siebzig trat ein. Goldbesticktes Kostüm. Zapfenartige Broschen. Die Perücke etwa in der Art eines Storchenhorstes. Lippenstift auch am Hals. Glatte Haut. Dicke Brille, Augen wie Saugnäpfe. Eine von diesen netten, betagten Damen, die mit den Backen lächelten, deren Münder aber aussahen, als hätte ihnen Gott mit einem stumpfen Schweizermesser die Bosheit ins Gesicht geschnitzt. Ihre Stimme hatte einen künstlichen, weichen Ton: eine lyrische Scharfrichterin.

»Ein Gast?« fragte sie.

»Ja, Mama. Herr Vavra, unser ehemaliger Nachbar. Du weißt schon.«

»Ach, Sie armer Mensch. Das war ja eine fürchterliche Geschichte. Nächtelang hab' ich gezittert, sag' ich Ihnen. Man könnt' seinen Glauben verlieren. Diese Polen! Ein schrecklicher Menschenschlag. Der Papst, von mir aus, die paar Kardinäle, gut, doch diese Leute, schrecklich. Aber katholisch sein, daß selbst einem Österreicher schwindlig wird. Denen kommt das Katholische ja schon bei den Ohrwascheln raus. Rennen jeden Tag zum Gottesdienst. Und kaum sind sie aus der Kirche draußen, werden sie kriminell. Und sind dann auch noch unersättlich, wie beim Beten. Würden die sich bloß damit begnügen, Falschgeld zu drucken, Prostitution zu treiben, Autos zu stehlen – aber mitten in der Nacht in eine Wohnung eindringen, einen unschuldigen Menschen malträtieren, die Einrichtung zertrümmern, alles bloß wegen einer lächerlichen Spielschuld? Können wir denn im eigenen Land keine Spielschulden mehr machen, ohne daß uns die Polen das Messer an den Hals setzen? Sind wir denn in Krakau? Und mir ist ja völlig gleichgültig, was das für ein Spiel gewesen ist, mein lieber Herr Vavra. Ich bin eine alte Frau und hab' mehr Spielkarten in der Hand gehabt als diese ganzen Rotzbuben, die heutzutage in den Casinos herumhocken. Ich gehör' sicher nicht zu den Leuten, die meinen, man sei selbst schuld, wenn man sich mit dem polnischen Gesindel einläßt. Ja, aber warum denn nicht, sag' ich dann. Man spielt eben, auch mit den Polacken. Ich meine, wenn die nun einmal schon hier sind, warum nicht mit ihnen spielen? So denkt der Österreicher. Der Österreicher denkt freundlich. Wie kann denn einer ahnen, daß sich diese Leute derart aufführen? Das ist ja Krieg. Und die Polizei kommt zu spät. Großaufgebot, aber zu spät. Der Axel Pieler hat immer gesagt: Die Polizei, bevor die was tut, laviert sie erst einmal herum, das ist denen ihre goldene Regel. Die Sicherheit der Polizei geht vor. Wirklich, Herr Vavra, ich begreif' ganz gut, daß Sie da nicht mehr wohnen wollen. Aber was nützt das schon? Ich sag' Ihnen, Sie können hinkraxeln, wo Sie wollen, die Polen sind überall. Eine Freundin von mir hat Polen gesehen, stellen Sie sich das vor – auf Formosa.«

»Das heißt jetzt Taiwan, Mama.«

Plötzlich sah Frau Grabow, geborene Mikl, erschrocken auf Vavras Kaffee. Auf den ganzen Saustall, der die Tasse umgab.

»Meine Tochter, natürlich«, sagte sie, wie man sagt: mein Geschwür, leider. Und an diese Tochter gerichtet: »Das war also nicht möglich, dem Herrn Vavra einen frischen Kaffee zu machen.«

Woher weiß sie, daß der Kaffee aufgewärmt ist, fragte sich Vavra, als hätte er selbst nie eine Mutter gehabt. – Eine Sache des Instinkts? Oder auch bloß die Gewißheit von Müttern, ihre Töchter seien miserable Gastgeber?

»Sie entschuldigen schon, Herr Vavra, das Kind weiß nicht, was sich gehört«, sagte die Alte, klopfte mit ihren Fingern, auf denen die Ringe wie Gegrilltes auf Spießen steckten, gegen seinen Schenkel, stand auf und verließ das Zimmer.

»Eine Plage«, seufzte das fünfzigjährige Kind.

»Ihre Mutter?«

»Lassen Sie sich bloß nicht von ihr einwickeln. Sie bringt die Menschen um.«

»Wie soll ich das verstehen?«

»Sie hat noch einen jeden ausgesaugt.«

»Sie ist eine alte Frau«, sagte Vavra, als würde das irgend etwas erklären. Er war sich selbst im unklaren, was er damit sagen wollte. Überhaupt, was sollte dieses Gespräch? Was kümmerten ihn anderer Leute Mütter?

»Also, wie hat es Ihnen gefallen?« erinnerte ihn Liepold, warum er eigentlich hier saß.

»Was soll ich sagen?«

»Sie werden doch eine Meinung dazu haben.«

»Ich fand es durchaus interessant.«

»Was verstehen Sie unter *durchaus*?«

»Laß doch den armen Menschen in Frieden«, schrie Frau Grabow aus der Küche. Offensichtlich besaß sie ein hervorragendes Gehör.

»Sie ist schwerhörig. Das haben mehrere Fachärzte bestätigt. Verstehen Sie jetzt, was ich meine?« flüsterte Liepold.

»Sechster Sinn?«

»Das wäre die harmloseste Möglichkeit. Sie ist ein Ungeheuer.«

»Schlagobers?« kam es von draußen.

»Ich hoffe, sie fällt in den Mixer.«

Vavra lächelte. Liepold aber meinte es ernst. Die Vorstellung, wie die scharfen Rotorblätter eines überdimensionalen Mixstabes ihrer Mutter ein Ende bereiteten, gehörte zu ihren bevorzugten Phantasien.

Nach einigen Minuten erschien Frau Grabow mit einem Tablett, auf dem sich Zwiebelmustergeschirr türmte. Sie machte einen erschöpften Eindruck, wankte. Vavra sprang auf.

»Sie markiert.«

Vavra, an sich wenig hilfsbereit, hörte nicht hin, glaubte das Tablett retten zu müssen, bevor die Alte zusammenbrach.

Ingrid Liepold lehnte sich mit der Gefaßtheit der Verzweiflung zurück. »Achten Sie gar nicht darauf. Wenn sie stöhnt und keucht, das hat nichts zu bedeuten. Sie liebt es, Anfälle vorzutäuschen. In Wirklichkeit ist sie nicht umzubringen.«

Doch Vavra hatte der nicht Umzubringenden bereits das Tablett aus der Hand genommen und es auf den Tisch gestellt. Die Alte begann zu schluchzen. Hielt sich die Hand ans Herz, als schwöre sie einen Eid. Drohte jeden Moment einzuknicken. Ihr Gesicht war weiß. Sie sprach mit Mühe, als ringe sie um letzte Worte. »Meine Tochter macht mich vor jedem Gast schlecht. Eifersüchtig ist sie.«

»Jetzt kommt *die* Tour.«

Die Farbe fuhr wie ein Überraschungsschlag in Grabows Gesicht zurück. Der Körper straffte sich. »Eine Tour? Weißt du, was eine Tour ist, mein Engerl? Sich vor Männern ausziehen und dann um ein Kompliment winseln für diese angebliche Tanzerei.«

»Angeblich? Hast du eine Ahnung!«

»Oha! Muß ich vielleicht von *Kunst* sprechen.« Sie dehnte das tragende Wort. »Tanz*kunst* oder gar Schauspiel*kunst*.«

»Was weißt du von Kunst? Bist einmal mit diesem ... Schriftsteller ... ins Bett gegangen. Seither redest du über Literatur, als hätte man sie dir eingepflanzt.«

»Kannst *du* ordinär sein. Außerdem – der Alexander war ein Freund von deinem Vater. Mich hat der gar nicht interessiert. Ein blasierter Mensch.«

»Als hätte dich das je davon abgehalten.«

»Frech, das kannst du sein.«

»Bitte«, sagte Vavra so laut wie nötig.

»Natürlich«, antworteten beide Damen. Ein merkwürdiger Chor.

Frau Grabow schenkte Vavra Kaffee ein. Ruhiger konnte eine Hand nicht sein. Breiter kein Lächeln. Gleichmäßiger kein Atem. Ihre Tochter lenkte das Gespräch in andere Gefilde, indem sie wissen wollte, ob Vavra schon eine neue Wohnung gefunden habe.

»Noch nicht. Ich mußte ja, wie Sie vielleicht wissen, ins Spital. Bin eben erst entlassen worden.«

Grabow schlug die Hände zusammen, konnte es gar nicht fassen, daß der arme Mensch derart schlimm verletzt worden war, bat um Details. Sie sei mit der Medizin durchaus vertraut, eine Leidenschaft.

»Meine Mutter ist rasend interessiert, genau zu begreifen, wie ihre Freundinnen sterben. Dafür hat man ja Freundinnen. Um zusehen zu können, wie sie dahinsiechen, absterben, je langsamer, desto erfreulicher. Ich hab' doch recht, Mama?«

Die Alte ignorierte die Bemerkung, tätschelte Vavras Hand, der unter dieser Berührung meinte, sein Blut flocke, sich raschest dem Zugriff entzog, jedoch nun erst recht gezwungen war, von seiner Gehirnerschütterung zu erzählen, den Hämatomen, was stimmte, der gebrochenen Rippe, den Schnittwunden an den Beinen, eine Erfindung. Warum an den Beinen, erkundigten sich beide Damen. Nun, das konnte er auch nicht sagen. Wer vermochte schon die kriminellen Intentionen gebürtiger Polen zu durchschauen.

Frau Grabow wollte seine Beine sehen. Er griff sich an den Kopf – wie war er bloß auf diesen Unsinn gekommen? Die Damen dachten, ihm sei übel geworden bei der Vorstellung, seine Schnittwunden präsentieren zu müssen. Die Alte verzichtete, wenngleich schweren Herzens, nicht der Männerbeine, sondern tatsächlich der Wunden wegen.

Vavra wurde der obligatorische Schnaps serviert, der die Medizinschränke und die exorzierenden Rituale dieses Landes beherrschte. Auch Liepold schenkte sich ein Glas ein, untersagte allerdings ihrer Mutter, sich zu bedienen. Die Alte murrte ein wenig, schien aber in diesem Punkt der Autorität ihrer Tochter ausgeliefert zu sein. Überhaupt stellte Vavra mit der Zeit fest, daß in Wirklichkeit Liepold das Sagen hatte, ihre Mutter zwar über ein beachtliches Mundwerk verfügte, sich gerne belehrend gab oder eben mittels kleiner Schwächeanfälle in Szene setzte, doch in den wesentlichen Fragen ordnete sie sich kindchenhaft unter.

Als die Alte den Deckel der Zuckerdose hob, fragte sie kleinlaut, ob sie sich zwei Würfel nehmen dürfe. Ein strenger Blick Liepolds genügte. Ihre Mutter ließ den Deckel los, als hätte sie sich verbrannt. Dann griff sie nach dem Saccharin. Während sie ein einziges kleines Pulverstück in ihre Tasse gleiten ließ, fragte sie Vavra, wo er denn – bis zum Bezug einer neuen Wohnung – untergekommen sei.

Eine gute Frage, dachte sich Vavra und machte ein hilfloses Gesicht.

»Hör auf, weiter auf das Saccharin zu schielen«, ermahnte Liepold ihre Mutter, welche behauptete, an Diabetes zu leiden, was natürlich Unsinn war, aber von ihrer Tochter weidlich ausgenutzt wurde. Diabetes oder Würfelzucker – so einfach war das. Zufrieden wandte sich Liepold wieder an Vavra, fragte ihn, ob er denn nicht zu seiner Familie ziehen werde.

»Meine Eltern sind tot.«

»Sei so gut, Mutter, sag jetzt nichts.«

Mutter schwieg in den mäßig gesüßten Kaffee hinein.

Vavra erklärte, er werde wohl die erste Zeit in ein Hotel gehen müssen. Und könne nur hoffen, daß es nicht allzu schwierig sein würde, ein freies Zimmer zu finden.

»Es *wird* schwierig sein. Die Italiener«, sagte die Alte, und damit schien für sie auch bereits alles erklärt. Dann sah sie ihre Tochter vielsagend an, neigte sich zu Vavra und erklärte, daß in dieser Wohnung hier, die ja für sie und Ingrid viel zu groß sei, auch eine Art Gästezimmer existiere, ein kleiner, nicht besonders attraktiver Raum, sauber im Rahmen der Möglichkeiten ihrer unmöglichen Tochter, immerhin mit einem Blick auf den Hinterhof, ein ruhiges Zimmer also, das man ihm gerne zur Verfügung stelle, bis er eine Wohnung gefunden habe. Sie wolle nicht aufdringlich erscheinen, aber einem so lieben Menschen sei man das schuldig.

»Fürchterlich, wie du schleimst«, sagte Liepold.

»Auch wenn du dagegen bist, das ist noch immer meine Wohnung. Oder?«

»Ich habe nicht gesagt, daß ich dagegen bin, sondern daß du schleimst wie eine Nacktschnecke.«

»Beleidigen, das kannst du.«

»Tut die Wahrheit denn so weh?«

»Wahrheit?« fragte sie, wie man fragt: umsonst?

Nicht zu ertragen, dachte Vavra. Andererseits konnte er das Angebot kaum ausschlagen. Er hatte kein Geld, keine Papiere, keine Unterkunft, und von einem Hotel konnte nicht wirklich die Rede sein. Er wußte weniger denn je, was vor sich ging, ob Steinbecks Leute ihn bereits suchten oder die Justiz, endlich von seiner Unschuld überzeugt, ihn auf die Straße geworfen hatte, damit er am Rand der Gesellschaft – obdachlos, mittellos, im Dreck bald selbst ein Stück Dreck – Ruhe gab, Ruhe geben mußte. Er war immer überzeugt gewesen, daß die Leute selbst dafür verantwortlich waren, wenn sie auf der Straße landeten, Subjekte, die sich auf Arbeitsplatzverlust und Scheidung, Mietwucher und Versandhäuser herausredeten, denen aber in Wirklichkeit ein konventionelles Leben viel zu anstrengend war, die die Gosse den Kraftakten vorzogen, die nötig waren, um eine bürgerliche Existenz zu erhalten. Und davon wollte er weiterhin überzeugt sein. In die Gosse würde er sich nicht verschieben lassen. Unter keinen Umständen. Er wollte kämpfen. – Kämpfen, daß ihm Gerechtigkeit widerfahre? Zwischenzeitlich klang das auch in seinen Ohren ein wenig blöde. Er war zwar nicht ausgelöscht, aber durchgestrichen worden. Es würde schwer werden, eine Rücknahme dieser Streichung zu erzwingen. Aber irgend etwas mußte er tun, wenn er ebenjenes Gossenschicksal vermeiden wollte. Also erklärte er, daß er das Angebot gerne annehme.

Ingrid Liepold fand es zwar merkwürdig, daß einer – geschockt durch den auf ihn begangenen Überfall – seine Wohnung aufgab, um dann, nur Meter entfernt, als Untermieter dem Ort des Schreckens nahe zu bleiben. Aber ein Mann im Haus, der weder Ehemann noch Liebhaber war und nicht allzu lange bleiben würde, das war nicht das Übelste. Besser, als immer nur alleine mit Mutter zu sein, deren Geraunze, soziologische Ausführungen und ein erwiesenermaßen eingebildeter Herzklappenfehler ihr den Nerv töteten. Zudem: ein Mann war ein Publikum. Mehr brauchte eine gute Stripteasetänzerin nicht. Sie würde Vavra ihre sämtlichen Nummern vorführen, auch die gewagteren, worunter sie eine experimentelle oder akrobatische Note verstand. Und sie wollte präzisere Kommentare aus ihm herauslocken, mehr, als daß er ihre Show »durchaus interessant« fände. Ehrgeiz brandete auf. Sie wollte ihn begeistern, ganz gleich, was für eine Art von Versager er war. Er war das Publikum. Und das Publikum hatte immer recht.

Vavra verbrachte den Rest des Tages in seinem Zimmer, das tatsächlich recht klein war und in dem es nach alter Frau roch, ein Geruch, der dem Raum eine feste Struktur gab wie Betonstahlmatten: Schokolade, Knoblauch, geschälte Äpfel, Brausetabletten, dazu Katzenfelle, aber auch der Gummigeruch einer Wärmflasche, der Brandgeruch einer Heizdecke, der Fäulnisgeruch einer Matratze, in die der sterbende Mensch quasi eingesickert war. Das war das letzte Zimmer von Frau Grabows Schwester gewesen, unverheiratete Mikl, deren langer, schmerzvoller Tod Frau Grabow vergönnt gewesen war.

Nachdem Vavra trotz Eiseskälte eine Stunde gelüftet und mittels mehrerer Bögen Geschenkpapier, einem aufgetrennten Exemplar des *Stern* und zweier Wolldecken zwischen sich und diesem Sarg von einer Matratze eine Barriere geschaffen hatte und nachdem er einen altertümlichen Lokkenformer, in dem ein paar grünstichig-weiße Haare steckten, in ein Papier gewickelt und unter den Kasten geklemmt hatte, legte er sich nieder und schlief ein, wie man eben einschläft, auch in Schützengräben, auch in Flugzeugen.

Nach neun Uhr abends erwachte er mit dem Gefühl, der Miklsche Tod sei ihm in die Knochen gefahren, vielleicht auch nur das Gift eines langen Lebens oder die hämische Lust der krankenpflegenden Schwester, die wie Staub auf den Gegenständen lag, auf jeden Fall kam es ihm so vor, als seien seine Gelenke angesägt worden. Er kämmte sich durch die Haare, die die breite, glatte Bahn auf seinem Schädel begrenzten, stieg in den einzigen Anzug, der ihm verblieben war, und fragte sich, was aus seiner restlichen Kleidung, seinem Sparbuch, seinem ganzen Besitz geworden war, wenn überhaupt irgend etwas die Polizeiaktion heil überstanden hatte. Und wenn er überhaupt noch in der Lage war, auf irgend etwas Anspruch zu erheben. Er mußte von nun ab vorsichtig sein. Er war aus dem Nest gefallen. Er würde schnell lernen müssen.

Die beiden Damen saßen zwischen ihren Puppen und sahen auf den Fernseher. Als Vavra eintrat, beachteten sie ihn kaum, zu sehr waren sie darauf konzentriert, dem brisanten Bericht zu folgen, der nach armseligen Headlines – zwischen Steuerreform und wenig erregenden sexuellen Verfehlungen –, nach meteorologischem Lamento und jenen geistigen Überschüssen, die unter Kultur subsumiert werden, endlich dorthin zurückführte, wo Reportage ihre wirkliche Bedeutung besaß, nämlich nicht in der Skandalisierung des Banalen, auch nicht des Außerordentlichen, sondern in der Skandalisierung des Offensichtlichen. Nirgends war das Offensichtliche, auch seine Mystik, auch seine dunkle Seite, so rein und klar wie im Sport.

Der Herr Vavra machte es sich, weitab der Frauen, auf einem Sofa, das merkwürdig tief lag, bequem. Freilich konnte von wirklicher Bequemlichkeit keine Rede sein. Er fühlte sich beobachtet, auch wenn die Damen gebannt auf den Fernseher sahen. Er wollte nicht glauben, daß sich die beiden für Sport interessierten, hatte Liepolds abfällige Bemerkung noch im Ohr.

Als wäre er neben einem Leidensgenossen zu sitzen gekommen, befand sich auf dem Sofa ein nach hinten geneigter, rumpfhoher Stapel Tageszeitungen. Vavra steckte sich eine Zigarette in den Mund, die dort aber steckenblieb, ohne angezündet zu werden. Er griff sich mehrere Zeitungen, die er auf seinem Schoß ablegte. Wollte herausfinden, ob in der Zeit seiner Verhaftung die Entführung publik geworden war. Und wurde in einem mehrere Wochen alten Blatt auch fündig. Über dem Gesicht eines Mädchens, das beinahe die gesamte Titelseite einnahm, prangte das Wort *Verhungert*.

Vavra hatte zuerst gemeint, es handle sich um eine jugendliche Sportlerin, so breit war ihr Lachen, so durch und durch gesund und alpenländisch straff wirkte ihr Antlitz. Zu einem solchen Gesicht wollte ein Begriff nicht passen, den man mit jener Katastrophenromantik verband, die den spendewilligen Menschen rührte und angesichts zum Wohlstand drängender Völker auch irgendwie beruhigte. Aber wie konnte das gemeint sein: eine Skirennläuferin verhungert?

Erst im Blattinneren wurde Vavra klar, daß Sarah Hafner tot war, daß man ihre Leiche, zwei Wochen nachdem der Kontakt zu den Entführern abrupt abgebrochen war, im versperrten Raum einer Kellerwohnung aufgefunden hatte. Nach Angaben der Polizei war sie in dem kalten, vollkommen dunklen Verlies ohne Nahrung gewesen. Warum die Entführer ihre über Telefon abgewickelten Verhandlungen mit der Industriellenfamilie Hafner beendet und das Opfer seinem Schicksal überlassen hatten, war unklar. Erste Spekulationen über ein Fehlverhalten der Polizei machten die Runde, da man annahm, die Entführer hätten die plump durchgeführten Vorbereitungen der Beamten beobachtet und daraufhin die Aktion abgeblasen. Was natürlich auf eine ganz bestimmte Art von Verbrechern und auf eine ganz bestimmte Herkunft dieser Leute hinwies: ein Kind verhungern zu lassen. Weitere Fotos des Opfers waren abgebildet, Geige spielend, einen Bernhardiner umarmend, auch eine Abbildung der Mutter, hinter einer Sonnenbrille, und eine des Sicherheitsdirektors, dem man vorhielt, sich zwar erschüttert zu zeigen, aber nichts im Griff zu haben.

Daß das Kind tot war, mochte tragisch sein, aber schließlich, so sagte sich Vavra, trage er daran ja keine Schuld. Diese Überzeugung wurde freilich erschüttert, als er auf einen Satz stieß, aus dem sich ein Wort gleich einem Gewinde herausdrehte. Dasselbe Gewinde bohrte sich Vavra schmerzhaft ins Bewußtsein: Taubenhofgasse.

Und wie zum Ausgleich der einziehenden Erkenntnis brach die Zigarette aus seinem Gesicht. Trotz der vergangenen Leiden war noch genug Farbe in diesem Gesicht, die nun auch noch entweichen konnte. Taubenhofgasse, das war *seine* Idee gewesen. Bloß, um irgend etwas zu sagen, um diesen Anwalt zu füttern. Und doch mußte er jetzt feststellen, daß das Haus, in dem die Leiche entdeckt worden war, sich ausgerechnet in dieser von ihm genannten Gasse befand.

»Was geht da vor?« sagte er laut, hielt die Zeitung in die Höhe, so daß die beiden Frauen die großformatige Abbildung des Mädchens sehen konnten.

Liepold war erstaunt. Sollte Vavra dieser Kriminalfall, der tagelang als undurchsichtig-schaurige Tragödie die Medien beschäftigt hatte, entgangen sein? Nun, was sollte man dazu sagen, die Sache war zwar nicht aufgeklärt worden, aber längst gegessen. Ihrer Mutter jedoch traten Tränen in die Augen, und ihre kleinen Hände waren in Brusthöhe zu Fäusten geballt. Sie war gerne bereit, Vavra zu erklären, was da vorging: die Unfähigkeit einer sozialdemokratisch verhunzten Polizei, die es nicht verstand, dem Terror aus dem Osten Einhalt zu gebieten, andererseits die Blauäugigkeit deutscher Geldaristokratie, die aus ihren hochgesicherten Hamburger Villen ins vermeintlich friedliche Österreich zöge, um einmal außerhalb von Tresoren zu leben und sich unter die Leute zu mischen – Baronessen in Supermärkten, der Bundestag beim Kirtag, die zukünftigen Milliardenerben in öffentlichen Schwimmbädern. Und das käme dabei heraus. Sie schluchzte laut auf. Ob wegen des toten Kindes oder der Dummheit des deutschen Großkapitals, war nicht klar. Liepold sah ihre Mutter abschätzig an.

»Übertreib nicht, Mama.«

»Wie meinst du das?«

»Dein Gewinsel. Hör doch bitte auf zu leiden. Wer soll dir das glauben?«

»Herzlos. Das warst du von Anfang an. Kalt. Schon als Kind kalt. Und bist als Erwachsene eisig geworden.« Und an Vavra gewandt: »Sie hat Vögel erschlagen.«

»Unsere Katze hat sie gefangen, sie halbtot liegen lassen und dann angestiert. Unsere Katze war wie du, Mama. Ich *mußte* die Vögel erschlagen.«

»Ach ja. Das gute Kind. Tötet aus Mitleid. Da habe ich aber Glück. Weil, der Tag kommt sicher nicht, wo *die* mit mir Mitleid haben wird.«

Vavra erhob sich und ging in den Vorraum, wo die Telefonbücher lagen. Als erstes wollte er sich diesen Anwalt vornehmen – gut, er war nun wirklich nicht der Typ, der sich jemanden vornahm, aber er war auch nicht der einzige schmächtige, konfliktscheue Träger grauer Anzüge, den das Schicksal aus einem sauberen Angestelltenverhältnis herausgerissen und in eine strapaziöse Verwicklung hineingestoßen hatte. So etwas kam tagtäglich vor, daß Privatangestellte in Kriminalgeschichten involviert wurden, die sie nichts angingen, von denen sie auch viel lieber die Finger gelassen hätten. Aber die Unschuld macht einen noch lange nicht unschuldig. Angestellte parken ihre Autos, wählen Telefonnummern, stehen auf Gängen herum, arglos, grundanständig, und dennoch lösen sie mit einem einzigen, scheinbar bedeutungslosen Griff, einem als harmlos empfundenen Computerbefehl, mittels einem in naivem Vertrauen weitergegebenen Dokument, einer krakeligen Unterschrift oder vielleicht auch nur durch den Besuch der Kantine Katastrophen aus, die sie lange nicht begreifen.

Unter »Grisebach« war bloß ein Ehepaar eingetragen. Vavra wählte die Nummer und erfuhr von einer Dame, daß sie mit Sicherheit die einzige Grisebach in Wien sei. Ihr Mann, von dem sie hoffentlich bald geschieden werde, lebe jetzt wieder in Holland. Gebe der Herr, daß er dort verrecke. Als was er nun arbeite, könne sie nicht sagen, aber mit Sicherheit nicht als Anwalt, er habe sich der Rockmusik verschrieben, ein siebenundfünfzigjähriger Rockmusiker, sie könnte Geschichten erzählen … Vavra dankte.

Er beschloß, nach draußen zu gehen. Als er die Wohnung verließ, blieb er vor der Tür stehen, die einst die seine gewesen war. Es ging auf halb elf zu. Niemals hätte er früher gewagt, um diese Zeit jemanden aus einer Wohnung zu läuten, jetzt aber trommelte er gegen die Tür, energisch, selbstbewußt im Rahmen seiner Niedergeschlagenheit.

Der Mann, der die Tür öffnete, trug einen oberhalb der Knie endenden, kümmelfarbenen Bademantel. Ein Barttorso zierte sein Kinn. Ein selbstgefälliger Bursche, Augen wie ein einziger Schnitt, die durch die randlose Brille Vavra betrachteten, als wäre sein Gesicht das Haar in der Suppe.

»Magister Holt?«

Statt einer Antwort griff der andere in die Tasche seines Mantels, zog eine Visitenkarte heraus, die er Vavra in die Hand drückte, und wollte die Tür schließen.

»Moment, mein Name ist Vavra.«

»Na und«, gab der andere endlich seine Stimme frei.

»Das ist meine Wohnung«, sagte Vavra und zeigte in das Vorzimmer, weiß, sauber und hell im Licht der Halogenlampen, wie sein Vorzimmer nie gewesen war.

»Wohl kaum.«

»Mich würde interessieren, wie Sie zu dieser Wohnung gekommen sind.«

»Und mich interessiert nicht einmal, warum Sie das wissen wollen«, erklärte der andere, lächelte sonnig und schloß die Tür.

Vavra sagte sich – wie man das in dieser Stadt gerne tat –, daß der Kerl auch noch einmal in seine, Vavras, Gasse kommen werde. Bloß – wo lag seine Gasse?

Er besah sich die Visitenkarte. In der Mitte des blendendweißen Kartons befand sich eine kreisrunde Wölbung, wie ein Druckknopf oder der Hügel auf einem plastischen Atlas. In jeder Ecke der Karte stand in winzigen Lettern ein Wort: Magister – Kompliment – Holt – Dünger. Ein Kreativer, dachte sich Vavra, oder ein Steuerberater mit dem Hang zu avantgardistisch geprägten Plattheiten.

Vavra steckte die Visitenkarte in die Manteltasche, stieg den Gang hinunter und trat hinaus in die Kälte. Er sah hinüber zu der Stelle, an welcher der Hubschrauber gelandet war und die jetzt in einem Dunkel lag, aus dem einzig der winzige Punkt einer Glut herausstach. Vavra marschierte Richtung Gürtel. Der eisige Wind hobelte über sein Gesicht. Er flüchtete in die Wärme eines Lokals, das im Stil eines Pubs eingerichtet war. Junges Publikum an den Tischen. Schreibtischhände mündeten in Biergläser oder hielten sich an Zigaretten fest, die wie die Schiffe einer Sternenflotte im Raum standen.

Vavra stellte sich zu den älteren Semestern an die Bar. Hier wurde nicht, wie im vorderen Teil, Dart gespielt, sondern Whisky getrunken. Er schloß sich an. Erst als ein Zeitungsverkäufer das Lokal betrat und Vavra ihn zu sich winkte, fiel ihm ein, daß er noch immer kein Geld besaß, also auch nicht das teure gälische Wasser, das bereits vor ihm stand, bezahlen konnte. Er wehrte den angelockten Kolporteur ab, bestellte eine Schachtel Zigaretten und ein Glas Bier und verschob das Problem der Bezahlung auf jenen Zeitpunkt, da es akut sein würde. Eine solche Unverfrorenheit war Vavra vollkommen neu. Ein euphorisches Gefühl vermischte sich mit dem Geschmack der ersten Zigarette.

Nach mehreren Getränken erinnerte er sich, die alte Zeitung aus Liepolds Wohnung in die Manteltasche gesteckt zu haben, zog sie heraus, betrachtete nochmals das Titelbild. Im Blattinneren dann ein Blick in die *Hölle*, das Verlies, ein schwarzes Loch, davor der Rücken eines Uniformierten. *Keiner kann sich ihre Angst, ihre schrecklichen Qualen vorstellen*, notierte der Berichterstatter, um auch gleich diese Angst, diese Qualen eindringlich und wortgewaltig zu beschreiben. Der Leser konnte meinen, der

Mann sei dabeigewesen, als das Kind sich die Hände an der Wand blutig schlug, in die *ewige Nacht* hineinschrie, an seinen Socken kaute, endlich begann, Gebete zu sprechen, Gott um Verzeihung bat für die Sünden der Menschen, schließlich in den Tod ging, *gelöst*. Ach so, gelöst also.

In der Folge wurden die Verhältnisse dokumentiert, in denen das Kind aufgewachsen war, Villen- und Privatschulschicksal am Bodensee, Nachmittage auf dem eigenen Gestüt, Geigenspiel mit bekannten Virtuosen. Jetzt klang doch ein wenig durch, was Volkes Köpfe, sozusagen grabowsche Köpfe, sich dachten: So ein totes Kind ist natürlich eine schreckliche Sache. Andererseits: Was haben die Deutschen in Österreich verloren?

Es wurde erwähnt, daß die Hafners vor allem für ihre Produktion von Glas bekannt seien, für die schlichten Hafnertrinkgläser der sechziger Jahre, die Sicherheitsgläser der Siebziger, deren Qualität der Osten wie der Westen geschätzt hatte, die Industrieverglasungen der Achtziger, die Fusionen der Neunziger. Eine Dynastie, in der sich zusehends die Frauen durchgesetzt hatten und durchsetzten, wie man dies eben tut, also sicher nicht mit egalitären Gesten. Die jeweiligen Gatten und Söhne wurden ausgebootet wie Glücksspieler, die gar nicht erst ins Casino gelassen werden, führten jämmerliche Existenzen am Rande des Geschehens, darunter zwangsläufig viele Künstler. Musiker, wie man sich denken kann, schwermütig bis zum Äußersten, Blockhüttenbesitzer.

Während sie in ihren Hütten dunkle, gleichförmige Klangflächen strickten und mit Selbstmord kokettierten, mischten sich die Hafnerschen Damen in Wirtschaft und Politik, in die Politik bloß so weit, daß sie im rechten Moment wieder aus ihr herausfanden.

Noch immer lebte sie, hochbetagt, jene legendäre Marit Hafner, einst von verbitterten bayrischen Sozialisten als Busenfreundin des Franz Josef Strauß diffamiert, Pionierin der sogenannten friedlichen Germanisierung Westösterreichs, begnadete Schlittschuhläuferin, gerühmte Bibliophile und frühe Konstrukteurin von Tiefseetauchgeräten. Zweiundzwanzigjährig heiratete sie den Fabrikantensohn Max Hafner, der zum Tonsetzer geriet – sowohl Neospätromantiker als auch Naturpessimist – und Ende der Sechziger im schwedischen Exil spurlos verschwand. Freilich, die alte Dame hatte sich längst, wenngleich widerwillig, aus dem Geschäft und der Tiefsee zurückgezogen und die Führung an die einzige Tochter Birgitta abgegeben, die – so ledig wie begehrt – nicht nur als Präsidentin bedeutender Stiftungen fungierte. Sie wurde gerne als mondän, weitsichtig und unerbittlich beschrieben. Ein Oberhaupt, das die Interessen der Familie autokratisch vertrat. Von ihren Brüdern wußte die Zeitung nicht mehr zu berichten, als daß es drei an der Zahl waren und diese ohne jede Bedeutung. Ihren beiden Söhnen war immerhin vergönnt, nicht in der Musik zu verschwinden. Statt dessen saßen sie in der Politik, wie man eben in ihr sitzt. Die getötete Tochter Sarah war ein spätes Kind gewesen, das Birgitta Hafner in ihren frühen Vierzigern zur Welt gebracht hatte. Über den Reichtum dieser Leute konnte nur spekuliert werden. Was man denn auch tat. Darüber und über Birgittas intime Verbindung zu einem heldischen Torwart vergangener Tage. Eine Liaison, die von ihr selbst stets mit abfälliger Geste dementiert wurde, während der Tormann sich gerne darüber ausließ, dennoch vage blieb.

Die Vermutungen, wer den Tod des Kindes verschuldet und wer ihn zu verantworten habe, gingen in verschiedene Richtungen. Eine Bande aus der ehemaligen DDR kam ins

Spiel wie die Kugel in einem Flipperautomaten. Zudem erklärte der Artikelschreiber, erst die Inkompetenz der Polizei hätte zur tragischen Wende in einem zunächst zwar unerfreulichen, aber im Grunde banalen Entführungsfall geführt. – Journalismus bedeutete neuerdings: Polizei anschwärzen. Die Intellektuellen standen daneben, vom Objektivismus verseucht, und wußten nicht einmal mehr, an welchem Ohr sie sich kratzen sollten. Die Polizei in Schutz zu nehmen vor all den Populisten, die sich ins obrigkeitsfeindliche Volk hineinschleimten, was für eine wunderbar heilsame Aufgabe wäre das gewesen, an der die kritische Intelligenz sich endlich hätte aufrichten können. Aber das ist natürlich zuviel verlangt, sich in eine Reihe mit der Exekutive zu stellen, auf die Straße zu gehen, um für die Bullen zu brüllen.

Die beiden Brüder der Toten bestanden darauf, daß eine politische Dimension völlig auszuschließen sei. Andere deutsche Abgeordnete sprachen Warnungen aus, die unmißverständlich auf den bestürzenden Zustand des österreichischen Sicherheitsapparates abzielten. Gleichzeitig boten sie ihre Hilfe an, so wie man einen Wein anbietet, der seit drei Wochen offensteht.

Es war kurz nach zwei, als Vavra nun doch begann, sich ein wenig Sorgen um die Bezahlung zu machen. Wozu große Erklärungen abgeben, Ausflüchte, Versprechungen. Er wollte einen günstigen Moment abwarten und das Lokal verlassen, wie er es betreten hatte. Sollten sie doch die Polizei anrufen. Weder der jugendliche Wirt noch die paar Stammgäste, die verschlafen an der Theke lehnten, sahen aus, als würden sie sich persönlich ins Zeug legen, um eine Zechprellerei zu verhindern.

Nachdem er eine allerletzte Bestellung aufgegeben hatte,

trat eine Frau in das Lokal, legte ihren zotteligen Mantel auf einem Stuhl ab und setzte sich an Vavras Seite. Frau Liepold trug ein Kostüm, das eng und schwarz und ausgeschnitten ihren Körper hart und kompakt erscheinen ließ. Sie hielt sich eine Zigarette an den Mund und wartete. Vavra zierte sich, gab ihr dann umständlich Feuer, so als unterschreibe er einen für ihn ungünstigen Vertrag.

»Ich komme jeden Tag hierher«, betonte sie. Und wie zur Bestätigung servierte ihr der Wirt ungefragt ein Glas Schottischen, das sie in einem Zug bewältigte.

Sie sah die Zeitung, wollte wissen, was er von der Sache halte, warum er sich, Wochen danach, dafür interessiere.

»Nur so. – Menschen sterben eben. Manche auf eine grausamere Weise als andere.«

»Ich mag mir nicht vorstellen, wie das ist.«

»Das Verhungern?«

»Die Dunkelheit.«

»Man kann nichts sehen.«

»Sie sind zynisch«, sagte sie und gab eine nächste Bestellung auf, in dem sie dem Wirt zwei ihrer schwarz lackierten Nägel zeigte. Vavra log, er hätte seine Geldbörse vergessen.

»Ich habe für Sie gestrippt, also muß ich auch Ihre Rechnung bezahlen.«

Er begriff die Logik nicht. Aber was kümmerten ihn die kranken Schlüsse dieser Frau. Zudem war er betrunken. Nicht zum ersten Mal, aber diesmal empfand er es als etwas Endgültiges, als würde er nie wieder nüchtern werden.

Liepold redete wie aufgezogen, hauptsächlich von ihrer Mutter, die eigentlich nur noch atmen könne, indem sie stöhne und seufze und referiere, und der nichts leichter falle, als grundlos zu heulen. An manchen Tagen sei sie eine

Kettenheulerin, an anderen nur noch belehrend. Solange Tante Mikl am Leben gewesen sei, habe ihre Mutter über ein ideales Opfer verfügt, eine gelähmte, alte Frau, die kaum noch hatte reden können, der aber das beste aller Hörgeräte besorgt worden war, um sich nicht entziehen zu können, wenn die Schwester ihr die Welt erklärte und den Marsch blies. Aber die Tante hätte es hinter sich. Der Krebs in ihrer Lunge habe ihr zur Flucht verholfen. Und nun sei eben sie, die Tochter, an der Reihe, sich all die Reden der Mutter, dieser Volksanwältin in eigener Sache, anzuhören.

Als sie die Kneipe verließen, bot Vavra ihr an, sich bei ihm einzuhängen. Was er im selben Moment bereute. Er war wohl verrückt geworden, sich dieses Weib aufzuhalsen, auch bloß ihren Arm. Aber die Einsicht kam zu spät, Ingrid war bereits unter seiner Achsel eingezogen. Sie sah ihn kurz von der Seite an, als wollte sie seine dunkelste und aufregendste Seite erraten. Gemeinsam wankten sie auf das Haus zu, in dem nur noch dort das Licht brannte, wo einst Vavra gelebt hatte und nun jener bestimmte Herr residierte, der eine undurchsichtige Verbindung zwischen einem Kompliment und Dünger vertrat.

Als sie das zweite Stockwerk erreichten, bemerkten sie, daß die Tür zu ebendieser Wohnung einen Spaltbreit offenstand. Kein Grund, sich aufzuregen. Doch da Vavra und Liepold nun einen Schrei vernahmen, der wie ein abgeschnittenes Band endete und aus Holts Wohnung gekommen war, blieben sie im Gang stehen, starr, um eine stumme Atmung bemüht, die Ohren zugespitzt, und warteten.

Gerade als das Ganglicht erlosch, folgte ein weiterer Schrei, kürzer als der erste, ebenso jäh unterbrochen. Das konnte alles mögliche bedeuten. Heutzutage wurde viel zuviel geschrien, am Theater wie im Straßenverkehr, in der politischen Debatte oder bei Gericht, während etwa in den

Schulen und beim Militär – also dort, wo das Schreien eine große Tradition besaß und wirklich mit Sinn und Herz erfüllt werden konnte – so gut wie gar nicht mehr oder nur mehr sehr eingeschränkt geschrien wurde. Und seitdem sadomasochistische Praktiken zum Allgemeingut, zum mittelständischen Standard gehörten, war alles möglich. Daß jemand schrie, schlichtweg eines ungewollten Schmerzes wegen, war jedoch weiterhin nicht auszuschließen, ein Umstand, der Vavra dank jüngster Erfahrungen nicht fremd war. Ingrid Liepold krallte sich an seinem Arm fest. Zusammen näherten sie sich der Tür, sahen durch den Spalt in das Vorzimmer, erkannten nicht mehr als ein Stück tadellos weißer Wand. Doch vernahmen sie nun Stimmen, dann zwei, drei dumpfe Töne, in die weitere Schreie einrasteten wie in Zahnräder.

»Aber Herr Vavra!«

Gleichzeitig mit der Stimme fiel auch ein Lichtschein in Vavras und Liepolds Rücken. Als sie sich umdrehten, erinnerten sie an ertappte Kinder. Die alte Grabow stand im Türrahmen. Sie trug ein pinkfarbenes, gepolstertes Nachtgewand. Von ebensolcher Farbe waren die Lockenwickler, eine Invasion auf ihrem Schädel. Das Gesicht war mit einer grünlichgrauen Paste bedeckt, aus der der grellrote Mund und das Weiß der Augen herausstachen.

»Mutter, bitte«, flüsterte Liepold und legte den Zeigefinger an ihren Mund.

»Hör auf zu flüstern«, schrie Frau Grabow.

»Verdammt noch mal, du blöde Gurken. Halt's Maul.« Vavra quetschte die Worte wie durch ein Sieb. Kaum hörbar auch für beste Ohren.

»Sie brauchen nicht vulgär zu werden«, sagte die Dame mit dem Gehörschaden und befahl ihrer Tochter lautstark, die Hand von diesem Mann zu nehmen, der ganz offensichtlich nicht der sei, für den sie ihn gehalten habe. Sie brauche sich von niemandem derart beleidigen zu lassen. Schon gar nicht von einem Individuum, dessen Gesicht sie an Theo Lingen erinnere.

Woher ihre Animosität gegen den beliebten deutschen Komiker stammte, war unklar, in diesem Moment auch nicht zu eruieren, da Vavra und Liepold Schritte aus der Holtschen Wohnung vernahmen, die näher kamen. Beide zuckten wie nach einem Stich. Vavra bereute seine Neugierde, Liepold den Umstand, ihre Mutter noch nicht umgebracht zu haben. Beide eilten sie auf die andere Seite des Ganges, drängten die protestierende Grabow in die Wohnung zurück und verschlossen die Tür.

»Sie, Vavra, verlassen Sie sofort meine Wohnung«, keifte die Alte, nachdem man sie ins Wohnzimmer geschoben hatte.

»*Deine* Wohnung?« brüllte jetzt die Tochter.

»Misch dich nicht ein, Kind. Du bist verliebt. Wieder einmal in einen Kretin. Aber diesmal werde ich das nicht zulassen.«

Vielleicht war es gerade der Wechsel zu einer sanften, mütterlichen Stimme, welcher Ingrid Liepold derart in Rage brachte, daß sie einer weiteren Debatte entsagte und ihrer Mutter mit der flachen Hand ins Gesicht schlug, so daß es die alte Frau – dramatisierend selbst noch im Moment real eintretender Ohnmacht – herumriß und nach hinten schleuderte, als hätte ein Geschoß, groß wie ein Herrenstiefel, sie getroffen. Der kleine Körper prallte auf dem Boden auf. Teile der Gesichtsmaske spritzten in die Höhe. Die Lockenwickler hielten.

Die Tochter fuhr mit der Schlaghand, auf der nun ebenfalls die graue Schmiere klebte, über das Tischtuch. Dann beugte sie sich hinunter zu ihrer Mutter, ohne Bedauern, bloß um nachzusehen, ob diese noch atmete. In dem Moment läutete es an der Tür. Liepold erstarrte in der Hocke. Vavra im Stand. Woran auch das anhaltende Klingeln, dann ein energisches Getrommel nichts änderten. Sehr wohl aber, als nach einer Pause die nur dürftig gesicherte Tür mit drei, vier Tritten aufgestoßen wurde. Liepold und Vavra flüchteten in verschiedene Richtungen. Frau Grabow blieb zurück wie ein billiges Geschenk an die Bestie.

Vavras Flucht führte ihn ins Badezimmer, wo er ratlos auf die gefüllte Badewanne sah. Das Wasser besaß die gleiche Farbe wie Frau Grabows Gesichtsmaske. In die Wanne zu steigen und mitsamt seinem Mantel in der dunklen Brühe unterzutauchen, die Luft anzuhalten, bis verschwunden war, wer auch immer die Tür eingetreten hatte ... wem hat eine solch verrückte Idee jemals das Leben gerettet, dachte Vavra, natürlich niemandem, die Leute werden in ihren Badewannen wie Fische harpuniert. Da nun aber kein mannshoher Schrank vorhanden war, in oder hinter dem er sich hätte verstecken können, kein Fenster, durch das er in einen Schacht gelangt wäre, und er es nicht wagte, wieder aus dem Badezimmer zu treten, blieb ihm gar nichts anderes übrig – wollte er sich verstecken, und das wollte er unbedingt –, als in die Duschtasse zu steigen und sich hinter dem mit einem fadenkreuzartigen Muster versehenen Duschvorhang zu verbergen. Das war natürlich die abgeschmackteste und zugleich unsinnigste aller Lösungen. Eigentlich noch schlimmer, als in der Badewanne sein Heil zu suchen.

Vavra stand nun also in seinem dicken Wintermantel unter dem Brausekopf und hoffte darauf, daß sich seine Konturen nicht auf dem Kunststoff abzeichneten, und hoffte noch viel stärker, aber ohne jede Berechtigung, daß sein Gegner so völlig blind oder einfältig sein würde, nicht hinter einem zugezogenen Duschvorhang nachzusehen, oder vielleicht auch gar nicht erst das Badezimmer betrat.

Was dieser jedoch sehr wohl tat. Vavra vernahm die Schritte auf den knirschenden Fliesen, so als ginge einer über Eis. Vavra atmete jetzt rückwärts. Was nichts nutzte. Denn das erwartete Grausen verwirklichte sich in Form einer kräftigen Männerhand, welche durch den Spalt zwischen Kabinenrand und Vorhang in das Innere drang. Eine Klaue mit einem Oberschenkel von Unterarm. Auf den Fingern steckten schlichte, aber massive Ringe. Die Hand näherte sich dermaßen kontinuierlich, daß man meinen konnte, ein simples Experiment sei im Gange. Vavra wurde am Mantelkragen gepackt. Die Faust drehte sich, so daß der Stoff, der ganze Mantel sich spannte und Vavra allein im Zuge dieser Spannung nach vorne kippte, aus der Dusche heraustolperte und wohl auch gefallen wäre, hätte der andere ihn nicht weiterhin am Kragen gehalten, den Arm gestreckt, als präsentiere er etwas, das nicht mehr ganz frisch war.

Bei ihrer ersten Begegnung war Vavra nicht aufgefallen, wie kräftig dieser Mann war. Auch daß sein linkes Ohrläppchen aussah, als sei ein Goldzahn darin steckengeblieben. Der kümmelfarbene, recht kurz geschnittene Bademantel freilich war ihm durchaus vertraut, auch der unfreundliche, arrogante Blick durch die Brille, die das längliche Gesicht kreuzte. Dennoch war Vavra erfreut, daß es Mag. Holt war, der ihn, wie man so sagt, am Krawattl gepackt hatte. Der Holt war kein Killer. Soweit war sich Vavra sicher, nicht bei einer solchen Visitenkarte.

Was Holt betraf, hatte Vavra recht, allerdings unterschätzte er jene, zumindest international tätigen Berufsmörder, denen ästhetisch ansprechende, primär über die Form oder eine sprachtechnische Verwegenheit sich mitteilende

Visitenkarten so wichtig waren wie ein zeitgemäßes, solides Handwerkszeug.

»Holen Sie sich die drei Typen ab«, sagte Holt, »und sehen Sie zu, daß dieses Gesindel ein für allemal begreift: Ein Vavra wohnt hier nicht mehr.«

»Ich verstehe nicht.«

»Na, dann kommen Sie mit.«

Holt ließ Vavra los und richtete seinen Bademantel, indem er die beiden Hälften stärker ineinanderschob und den Gürtel anzog. Mit seiner linken Hand, auf der nur ein einziger Ring zu sehen war, strich er sich die Haare aus der Stirn. Vavra stellte jetzt auch fest, daß Holts Beine nicht bloß muskulös und braungebrannt, sondern auch rasiert waren. Wahrscheinlich schwul, dachte Vavra, der für Schwule nicht viel übrig hatte. Es nervte ihn, daß sie sich in den gesellschaftlichen Mittelpunkt spielten, ihre Andersartigkeit, ihr Verfolgtsein unentwegt zur Schau stellten, ihre freimaurerartige Verbundenheit, die Unverfrorenheit, mit der sie einen ansahen oder ignorierten, ihr blinder, überheblicher Haß gegen alle Heteros. Vavra fand, daß die bekennenden Schwulen ihre perverse Praxis zur Normalität verdrehten und dabei versuchten, die ganze Welt zu verhomosexualisieren. Und das machte ihn zornig gegen diese als einflußreich verstandene Interessengemeinschaft. Dagegen waren die Juden harmlos. Übrigens: Gegen Schwarze hatte er nichts. Fand sogar, daß sie die Weißen aus Afrika hinausschmeißen sollten, lieber heute als morgen, bevor sich auch dort die Schwulen durchgesetzt hatten.

Vavra folgte Holt aus dem Badezimmer, vorbei an Liepold, die in der Schlafzimmertür stand, hochrot im Gesicht, in der Hand einen Glasbehälter, darin Trüffelkugeln. Wollte sie sich mit Schokolade verteidigen? Sie sah den beiden Männern wortlos nach, wie sie über die alte Grabow stiegen, die noch immer bewegungslos, aber mit sich hebender und senkender Brust, am Boden lag.

Holts Vorraum besaß die Ausstrahlung einer Galerie. Vavra fühlte sich unwohl, war sich nicht ganz sicher, wo die Kunst anfing und wo sie endete. Etwa dieser abgegriffene Lichtschalter, der nicht zum modischen Lichtdesign passen wollte und der auf der weißen Wand wirkte wie ein Relikt aus früheren, also Vavras Zeiten. Allerdings – dort war nie ein Lichtschalter gewesen. Handelte es sich also um ein Provisorium oder vielmehr um ein reines Objekt, eine Installation, die man nicht benutzen, sondern gedanklich anfüllen sollte? Ein Nachdenken über Energie, Licht, vielleicht auch nur über die Formen der siebziger Jahre. Um dieses Nachdenken nicht zu behindern, gab es hier weder eine Kleiderablage noch Schuhe oder Schirme, aber einen der Reflexion dienlichen spiegelblanken Boden.

Der große Wohnraum war um einiges gemütlicher: Teppiche, minimalistisch, aber weich, an den Wänden Nagelobjekte, Architekturzeichnungen und ein winziger Renoir friedlich vereint, Bier im Glas, Fische im Glas, gedämpftes Licht aus einer ultramarinen Lichtsäule, Feuer im Kamin, der gleich einem gläsernen Tresor in der Wand steckte. Vor dem Kamin, steif, angespannt, schwitzend, nebeneinander aufgereiht wie Schauspieler, denen das Stück entglitten war, saßen drei Männer, Schläger, vielleicht Kasachen, vielleicht Berliner, sehr viel Fleisch, aber schlechte Zähne. Wesentlich weniger Fleisch, aber ganz hervorragendes Zahnmaterial besaß jener Nerz, der vor den drei Männern auf seinen Hinterbeinen stand und ihnen mit ebenjenen Zähnen drohte. Auf einem Glastisch lagen die Pistolen der Herren, eigentlich nur ein paar Schritte von ihnen entfernt, aber das Mardertier hielt sie in Schach. Zwei der Männer hatten Bißwunden an den Händen.

»Na Burt, mein Schatz«, sagte Holt und stieß einen kurzen, stumpfen Pfeifton aus.

Burt ließ sich auf die Vorderbeine fallen, schloß seine helle Schnauze und lief mit einer wellenförmigen Bewegung auf Holt zu, zog eine Schleife um seine Beine, stellte sich wieder auf und ließ sich über den Kopf streichen, was er sichtlich genoß. Dann sah er hinüber zu Vavra und gab ein Geräusch von sich, das sich anhörte, als würde ein Vogel knurren.

»Sagen Sie hallo zu ihm.«

»Burt, wie geht's?« gab sich Vavra Mühe.

Burt sprang auf das Ledersofa und ließ es zunächst einmal gut sein.

Holt trat auf die drei Männer zu. »Die Herren wollten zu Ihnen. Haben die Wohnung gestürmt, mit Feuerwaffen gedroht, sich sehr schlecht benommen, muß ich sagen. Und wollten partout nicht glauben, daß Sie ausgezogen sind.«

»Sie haben diesen kleinen Teufel auf uns gehetzt«, beschwerte sich der linksaußen. Er war ohne Wunde an der Hand, hielt sich aber ein Tuch ans Ohr. Die Farbe des Stoffs ließ auf einen bedenklichen Zustand schließen.

»Sie wagen zu behaupten, Burt sei ein Teufel?«

»Also, ich wollte ja nur ...«

»Der kleine Kerl hat ein großes Herz«, erklärte Holt. »Und er mag keine Waffen. Aber lassen wir das.« Und zu Vavra: »Nehmen Sie Ihre Freunde mit. Und sehen Sie zu, daß so etwas nicht wieder vorkommt.«

»Das sind nicht meine Freunde.«

»Ihr Problem.«

»Wenn Sie gestatten, würde ich dieses Problem gerne in Gegenwart von Burt lösen. Er hat so eine gewisse beeindruckende Wirkung.«

»Wenn es unbedingt sein muß«, meinte Holt. »Fünf Minuten, nicht länger.«

»Gut«, sagte Vavra. Und an die drei Verwundeten gerichtet: »Also bitte, die Herren, wer schickt euch, und weshalb? Wozu die Pistolen?«

Natürlich hätten die drei versuchen können, die fünf Minuten irgendwie zu überbrücken, aber weder waren sie geübt im verbalen Winkelzug, noch wollten sie riskieren, ein weiteres Mal von Burt attackiert zu werden. Das war nicht ihr Tag. Sie waren Profis genug, um das einzusehen. Und sie waren nicht dafür bezahlt worden, den Mund zu halten.

Es war wieder der Mann linksaußen, der sich meldete. Ein Dr. Hufeland habe sie geschickt. Ihr Auftrag wäre es gewesen, Vavra in die Mangel zu nehmen und ihn davon zu überzeugen, daß es besser sei, die Sache mit der Taubenhofgasse zu gestehen.

»Da hätten Sie mich aber zu Tode prügeln müssen.«

»Berufsrisiko«, erklärte nun die rechte Flanke, während das Mittelfeld kurz den Schmerz in der Hand vergaß und versonnen in sich hineingrinste.

Vavra behauptete, daß er nicht wüßte, was es zu gestehen gebe.

»Wer einmal auf dem Operationstisch liegt, dem fällt eine ganze Menge ein«, kam es von der rechten Seite mit dem Tonfall langer Geschäftspraxis.

»Wer ist dieser Hufeland?« wollte Vavra wissen.

»Wichtiger Mann«, sagte Rechtsaußen und schrie gleich danach auf, da ihm Holt einen Schlag auf die verletzte Hand versetzt hatte. Es ging Holt zu langsam, weshalb das Mittelfeld sich beeilte zu erklären, daß der Professor Hufeland, Herbart Hufeland, ein bekannter Wiener Psychiater sei, der immer wieder als Gutachter in Prozessen fungiere.

Hufeland war ein Meister, wenn schon nicht der Medizin, so doch des Wortes und damit auch der Rechtsmedizin. Er verstand es dank bühnenreifer Überzeugungsarbeit, Anwälte wie Staatsanwälte auszustechen und Geschworene und Gerichte von seinen Gutachten zu überzeugen, deren Sinn darin bestand, geistige Abnormität und geistige Normalität zu vertauschen, und zwar in beide Richtungen. Es war nicht ungewöhnlich, wenn Unterweltler für Hufeland arbeiteten, der ja nicht bloß Gutachten verfaßte wie andere Theaterstücke, sondern auch dafür sorgte, daß im Vorfeld gerichtlicher Kampfhandlungen gewisse Personen sich zurückzogen oder sich entschlossen, Aussagen tätigen zu wollen, die Hufelands Expertisen in optimaler Weise bestätigten.

»Schön und gut«, sagte Vavra, der hier freilich wenig Schönes und Gutes entdecken konnte, »aber was habe ich mit Hufeland zu tun?«

»Können wir auch nicht sagen. Aber wenn es Ihnen weiterhilft, kleiner Tip: Hufeland ist ein Freund der Familie Hafner.«

»Und wo finde ich diesen Herbert?«

»Herbart. Seien Sie vorsichtig, darauf legt er Wert, auf das *a*. Ihn Herbert heißen, kann einen teuer zu stehen kommen.«

»Wohl nach Johann Friedrich Herbart, dem Pädagogen«, mischte sich Holt ein und bewies Bildung, die hier auf wenig Resonanz traf.

Vavra, mit Burt im Rücken kaltschnäuzig geworden, meinte, daß es doch gleichgültig sei, wie er den Herrn nenne. *Sein* Freund, *sein* Gutachter sei er offensichtlich nicht. »Also, wo trifft man diesen Hufeland?«

Das Mittelfeld antwortete, daß der Professor oft im Churchill verkehre, einer Bar im Grand Distrikt. Das war jene Gegend im Bereich des Gürtels, wo ein paar kümmerliche Animierlokale standen und halbnackte Mädchen den vorbeirasenden Autos nachsahen. Daß in Wien die Prostitution blühte, war schwer vorstellbar. Vielleicht in den Schlafzimmern der Hausfrauen oder in den großen Hotels, aber nicht auf der Straße. Das Churchill war ein schmuddeliges Nachtcafé, billiges Mobiliar, Alltägliches auf der Getränkekarte, ein paar ältliche, mütterliche Nutten an der Bar, die hier angestellt waren, um zuzuhören. Nur selten wollte ein Gast mehr. Was das Lokal mit jenem englischen Premierminister zu tun hatte, der für seine Ablehnung sportlicher Aktivitäten berühmt geworden war und dennoch den Nobelpreis für Literatur erhalten hatte, blieb im unklaren, da nicht einmal ein Foto des großen Briten die kleine Pin-up-Wand des Lokals zierte.

So heruntergekommen das Churchill wirkte, war es dennoch der Treffpunkt von Personen, die in dieser Stadt etwas zu sagen hatten – und zwar nicht bloß, wie viele Mülleimer die Gemeinde im nächsten Jahr anschaffen würde – und die froh waren, sich einmal woanders zu begegnen als in der Hofburg oder in den Restaurants hochstapelnder Meisterköche, wo man ja kaum ordentlich miteinander reden konnte, wenn ständig irgendein Oberkellner, Journalist oder der Kanzler einem in die Suppe sah.

Holt blickte auf die Uhr, erklärte die fünf Minuten für beendet und gab den drei Männern ein unmißverständliches Zeichen, woraufhin sie sich erleichtert erhoben. Sie klemmten ihre Waffen zwischen Hosenbund und Bauch, machten um den eingeschlummerten Nerz einen größtmöglichen Bogen – was nicht gerade ihrem guten Ruf entsprach, Bögen machen – und verließen eiligst die Wohnung.

»Sie würde ich auch bitten«, sagte Holt und zeigte Vavra die Richtung an.

»Die Kerle werden mir auflauern.«

»Die Kerle sind keine Racheengel, sondern Professionalisten. Die machen jetzt Feierabend. Glauben Sie mir.«

»Ich muß Ihnen glauben.«

»Richtig.«

Gerade als Vavra und Holt ins Vorzimmer traten, kam ein hochgewachsenes Wesen zur Tür herein. Kein Wintermantel verdeckte das schwarze, ärmellose Kleid, das einem Badeanzug glich. Ein Körper wie aus einem Comic, schlanke, überlange Beine, muskulöse Arme, krallenartige Finger, Backenknochen wie mit Filzstift skizziert, Katzenaugen, Löwenmähne. Auf dem linken Oberarm eine Tätowierung: mt, das Zeichen für träge Masse. Wovon nicht die Rede sein konnte. Die Haut glänzte, als käme das Wesen gerade aus der Kraftkammer. Vavra fragte sich, ob das eine Tunte sei.

»Hallo, Mäuschen«, sagte das Wesen zu Holt, gab ihm einen Kuß und stelzte in der Art eines Models, die Luft mit den Hüften zur Seite stoßend, in ein Zimmer, das nicht das Wohnzimmer war. Wenn es sich bei dieser Person um einen Mann handelte, war er Stimmenimitator. Und genau betrachtet: Wenn das die Beine eines Mannes waren, vermochte die Schönheitschirurgie mehr, als sie zugab.

Das konnte keine Tunte sein. Vavra war irritiert. Mag. Holt ein Hetero? Sahen Heteros heutzutage so aus? Rasierten sie sich die Beine? Standen Frauen auf haarlose Affen, auf das Schwuchtelgehabe, auf extravagante Haustiere?

Holt schien dieses Zusammentreffen peinlich zu sein, seine Selbstsicherheit war mit einem Schlag dahin. Und als wäre er ausgerechnet Vavra eine Erklärung schuldig, schwafelte er etwas von seiner Mutter.

»Ihre Mutter?« fragte Vavra ungläubig.

Holt biß sich auf die Lippen. »Meine Schwester.«

Es schien ganz so, als wäre es Holt unangenehm, als Hetero entlarvt worden zu sein. Würde er damit vielleicht seine berufliche Laufbahn gefährden, überlegte Vavra, der sich das gut vorstellen konnte: Karrierestopp für Heteros.

Jetzt schwamm Vavra obenauf, zeigte sich großmütig, legte Holt die Hand auf die Schulter. Und wollte damit gesagt haben, daß es ihn wirklich nicht störe, wenn Holt es mit Frauen trieb. Die Sache würde unter ihnen bleiben, versteht sich.

Vavras Hand auf der Schulter dieses Mannes wirkte fremd, glitschig, mehr wie ein schleimiger Kopffüßer denn wie eine Hand. Er nahm sie herunter. Man brauchte nicht zu übertreiben, sagte er sich. Dann sah er hinüber zu Liepolds Wohnung. Und weil das wohl der richtige Moment war, erwähnte er die eingetretene Tür.

»Tut mir leid. Aber Sie haben ja nicht aufgemacht.«

»Woher wußten Sie eigentlich«, fragte Vavra, »daß ich bei der Liepold eingezogen bin?«

»Von der Mutter natürlich. Die hat es mir am Nachmittag erzählt. Und dann habe ich das Gebrüll im Stiegenhaus gehört und mir denken können, daß Sie endlich nach Hause gekommen sind. Ich hatte es ja schon einmal versucht.«

»Trotzdem. Die Tür ist hin.«

Eigentlich war bloß das Schloß beschädigt worden. Aber Holt zeigte sich einsichtig und versprach nicht nur eine Reparatur, sondern eine Erneuerung der ganzen Tür. Woraufhin Vavra sich verabschiedete und auf den Gang trat. Holt blieb zurück wie ein Rechtsbrecher, der noch einmal davongekommen war.

Ingrid Liepold stand im Vorzimmer. Trug wieder ihre Sportkleidung. Vavra lehnte die Tür an, legte die Kette vor.

»Was war das?« fragte sie.

»Ein Mißverständnis.«

»Der Mann muß verrückt sein, durch die geschlossene Tür zu kommen.«

Vavra gab sich jovial, sprach von einer psychischen Anspannung des neuen Mieters. Beziehungsprobleme. Auch seine Mutter und seine Schwester spielten eine Rolle. Dafür werde die Tür aber vollständig renoviert. Vavra riet ab, den Fall zu melden, bei wem auch immer.

»Ich werde mich hüten«, bewies Liepold eine gesunde Skepsis gegenüber Behörden, die sich bei einer alleinstehenden Frau ohnehin nur für Geheimprostitution interessierten.

»Und Ihre Mutter?'«

»Sie atmet. Sie wütet. Sie droht mit Enterbung. Jetzt liegt sie im Bett. Soll sie mich enterben, ich überlebe dieses Weib sowieso nicht. Es gibt Leute, die werden zweihundert und älter. Wußten Sie das?«

»Zweihundert?«

»Das ist kein Spaß«, sagte Liepold und ging in ihr Zimmer.

Als Vavra endlich im Bett lag – zwar todmüde nach diesem nicht ganz einfachen Tag, dennoch unfähig, den Weg in den Schlaf auszumachen –, fragte er sich, wie das alles zu verstehen sei. Warum hatte die Polizei ihn laufenlassen, und warum war sein Name in den Medien ungenannt geblieben? Warum hatte man den Einsatz, der zu seiner Festnahme führte, als polnischen Überfall getarnt? Warum war die Leiche tatsächlich an jenem Ort aufgefunden worden, den er aus dem Nichts heraus angegeben hatte? Wie konnte der angeblich so ausgekochte Hufeland derart schlecht informiert sein? Und zuletzt: Warum hatte Frau Ingrid Liepold sich vor ihm ausgezogen? Daß dies einzig Ausdruck ihres tänzerischen Ehrgeizes gewesen sein sollte, konnte er sich nicht vorstellen. Eine Frau war nicht einfach bloß ehrgeizig, um irgendeine Kunst voranzutreiben. Was führte sie im Schilde?

Über dem Gedanken an das, was man eine normale, gesunde Sexualität nannte, brach Vavra zusammen und rutschte solcherart doch noch in einen kurzen Schlaf, bevor er vom unmäßigen Geläute eines hinter der Gardine versteckten Weckers zurückgeholt wurde. Frau Grabow war eine passionierte Frühaufsteherin. Daß ihre Tochter immer wieder in den Tag hineinschlief, war ihr ein weiterer Beweis für die Verdorbenheit dieses Menschen, der so sehr dem Vater nachgeriet. Aber dagegen konnte sie nichts tun. Ingrid hatte das Heft in der Hand und hielt es schützend über den eigenen Schlaf und andere egoistische Regungen. Bei Vavra lag der Fall anders. Weshalb sie denselben Wecker, mit dem sie früher ihre Schwester täglich aus dem Schlaf und schlußendlich in den Tod geläutet hatte, nun auch einsetzen konnte, um den neuen Untermieter zu disziplinieren. An die Vorfälle der letzten Nacht konnte sie sich nicht mehr erinnern, auch wenn das Erscheinen Vavras, der nun ins Zimmer trat und verlegen grüßte, ihr einen Schrecken einjagte. Aber das war wohl einfach der Anblick eines Mannes auf nüchternen Magen, sagte sie sich und konzentrierte sich weiter auf das Telefonat, das sie gerade führte.

Vavra trat in den Vorraum, betrachtete sich im Spiegel. Theo Lingen? Ganz unrecht hatte die Alte nicht. Bloß sah er lange nicht so gesund aus. Er griff ohne Skrupel in den Mantel Liepolds und zog ihre Geldbörse heraus. Darin befanden sich sieben Hunderterscheine, die er nahm und in seiner Hosentasche verstaute. Er würde nicht mehr hierher zurückkommen. Das war natürlich kein Argument für einen Diebstahl, zumindest keines, das einem Straffreiheit garantierte. Er war erstaunt, wie leicht es ihm dennoch fiel. War es genauso leicht, ein fünfzehnjähriges Mädchen verhungern zu lassen?

Wie Unzählige vor ihm, die sich plötzlich ihrer Unschuld nicht mehr sicher waren und denen die Mittel der Verdrängung keine Ausflucht boten, würde er also darangehen müssen, der Wahrheit auf die Schliche zu kommen, der ganzen Wahrheit, was bedeutete: dem Dreck, der an der Wurzel klebte.

3 | Cernys Fieber

Das Hauptquartier der Sondereinsatzleiterin war in einem der neuen Bürohäuser untergebracht, die man wie Gefechtsstationen der Weltwirtschaft in die Wiener Erde gerammt hatte. Wenn es nach Lilli Steinbeck gegangen wäre, so wäre sie lieber in einem muffigen Amtsraum gesessen, wo der Geruch von Generationen die Luft patinierte. Zwar entsprach ihre eigene Wohnung allerneuesten Maßstäben sachlich-frostiger Wohnkultur – was bedeutete, daß die einzige optische Wärme aus dem fingerdicken Breitwandfernseher kam –, doch in ihrer Arbeit erlag sie gerne dem Reiz des Rückständigen, war wenig begeistert von all den kriminaltechnischen Innovationen, mit denen die Polizei den hochmotivierten, in der Regel gesunden kriminellen Körpern hinterherjagte, welche den Startvorteil besaßen, die Art der ungesetzlichen Handlung weitgehend selbst zu bestimmen. Entweder war die Struktur eines Verbrechens zu kompliziert, der wirkliche Täter als solcher juridisch unglaubwürdig oder das Delikt im Gespinst des Alltäglichen und einer Beinahekriminalität viel zu verschwommen, als daß ein noch so großer Aufwand an technischen Spielereien und ein noch so großer Einschnitt in die Bürgerrechte etwas genutzt hätten. Zudem hinkte die Polizei dem technischen Fortschritt ohnehin ständig hinterher. Die Ausrüstung der Kriminellen war in der Regel erstklassig. Ein Unterschied wie zwischen Schreibmaschine und Computer. Vielleicht auch, da die Kontakte der Unterwelt zu Industrie und Forschung die allerbesten waren. Schließlich versprach die Erprobung von Neuheiten auf dem sozusagen freien Feld der Verbrechensausübung aussagekräftige Resultate, stand doch der Konsument – nicht aus Überzeugung, sondern aus Notwendigkeit – dem Verbrechen näher als der Polizei.

Steinbeck saß in ihrem Bürosessel und sah hinüber zur Donau, die im Schneesturm kaum auszumachen war. Ob die Brücken noch standen, war nicht festzustellen. Über Floridsdorf war ein orangefarbener Punkt zu sehen, der sich vehement behauptete. Aus dem Nebenzimmer drangen die Stimmen ihrer Kollegen, die mit den Sekretärinnen einer benachbarten Versicherungsgesellschaft irgend jemandes Geburtstag feierten. Offiziell führte Steinbeck eine Agentur zur Vermittlung von Leibwächtern und seriöser Damenbegleitung. Es fiel den kräftig gebauten Herren ihrer Abteilung nicht schwer, glaubwürdig zu wirken. Daß die Truppe in einem Bürohaus stationiert war, hatte weniger mit Tarnung und Frankfurter Allüren zu tun als mit der Platznot der Wiener Kriminalpolizei, deren inoffizielle Abteilungen in den angestammten Räumlichkeiten nicht mehr unterzubringen waren.

Die Tür, die zum Gang führte, öffnete sich, und herein trat ein Mann mit dem leicht verwahrlosten Aussehen des ewig Unangepaßten. Das graue Haar hing ihm dünnflüssig über die Schultern. Eine Narbe quer über der Stirn. Ein eher kleiner Mensch, aber massiv. Seine Bewegungen langsam, aber bestimmt. Er war nicht der Typ, der jemandem nachlief, sondern sich ihm frühzeitig in den Weg stellte. Und es war nicht leicht, an ihm vorbeizukommen. Dank kaum sichtbarer Bewegungen wuchs er in die Breite. Seiner Größe wegen unterschätzten ihn die meisten Leute, weshalb sie an ihm aufliefen wie auf ein Riff, das sie hier nicht vermutet hätten.

Die stark geröteten Augen wurden abgedeckt von getönten Gläsern. Daß dieser Mann keinen Schluck trank, war schwer vorstellbar, dennoch ein Faktum. Auch nahm er sonst keine Drogen zu sich. Der Mann hatte ein ganz anderes Problem. Ihn begleitete ein ständiges Fiebergefühl. Womit er zu leben gelernt hatte, wie man lernt, daß sich immer wieder Staub auf die Dinge legt. Was ihn aber interessierte, war die Frage, ob dieser hyperthermische Eindruck der Wirklichkeit entsprach. Denn nur selten tat er das. In jedem Fall wollte er den Überblick behalten, über sein eingebildetes wie sein tatsächliches Fieber. Darin bestand sein Zwang: im Fiebermessen. Weshalb er ganze Bücherregale voll von Notizbüchern besaß, die nichts anderes speicherten als Datumsangaben, Uhrzeiten und Körpertemperaturen. An eine statistische Auswertung dachte er nicht. Was wäre schon dabei herausgekommen: daß er trotz kontinuierlichen Fiebergefühls durchschnittlich auf 36,7 Grad köchelte, von einer echten Fieberleistung also wirklich nicht die Rede sein konnte? Nein, er meinte, indem er notiere, schaffe er Ordnung. Das genügte. Ohnedies verzichtete er darauf, sich zu rechtfertigen. Er maß seine Temperatur, so wie andere rauchten oder Nägel bissen oder Haare drehten, sich an ihren Bäuchen oder an diesen kleinen, tragbaren Telefonapparaten festhielten. Auch er besaß ein Gerät, das er ständig mitführte, einen beigefarbenen Kunststoffkörper mit Digitalanzeige, den man sich wie eine Pistole ins Ohr hielt und dadurch bereits nach Sekunden über die körpereigene Temperatur Bescheid wußte. Ein Instrument, das die Ausübung seiner Manie um einiges leichter gestaltete. War er doch früher gezwungen gewesen, ein traditionelles Thermometer unter die Achsel zu klemmen und zehn Minuten in ruhiger Stellung auszuharren, was angesichts eines Berufsalltags von Beschattung bis Festnahme sich manchmal umständlich gestaltet hatte. Und weil er sich auch vor Vorgesetzten nicht zurücknahm, führte seine Marotte zu Verwarnungen, die Ewald Cerny hinnahm, wie man den hundertsten geschenkten Kugelschreiber hinnimmt.

Auch als er sich jetzt in dem angebotenen Stuhl niederließ, zückte er sein Gerät, führte sich den Lauf in sein rechtes Ohr ein, drückte die Taste, und nachdem ein Signalton erfolgt war, konnte er immerhin feststellen, daß sein Empfinden ihn nicht ganz täuschte. 37,28 Grad war zwar noch nicht die Welt, aber doch erhöhte Temperatur. Gleichzeitig befriedigt ob der richtigen Einschätzung und betroffen angesichts des Beweises seiner Erkrankung, steckte er den Thermomaten zurück in die Tasche einer Natojacke, wie Natogegner sie so gerne tragen.

Cerny gehörte nicht zu Steinbecks Einheit, er gehörte zu gar keiner Einheit, war ein fliegender Mitarbeiter, kam zum Einsatz, wenn es besser schien, jemanden allein, abseits eingespielter Kollektive arbeiten zu lassen. Sein Glück. Dabei war er keineswegs ein Dirty Harry, keiner dieser hartgesottenen Einzelkämpfer, die stets am Rande des Gesetzes und leichthändig wie in einem Videospiel wüteten. Cerny war gerne alleine, hatte verständlicherweise wenig Lust, sich die höhnischen Bemerkungen seiner Kollegen anzuhören, wenn er wieder einmal eine Messung vollzog. Die anderen hielten ihn für einen Irren, sprachen vom *Fiebergesicht*, vom *Thermomaniac*, vom *Mann jenseits der Siebenunddreißig*. Daß er zumeist fieberfrei war, blieb sein Geheimnis, das er genaugenommen vor sich selbst geheimhielt. Einige vermuteten, daß er unter einer Art Nervenfieber litt, in dessen Folge Teile seines Verstandes in die Knie gegangen waren. Was so nicht stimmte. Allerdings beschäftigte sich Cerny leidenschaftlich mit aller neurologischen Unbill, die zu fiebrigen Zuständen führte. Sein Lieblingsmaler war Carl Spitzweg, den er auch als Künstler schätzte, aber in erster Linie deswegen verehrte, weil dieser in seiner Biographie ein Nervenfieber vorweisen konnte, was Cerny in einen direkten Bezug zur Spitzwegschen Kunst setzte, deren Figuren, so der Polizist als privater Fieberforscher, »weniger komisch denn in jeder Hinsicht chronisch sind«. Cerny war überzeugt, daß es das Fieber sei, das die Nasen der forschenden Geister, der Bürokraten, der Obsessionisten, der Boten in eigener und fremder Sache erglühen läßt und welches zu den beschlagenen Brillengläsern von Sonntagsjägern und Sammlern führt. Und erklärte, daß Spitzweg nie geheilt gewesen war, daß das Fieber den Maler nicht wieder verlassen hatte und daß wahre Kunst ohne Fieber ohnedies schwer denkbar sei – so romantisch veranlagt war Cerny nun einmal.

Steinbeck war Cernys Manie gleichgültig. Kein Vergleich zu den Angewohnheiten ihrer eigenen Leute, allein das traditionelle Scheuern am eigenen Geschlecht, als würden dort unten Lose gerubbelt. Sie schätzte Cerny als zuverlässig, intelligent und relativ unbestechlich. Mehr wollte sie nicht verlangen.

Sie hatte ihn kommen lassen, da ihr der Fall Hafner nicht aus dem Kopf ging. Zwar wurde nach außen hin eine Arbeit an der Aufklärung der Hintergründe und Ausforschung der Täter behauptet, doch praktisch war die Sache auf Eis gelegt worden. Das Mädchen war tot und begraben, die Presse längst mit anderen Opfern beschäftigt, und die Familie Hafner hatte sich zurückgezogen wie von einem Geschäft, das nichts einbringen würde. Ohne triftigen Grund galt es als erwiesen, daß eine Verbrecherbande aus dem deutschen oder irgendeinem anderen ehemaligen Osten, logistisch unterstützt von Exponenten der heimischen Szene, die Entführung vorgenommen hatte.

Die Verhaftung Vavras war ein Reinfall gewesen. Das hatte Steinbeck vom ersten Moment an gespürt. Seine Aussage war so phantastisch gewesen, daß sie kaum erfunden sein konnte. Wer denkt sich Derartiges aus? Aber der Mann war nun einmal verfügbar gewesen. Und schließlich mußte gearbeitet werden. Entsprechend jüngsten Richtlinien, die von der geplagten Presseabteilung der Polizeidirektion konzipiert worden waren, hatte man die Verhaftung, Befragung und kurzfristige Inhaftierung Vavras so vorgenommen, daß das Verschwinden dieses Mannes nicht mit der Entführung in Zusammenhang gebracht werden konnte. Er war offiziell das Opfer eines Raubüberfalls geworden, sein Abtransport zwar spektakulär, aber angesichts einer polnischen Attacke durchaus gerechtfertigt. Weshalb es auch nicht nötig gewesen war, ihm einen Anwalt zur Seite zu stellen. Er war gewissermaßen in Schutzhaft genommen worden. Zudem hatte im Moment seiner Verhaftung der Zivilist Vavra zu existieren aufgehört. Daß man ihn dann einfach freiließ, ohne sich weiter um ihn zu kümmern, war nicht ungewöhnlich, auch wenn im scheinbaren Widerspruch zur vorangegangenen Vorsicht stehend. Mag sein, daß man früher einer solchen Person den Weg zurück ins bürgerliche Leben gewiesen hatte. Mag sein, daß so mancher zur weiteren Verwahrung in einer jener Anstalten gelandet war, wo einen der Wahnsinn im Sinn eines Gehorsams ereilte. Mag auch sein, daß tödliche Unfälle inszeniert worden waren, um der üblen Nachrede des zu Unrecht Verdächtigten zu entgehen. Mag sein. Heute wußte man, daß es nicht bloß praktikabler, sondern auch wesentlich sicherer war, diese Leute, wie jeden anderen, der aus dem Gefängnis entlassen wurde, einfach auf die Straße zu setzen. Einige fanden zurück in ihr Leben, wo sie sich dann stiller und unauffälliger verhielten als zuvor. Die meisten jedoch stürzten ab, ohne dabei viel Krach zu schlagen. Sie landeten bald wieder im Gefängnis, nur daß sie nun eine wirklich begangene Straftat vorweisen konnten und also dem ursprünglichen Verdacht in modifizierter Form doch noch gerecht wurden.

»Ich wünsche mir«, begann Steinbeck, sah aber weiter zum Fenster hinaus, als sei ihr Wunsch dort draußen im Schnee begraben, »daß Sie sich der Hafnergeschichte annehmen.«

»Ist die nicht abgelegt?«

»Abgelegt, aber nicht makuliert.«

»Und was sagt der Chef?«

Es war nie ganz klar, wer mit »Chef« gemeint war. Etwa einer von den Hofräten, die wie Weihnachtssterne an den Spitzen der Abteilungen festsaßen und weder gerne nach oben noch nach unten sahen? Oder war jemand aus der höchsten Etage gemeint, einer von den patenten Burschen, die zuckerwerkartig den jeweiligen Minister schmückten und denen die Beschwichtigung im Mund lag wie den Hofräten der Nasal im Nasenraum?

Steinbeck erklärte kryptisch, daß ihr ein gewisser Freiraum zur Verfügung stehe, zumindest so viel, daß sie ihn, Cerny, damit beauftragen könne, nachzuforschen, wie sich der Fall abseits der Ostbandenversion darstelle.

»Ist die Familie überprüft worden?«

»Natürlich. Natürlich mit großer Zurückhaltung. Wirkliche Verdachtsmomente haben sich nicht ergeben. Bei einer so oberflächlichen Betrachtung war auch kaum etwas auszumachen. Der Hafnerclan ist sakrosankt.«

»Auch für mich?«

»Bohren Sie. Aber tun Sie dem jeweiligen Patienten nicht weh. Es soll aussehen, als wollten wir die bereits gewonnenen Erkenntnisse bloß absichern. Einen bürokratischen

Strich unter den Fall ziehen. Jetzt, da die große Madame wieder im Lande ist. Und ihre beiden Söhne.«
»Verkleidung?«
»Bleiben Sie, wie Sie sind. Spielen Sie den ungewaschenen Klotz.«
Nun, er *war* ein ungewaschener Klotz. Steinbeck überreichte Cerny eine Mappe, dick wie *Ein weites Feld*. Cerny schien entsetzt. Sie beruhigte ihn jedoch, indem sie erklärte, die wesentlichen Stellen angezeichnet zu haben. Cerny schlug das Konvolut auf. Zuoberst lagen die Fotografien, die das tote Mädchen in seinem Verlies zeigten. Ein zusammengekrümmter, in die Ecke gepreßter Körper, der aussah, als sei er aus dem Mauerwerk herausgewachsen. Der schräg gestellte Kopf, Schultern, Knie und die Ellbogen der angewinkelten Arme vermittelten einen freigelegten Eindruck. Der ganze Körper besaß dieses Bis-auf-die-Knochen.
Cerny zog das Gesicht zusammen. »Sieht nach Biafra aus.«
»Magersüchtig«, sagte Lilli Steinbeck, die es ja wissen mußte.
»Wie?«
»Das Mädchen war krank, wirklich krank. Nicht bloß dünn, wie Fünfzehnjährige eben dünn sind. Berücksichtigen Sie das, Cerny. Das wurde nämlich bisher unterlassen. Ich denke, wer auch immer Sarah in dieses ungeheizte Loch befördert hat, wußte, daß sie das nicht überstehen würde. Auch nicht bei täglicher warmer Mahlzeit, die sie sowieso nicht angerührt hätte. Unter uns – das Mädchen war bereits so gut wie tot, als man sie dort eingeschlossen hat, wenn nicht schon zuvor. Aber der Chef will davon nichts wissen. Er besteht darauf, mit der Entführung habe das nichts zu tun. Könnte ein schlechtes Bild auf die Hafners werfen. Und das wollen wir, Gott behüte, vermeiden.«

Steinbeck erklärte, daß sich die beiden sogenannten medizinischen Experten in der Frage uneinig zeigten, wie lange das Kind wohl in seinem Gefängnis gelegen hatte, bevor es verhungert war. Als unzertrennlich erwiesen sich die beiden jedoch in dem Punkt, daß von Anorexie nicht die Rede sein könne. Dünn sei das Mädel halt gewesen, dünn, aber durchaus gesund, hatten die zwei Herren unisono erklärt und dabei ausgesehen, als stünden sie auf einer Bühne und spielten die Hausärzte der Kaiserfamilie.

Cerny zeigte sich verwundert, daß Sarah Hafner auf den Zeitungsfotos keineswegs den Eindruck mache, sie sei gerade am Verhungern.

»Die sind vor eineinhalb Jahren aufgenommen worden. Bevor Sarah wohl begonnen hat, die Hand über ihren Teller und ihr Leben zu legen. Die Frau Mama hat behauptet, es gebe aus der letzten Zeit keine Bilder.«

Und das nahm ihr Lilli Steinbeck auch ab. Denn es sei nur zu verständlich, daß Frau Hafner den für sie beschämenden Verfall der eigenen Tochter nicht dokumentiert wissen wollte. Die Clanchefin sei so eine Art schlankes Schlachtschiff. Der moderne Ariertyp, mehr französisch als deutsch, aufgeklärt und antiliberal, keine von den blöden Kühen, die zwischen Gatten und Flüchtlingskindern grinsen. Eine Frau, die es verstehe, das Maul aufzureißen. Ein gewaltiges, ein bedeutendes Maul, das auch geschlossen seine Wirkung nicht verfehle.

»Okay, ich mag sie nicht«, sagte Steinbeck. »Vielleicht, weil sie zum Erbrechen gesund aussieht. Vielleicht, weil sie etwas mit dem Tod ihrer Tochter zu schaffen hat.«

Steinbeck griff sich mit dem Finger an die Stirn, als wäre ihr gerade eingefallen, daß die Milch auf dem Herd steht. »Vergessen Sie das letzte.«

»Schon geschehen«, sagte Cerny, der nie etwas vergaß,

auch nicht das Feststellen seiner Körperwärme, weshalb er mit souveränem Griff das Gerät aus der Tasche zog, um sich – zumindest in einem Punkt – in die Sicherheit exakten Wissens zu begeben.

Cernys Kontakte zur Unterwelt konnte man als vernünftig qualifizieren. Auch in diesem Milieu galt er als zuverlässig. Nie setzte er jemanden unter Druck, verzichtete darauf, den wilden Polizisten zu mimen, wußte sich zu benehmen. Wollte er eine Information, so zahlte er einen angemessenen Preis. Ließ er sich bestechen, so nur von Personen, die ansonsten beleidigt gewesen wären. Hätte es mehr Beamte wie Cerny gegeben, wären die Berufskriminellen nicht gezwungen gewesen, ihrerseits Druck auf die Polizei und politisch Verantwortlichen auszuüben oder durch unmäßige Geld- und Sachspenden Abhängigkeiten herzustellen. Cerny erkannte die Existenz einer kriminellen Sphäre als jenen Unterbau an, ohne den die bürgerliche Gesellschaft in sich zusammengefallen wäre. Der Anteil an tatsächlichen Verbrechern, jenen also, die kriminelle Handlungen außerhalb einer geregelten Arbeitsform und mit wahrlich bösem Vorsatz begingen, war in der Unterwelt wie in der Oberwelt gleich groß. Andererseits war nach Cernys Verständnis etwa ein Dieb nicht als Verbrecher zu bezeichnen, solange er nicht in den angestammten Revieren seiner Kollegen wilderte und er vor allem darauf achtete, den Diebstahl an diebstahlsträchtigen Personen und Einrichtungen vorzunehmen. Wobei ein solcher Krimineller – nicht anders als auch die Polizei –, die Verhältnismäßigkeit der Mittel im Auge zu behalten hatte, also zum Beispiel im Zuge eines Salatdiebstahls nicht gleich den Salatverkäufer erschoß. Vermied also ein Dieb ein gemeinschädliches Verhalten, so war er wohl kaum als Verbrecher im Sinn einer verfolgungswürdigen Person anzusehen, seine Tat zwar strafbar, aber nicht asozial. Daß solche Leute jeder Vernunft zum Trotz verhaftet und verurteilt wurden, war eine der vielen Ungerechtigkeiten in einer Gesellschaft, die, das 21. Jahrhundert vor der Tür, einem hinterwäldlerischen Bild von Rechtswidrigkeit und Verbrechensauffassung verhaftet war. Nicht so Cerny. Harmlose Arbeiter und Angestellte unterweltlicher Betriebe ließ er in Ruhe, auch wenn seine Anordnungen manchmal anders lauteten. Zumeist aber wurde er ohnehin mit Fällen betraut, die ein eindeutig strafwürdiges Verbrechen beinhalteten.

Cerny hatte sich umgehört und gegen gutes Geld die Information erhalten, daß die Kanterbrüder, die unter dem Firmennamen *Die drei Katecheten* in der Sparte der Auftragskriminalität eine wenngleich etwas komische, so doch schlagkräftige Rolle spielten, an einem Zivilisten namens Vavra gescheitert waren. Auch wenn die Brüder von einer Übermacht sprachen, der sie in der Wohnung Vavras begegnet sein wollten – einer Übermacht, die sie wohlweislich nicht näher benannten –, so hatte ihr guter Ruf unter dem Fehlschlag gelitten, um so mehr, als ihr Auftraggeber, ein gewisser Professor Herbart Hufeland, Ausreden nicht gelten ließ, schlechte sowenig wie gute, und die drei Herren zu einer sogenannten Reparationszahlung verdonnert hatte, die sie zahlen mußten, wollten sie nicht vollends vom Markt verschwinden.

Hufeland gehörte zu jenen Leuten, die Cerny unter die wahrhaftigen Verbrecher einstufte. Ein Mann, der gleichermaßen in Ober- und Unterwelt seine Interessen vertrat. Mit distinguierter Geste und unsauberen Methoden. Ein Künstler, ein Schauspieler, ein Lügenmeister. Sein Einfluß, seine hervorragenden Kontakte und seine mythenumrankten und gut verwahrten persönlichen Erinnerungen erlaubten es ihm, gewisse Spielregeln zu mißachten. Allerdings nahm er sich stets im richtigen Moment zurück, weshalb es ihm gelungen war, den Niedergang des altsozialistischen Sonnenimperiums zu überstehen und auch in der lang nicht so saloppen neuen Epoche unpersönlicher Geschäftsabwicklungen zu reüssieren.

Außer in juristischen, universitären und psychiatrischen Kreisen und gewissen elitären Zirkeln blieb Hufeland ein Unbekannter. Er mied jegliches gesellschaftliche Ereignis, welches die Klatschpresse auf den Plan rief, lehnte Einladungen zu Fernsehdiskussionen ab, ließ sich von niemandem, auch keinem Regierungsmitglied oder Theaterdirektor, auf die Schulter klopfen, hielt sich von Wohltätigkeiten fern, heiratete stets im stillen, ließ sich ebenso im stillen wieder scheiden und verbarg alles Biographische hinter der maßgeschneiderten Ordnung seines Auftretens. Nur einmal war Hufeland in den Blickpunkt einer größeren Öffentlichkeit geraten, anläßlich der Herausgabe eines Mammutwerkes über das Phänomen des Abschiedsbriefes. Hufeland, in seiner Funktion als Psychologe und Handschriftensammler, hatte eine beträchtliche Anthologie letzter Worte unbekannter wie prominenter Selbstmörder zusammengestellt und eine Analyse der Schriften vorgenommen. Das Sensationell-Skandalöse ergab sich nun weniger aus den teils gewagten linguistischen Interpretationen als durch den Abdruck von Abschiedsbriefen berühmter Personen, mit denen man bislang alles andere als einen Suizid in Verbindung gebracht hatte, darunter überaus bedeutende tote deutsche Größen, was deren Familien, Nachlaßverwalter und Gedenkinstitute auf den Plan rief. Doch die originalen Schriftstücke hielten stand, ohne daß herauskam, wie Hufeland an selbige geraten war. Die Aufregung war beträchtlich, und das Schweigen des Professors über seine Quellen führte in der deutschen Presse – die sich wieder einmal nicht anders zu helfen wußte – zu einigen Gehässigkeiten gegen das Wienerische und Österreichische an sich, führte aber auch dazu, daß das Magazin der *Frankfurter Allgemeinen* den Professor Hufeland bat, ihren sogenannten Fragebogen auszufüllen. Ein Ansuchen, das Hufeland natürlich ablehnte. Eine derartige Selbstdarstellung, auch wenn sie bloß spaßig gemeint war, hätte er für riskant gehalten. Allerdings gönnte er sich das Vergnügen, die Fragen dennoch zu beantworten und den ausgefüllten Bogen in einem Geheimfach verschwinden zu lassen, welches sich übrigens weder in seinem Büro noch in seiner Wohnung befand, sondern in einer öffentlichen Bücherei. Jawohl, Herr Professor Hufeland bewahrte sämtliche brisanten Unterlagen zwischen den Seiten von Bibliotheksbüchern auf, die kein Mensch mehr ausborgte, außer eben Hufeland, der dies oft genug tat, so daß die Werke nicht aus dem Bestand genommen wurden. Unterlagen, mit denen man die österreichische Justiz und andere Schwergewichtler aus den Angeln hätte heben können. All das stand quasi zur allgemeinen Einsichtnahme zur Verfügung. Doch es waren absolut sichere Verstecke, derer sich Hufeland bediente.

Unter diesen Papieren sollte sehr viel später auch jener Fragebogen auftauchen, der nun, an dieser Stelle publiziert, ein klein wenig die Person Hufeland erhellen soll:

Was ist für Sie das größte Unglück?
Eine Gesellschaft von intelligenten, integren Menschen.

Wo möchten Sie leben?
Überall auf der Welt im Speck und im Gerichtssaal.

Was ist für Sie das vollkommene irdische Glück?
Allein sein. Also essen können, ohne reden zu müssen.

Welche Fehler entschuldigen Sie am ehesten?
Geburtsfehler.

Ihre liebsten Romanhelden?
Walter Faber.

Ihre Lieblingsgestalt in der Geschichte?
Der erste Kerl, der den Mund aufmachte, um zu lügen.

Ihre Lieblingsheldinnen in der Wirklichkeit?
Rechtsanwältinnen, die Richterinnen den Garaus machen. Und umgekehrt.

Ihre Lieblingsheldinnen in der Dichtung?
Alle Frauen mit dem Vornamen Alice – Alice Adams, Alice im Wunderland, Tiny Alice usw.

Ihr Lieblingsmaler?
Géricault.

Ihr Lieblingskomponist?
Bach, Josef Matthias Hauer.

Welche Eigenschaften schätzen Sie bei einem Mann am meisten?
Daß er selten in Gesellschaft zu heulen beginnt.

Welche Eigenschaften schätzen Sie bei einer Frau am meisten?
Listigkeit, auch in Momenten größter Verzweiflung.

Ihre Lieblingstugend?
Appetit.

Ihre Lieblingsbeschäftigung?
In den Zoo gehen und in die Konditorei.

Wer oder was hätten Sie sein mögen?
Leibarzt von Ludwig II.

Ihr Hauptcharakterzug?
Beherrschung, auch Selbstbeherrschung. Kontrollierter Wagemut.

Was schätzen Sie bei Ihren Freunden am meisten?
Ihre Erpreßbarkeit.

Ihr größter Fehler?
Meine Erpreßbarkeit.

Ihr Traum vom Glück?
Ich träume nicht.

Was wäre für Sie das größte Unglück?
Im Spital zu sterben.

Was möchten Sie sein?
Jünger. Gewitzter. Rücksichtsloser.

Ihre Lieblingsfarbe?
Tarnfarbe.

Ihre Lieblingsblume?
Natürlich die eines Buketts.

Ihr Lieblingsvogel?
Kolibri.

Ihr Lieblingsschriftsteller?
Shakespeare.

Ihr Lieblingslyriker?
Rimbaud, George.

Ihre Helden in der Wirklichkeit?
Menschen im Taxi.

Ihre Heldinnen in der Geschichte?
Alle wirklichen Köchinnen.

Ihre Lieblingsnamen?
Ezra, Elena.

Was verabscheuen Sie am meisten?
Körpergeruch. Ängstlichkeit.

Welche geschichtlichen Gestalten verachten Sie am meisten?
Die inkonsequenten.

Welche militärischen Leistungen bewundern Sie am meisten?
Überfälle, die als etwas anderes verkauft werden.

Welche Reform bewundern Sie am meisten?
Die Gegenreformation.

Welche natürliche Gabe möchten Sie besitzen?
Im Dunkeln sehen.

Wie möchten Sie sterben?
Exklusiv.

Ihre gegenwärtige Geistesverfassung?
Lustvoll, dennoch (gerade darum) wachsam.

Ihr Motto?
Auf die Schärfe der Klinge kommt es an.

Eine interessante Frage ist natürlich, ob der Chefredakteur diesen Fragebogen abgedruckt hätte.

Aus den Akten war Cerny auch der Name Vavras vertraut, jenes unglücklichen Nahrungsmittelchemikers, der in der Geschichte aufgetaucht war wie ein Badmintonschläger in einem Eishockeyspiel. Daß sich Hufeland, dessen freundschaftliche Kontakte zu den Hafners Cerny bekannt waren, für den vom Himmel gefallenen Wurm Vavra interessierte, war eine Recherche wert.

Zuvor aber wollte sich Cerny die Kellerwohnung in der Taubenhofgasse ansehen. Wer auch immer Sarah Hafner dort hingebracht hatte, war so unkorrekt vorgegangen, die seit Monaten leerstehenden Räume nicht anzumieten, aber dennoch über einen Schlüssel zu verfügen. Was keine Kunst war. Trotz sicherheitstechnischer Aufrüstung besaß so gut wie jeder in dieser Stadt einen Schlüsselbund, mit dem er die Wohnungen von halb Wien hätte öffnen können.

Als Cerny das Haus betrat, an dessen Eingang gerade eine neue Gegensprechanlage installiert wurde, stellte sich ihm der türkisch-österreichische Hausmeister, der nur noch durch seinen dichten schwarzen Schnurrbart an das österreichische Bild von einem Türken erinnerte, mit einem Drillbohrer und mit Entschlossenheit entgegen. Offensichtlich waren die Zeiten vorbei, da man in diesem Haus mit Leichtigkeit Entführungsopfer unterbringen konnte. Cerny kramte bedächtig in seiner Tasche, zog eine Dienstmarke heraus und hielt sie dem Mann so dicht vor die Nase, als erfolge die Identifizierung über den Geruch. Gleichzeitig schob er sich die Führung seines Meßgerätes ins Ohr, was sein Gegenüber weit mehr zu beeindrucken schien als die Polizeimarke, über deren Rand hinweg er gebannt den Vorgang beobachtete.

Der Hausmeister senkte sein Werkzeug und wies Cerny den Weg durch den Flur, wo die gestuckte Pracht vor sich hin bröckelte. Sie traten hinaus auf den Hinterhof. Aus dem rußigen Schnee ragte ein Bettgestell. An einem Ende hockten zwei Kinder und bedienten ihre toastscheibenartigen elektronischen Spiele. Die abgestellten Räder wirkten wie der eingefärbte Teil in einem Schwarzweißfilm.

»Nicht sehr hübsch hier«, bemerkte Cerny.

Der Hausmeister zuckte die Schultern und meinte, daß es nirgends hübsch sei, auch nicht in Florida. Er kenne Florida, sagte er verächtlich, wie man sagt, ich kenne Hannover, und öffnete die Tür zum Hinterhaus. Über einen engen Gang stiegen sie hinunter zu der Tür, an der noch die welken Klebebänder der Polizei hingen. In der Wohnung war ein Trupp von Arbeitern mit dem Streichen der Wände beschäftigt. Heizkanonen und Radioapparate dröhnten. Scheinwerferlicht wie in einem Fotostudio. Eigentlich war das keine Wohnung, sondern eine Werkstätte, ein Magazin. Knapp unterhalb der Decke befanden sich die Fenster, so schmal, daß gerade noch eine Katze hindurchpaßte, aber kaum Licht. Im hintersten Teil lag der etwa vier Quadratmeter große Raum, in dem man die Leiche gefunden hatte. Er war in keiner Weise präpariert worden. Das halbe Haus stand leer und würde es bald völlig sein, um einer Renovierung und einer neuen Schicht von Mietern nicht im Wege zu stehen. Und wenn Steinbeck recht hatte, so war das Mädchen ohnehin kaum in der Lage gewesen, sich durch lautes Geschrei und Schläge an die Wand bemerkbar zu machen. Zudem – in diesem wie in jedem Haus hatten die Leute ihre eigenen Sorgen. Irgendein fremdes Sterben ging da unter.

Cerny dankte dem Hausmeister, der sich aber erst entfernte, nachdem der Polizist ihm einen Obolus in Form eines Hundert-Schilling-Scheins zugesteckt hatte. Ohne den Lichteinfall zu nutzen und sich den Raum anzusehen, trat Cerny ein, schloß hinter sich die Tür und verharrte in der völligen Dunkelheit. Keineswegs, um die Gefühle des Mädchens nachzuempfinden. Wie auch, mit seinen neunundachtzig Kilo und einer, trotz eingebildeter Wärmestauung, durchaus erfreulichen Biographie. Nein, vielmehr war es so, daß er bei Licht nichts aufspüren würde, was die anderen nicht schon entdeckt hatten, und das war kaum der Rede wert.

Was er zuerst konstatierte, war die beträchtliche Kälte,

die vom Boden her sich mit festem Griff an ihm hinaufzog. Cerny drehte sich langsam um die eigene Achse, mehrmals, blieb dann wie ein Glücksrad stehen. Er spürte die Stelle, an der das Mädchen gelegen hatte. Er spürte die Abwesenheit ihres Körpers, wie man die Einbuchtung in einem jüngst verlassenen Bett feststellt. Sicher war da kein letzter Gedanke, der wie ein Vermächtnis in dieser Ecke stehengeblieben war. Hätte Cerny es definieren müssen, hätte er gesagt: Stillstand. Er hatte den Stillstand im Vergleich zur eigenen Bewegung gespürt. Nicht Stillstand des Herzens, da lag ja kein Herz mehr, sondern ... er hätte gesagt: eingefrorene Wärme.

Er brauchte aber nichts zu sagen. Er spürte es eben. Was erstaunlich war, aber nicht unbedingt weiterhalf. Weshalb er einen Schritt auf die Ecke zumachte, sich niederkniete und versuchte, *ihre* Stellung, die Stellung der Toten, einzunehmen, nicht, indem er das auf den Fotos Gesehene kopierte, sondern so, als würde er sich in eine vorgegebene Form zwängen, eine Form, die aus gefrorener Wärme bestand und in die er, wie man sich vorstellen kann, nicht hineinpaßte. Weshalb er sie bloß mit einem Bruchteil seines Körpers ausfüllte. Woran sein Kopf zur Gänze beteiligt war, so daß er meinte, sein Schädel würde von der Nasenmitte abwärts in einer – dem Hals des Mädchens entsprechenden – Röhre stecken und erst wieder mit dem Kinn genügend Platz erhalten.

Wie gesagt, es ging ihm nicht darum, die Situation der Sterbenden nachzuempfinden, sondern irgendeinen Hinweis zu entdecken, wobei er hoffte, dieser Hinweis würde ihm wie ein Tropfen auf die heiße Stirne klatschen. Eine Hoffnung, die sich beinahe erfüllte, da er nun ein Geräusch vernahm, welches tatsächlich dem Zerbersten einer kleinen flüssigen Kugel entsprach. Nur daß der Tropfen nicht auf seiner Stirn, sondern in nächster Nähe auf dem Boden aufklatschte. Cerny war sich unsicher, ob da nicht bloß der Wunsch wie ein Schalk in seinem Gehörgang saß und Töne imitierte. Er lauschte gespannt. Nach einer kleinen Ewigkeit, die in fünfzehn Sekunden vorbei war, wiederholte sich der Vorfall, nach seiner Schätzung an derselben Stelle. Er wartete. In gleichmäßigen Abständen erfolgten ein dritter, vierter und fünfter Aufprall. Cerny schob eine Hand knapp über den Boden nach vorn, den Handrücken nach oben weisend, an den Punkt, wo er die Bahn der fallenden Körper vermutete. Nachdem ein sechster Tropfen ihn verfehlt hatte, richtete er den Arm nach links aus. Der siebente schlug auf seinen wie beim Tequilatrinken gespannten Handrücken auf. Und genau in jenem Grübchen, in dem der Tequilatrinker Salz und Zitronensaft plaziert, befand sich nun die Flüssigkeit.

Schweiß trat auf seine Stirn, wie nach dem Durchschneiden des richtigen Drahtes. Gerne hätte er jetzt über seine Temperatur Bescheid gewußt, die ganz unmöglich im normalen Bereich liegen konnte. Immerhin verfügte sein Gerät auch über eine elektronische Stimme. Aber es gab nun mal diese Momente, da er sich auf das Thermometer in seinem Kopf verlassen mußte.

Er zog die Hand ein, hielt sie sich unter die Nase. Stellte bloß fest, daß es nicht giftig roch. Mit der Zungenspitze tauchte er in die Flüssigkeit. Sie schmeckte wie gesüßter Tee, bloß war die Konsistenz ein wenig dickflüssig, ölig, klebrig. Cerny, der entgegen seiner wenig pittoresken Erscheinung gerne in Farben dachte, fand, sie schmecke rötlich. Wenn Tee, dann Rooibos.

In diesem Moment fuhr ein breiter, schwacher Schein in den Raum. Und in ihm eingefaßt ein weiterer Lichtkegel, dieser aber schlank, schlauchförmig, blendend. Die Tür war aufgerissen worden. Ein Mann hielt eine Taschenlampe auf Cerny gerichtet.

»Rauskommen«, tönte es mit amtlicher Strenge.

Cerny richtete sich umständlich auf, indem er sich aus der Form drückte und mit Teilen seines außerhalb verbliebenen Körpers zusammenschmolz. Natürlich hätte er auch einfach aufstehen können.

»Wird's bald«, brüllte der andere, der Cernys Trödelei für eine Finte hielt, sicherheitshalber eine Waffe aus seinem Schulterholster zog und wie zu einem Warnschuß gegen die Decke richtete.

Als nun Cerny endlich stand, wollte der andere wissen, was er hier verloren habe, die Sache sei gelaufen, Journalisten unerwünscht, Verrückte ebenso. Cerny erkannte jetzt den anderen, ein gewisser Bachoeven, Bezirksinspektor, einer vom *Mord*, also einer von jenen, die gewöhnlich schlecht informiert waren, die mit ein paar Leichenteilen, ein paar Fingerabdrücken, mit Küchenmessern und ungenauen Laborberichten abgespeist wurden, ungenügend bezahlte, demotivierte Leute, die sich Verwarnungen einhandelten, wenn sie einmal außerhalb der Niederungen ermittelten.

»Laß mal, Bachoeven. Mein Name ist Cerny, Sondereinheit Korrektorat.«

Er hätte genausogut »Mondfinsternis« oder »Drogerie« sagen können. Er arbeitete für Steinbeck, und die von Steinbeck angeführte Einheit besaß keinen Namen, aber sonder war sie wohl.

Bachoeven seufzte, steckte seine Waffe zurück, verlangte keinen Ausweis. Er wußte ja, die von den Sondereinheiten legitimierten sich nicht. Nicht gegenüber Kollegen. Das kannte er schon, ein wahres Übel. Man konnte kaum noch vernünftig arbeiten, überall tauchten sie auf, überheblich, verlogen, nannten nie ihre Dienstränge, im besten Fall noch den obskuren Namen ihrer Einheit, rissen die Untersuchungen an sich, konfiszierten Beweismaterial, trampelten grobschlächtig durch die Szenerie und wurden so gut wie immer von oben gedeckt. Es wunderte Bachoeven gar nicht, daß Cerny seinen Namen kannte. Was ihn allerdings erstaunte, war die kleine Blutlache zu dessen Füßen, auf die nun auch Cerny überrascht sah, dann zur Decke hinaufblickte und schließlich auf seine Hand, sein Gesicht verzog, als hätte Blut einen säuerlichen Nachgeschmack, und sich die Hand an seiner Hose abwischte.

»Kommen Sie mit«, sagte er zu Bachoeven, der froh war, darum nicht betteln zu müssen.

Vor der Tür empfing sie der Hausmeister. Zusammen stiegen sie zum Parterre hoch. Der Wächter des Hauses versicherte, daß die Wohnung, die über dem Tatort liege, unbewohnt sei.

»Nicht wirklich«, sagte Cerny und wies ihn an, die Tür zu öffnen. Der Mann war vorbereitet, zog einen Schlüsselbund aus der Tasche. Was aber nicht nötig gewesen wäre. Die Türe erwies sich als unversperrt. Bachoeven machte dem Hausmeister klar, daß er sich nun empfehlen dürfe.

Die Wohnung glich dem Geschäft eines Altwarenhändlers, der sein Zeug verrotten ließ. Die unterschiedlichen Epochen und Qualitäten verbanden sich unter Schichten von Staub. Das Wohnzimmer wurde von einem Konzertflügel beherrscht, dessen drittes Bein leicht zur Seite stand. Auf dem geschlossenen Deckel stand ein mächtiges, in sich verschlungenes Drahtgehäuse, das sich erst bei näherer Betrachtung – und wirklich standen die beiden Männer gebannt davor – als labyrinthische Lebendfalle für Mäuse erwies.

Nach dieser Pause bescheidener Erkenntnis passierten sie zwei weitere, kleinere Räume und standen dann vor einer Tür, hinter der nach Cernys Berechnung ein wenig erbaulicher Anblick zu erwarten war. Er gab Bachoeven ein Zeichen, welcher verstand und seine Waffe zog. Cerny drückte die Schnalle, stieß die Tür leicht an, welche langsam und dank der umliegenden Stille recht geräuschvoll ihren Bogen beschrieb. So vollgeräumt die anderen Zimmer waren, so leer war dieses, ausgenommen der Schaukelstuhl, der in der Mitte stand und in dem eine gewaltige Masse Mensch saß und eine Zeitung hielt, die auf seinen Schenkeln ruhte. Lesen konnte der Mann freilich nicht mehr, was nicht das Schlimmste war, keine Zeitung mehr lesen zu können. Schlimm, das war der Schnitt, sozusagen zwischen Zeitung und Zeitungsleser, und zwar dort, wo sich die Kehle befand, die nun offenstand wie ein breites Maul. Der Kopf hing gefährlich nach hinten. Der Mund weit geöffnet – ein kleinformatiges Zitat des aufgeschnittenen Halses. Man konnte sich vorstellen, wie das Blut aus der Öffnung gesprudelt war. Die Quelle war nun versiegt, ein teurer Anzug ruiniert. Und auf dem Boden eine beträchtliche Lache, die zwischen den breiten Spalten des Parketts langsam absank und durch die Risse im Mauerwerk tröpfchenweise in den darunterliegenden Raum eindrang.

Ohne sich umzudrehen, wies Cerny Bachoeven an, nach draußen zu gehen und seine Leute zu informieren.

»Wen?« fragte Bachoeven, der es vermeiden wollte, in innerbetriebliche Querelen zu geraten.

»Wen Sie wollen«, sagte Cerny, ging auf die Leiche zu, wandte sich dann aber doch um, rief Bachoeven zurück und wollte von ihm wissen, was er eigentlich im Hause gesucht habe. Na, das hätte Bachoeven eigentlich auch fragen können, hielt aber an sich und erklärte, er habe bloß noch einmal den Hausmeister interviewen wollen. Reine Routinearbeit. Und dann so etwas.

Bachoeven verschwand im Nebenzimmer, wo er sich an sein Handy machte, um seiner Dienststelle Bescheid zu geben und sich mit Instruktionen versorgen zu lassen.

Cerny hatte wenig Zeit. Er wollte nicht dabeisein, wenn die ganze kriminalistische Herde samt Stadthauptmann anrückte. Er hielt sich nicht lange auf mit der Untersuchung der Wunde. Ein kleines Messer war es nicht gewesen. Kein Gemetzel, sondern eine saubere, tiefe Scharte. Doch was sagte das schon. So schnitten Profis wie Laien, Männer wie Frauen. Echte Handschriften gab es so selten wie originäre Kunstwerke. Der Gesichtsausdruck des Toten verriet, daß ihm die Luft ausgegangen war, aber leider nicht, ob er seinen Mörder gekannt hatte. Offensichtlich war sie ihm so rasch ausgegangen, daß er nicht mehr dazu gekommen war, seine Zeitung loszulassen, um ... wozu? Um sich den Hals zuzuhalten? Den eigenen Mörder zu packen?

Cerny betrachtete die Gazette, auf die das Blut des Lesers gespritzt war, was ihr das informelle Flair einer Malunterlage verlieh. War es bloß ein Zufall, daß sich nicht alle Finger des Toten in den Zeitungsrand verkrallt hatten?

Entsprechend der Funktion eines Zeigefingers war jener der rechten Hand ausgefahren. Das Ganze erinnerte an ein Gemälde, auf dem der Porträtierte mittels Fingerzeig auf seinen Beruf, seine Leidenschaft oder seine göttliche Mission verwies. Dieser Finger nun, der Finger des Toten, deutete auf eine Fotografie in der Zeitung, auf das schwarzweiße Bildnis eines vornehmen, weißhaarigen Mannes, der aus der Aufnahme heraussah, als wäre er noch als Abgebildeter, als tausendfach reproduziertes Foto imstande, den Betrachter in seine seelischen Einzelteile zu zerlegen. Und der den Eindruck vermittelte, als wollte er nicht sterben, der Mann auf dem Foto – und der nun doch gestorben war. Spät, aber innerhalb vernünftiger Grenzen. Gehörte also nicht zu jenen von Frau Liepold vermuteten Zweihundertjährigen. Vielleicht darum, weil einer, der im Blickpunkt der Öffentlichkeit stand, und damit auch sein Alter, niemals in der Lage war, den Rahmen des Konventionellen zu sprengen.

Dieser Herr, ein Schriftsteller, Insektenforscher, ein berühmt-berüchtigter Ungelesener, ein soldatischer Tagebuchschreiber und späterer Tagebuchsoldat, ein großer Preisträger und beliebtes Geburtstagskind, überhaupt *der* deutsche Schriftsteller als Jubilar, ein Mann, den zu verachten zuletzt als kindisch gegolten hatte, da ein ganzes Jahrhundert nun einmal nicht verachtet, sondern bloß analysiert werden könne, dieser Herr also hatte nach hundertzwei Lebensjahren das Jahrhundert um zwei Jahre zu früh abgeschlossen: Ernst Jünger.

Cerny war enttäuscht. Der Tod des in der Naturbeobachtung zur Ruhe gekommenen ehemaligen Meteorologen metallisch-tödlicher Erscheinungen ließ ihn unbeteiligt. Er hatte sich einen Hinweis erhofft. Gut, Jünger war tot. Und der Mann, der die Zeitung hielt, ebenso. Daraus war bloß die recht bekannte Omnipräsenz des Todes herauszulesen. Den Fingerzeig konnte er vergessen. Weshalb Cerny den üblichen Weg wählte, sich Gummihandschuhe überzog und in die Innenseite des Jacketts griff, um das Portemonnaie des Toten herauszuziehen. Darin befand sich nur wenig Bargeld, aber ein Rattenschwanz von Kreditkarten, die auf einen Joachim Wiese lauteten. Dazu Visitenkarten, die den offensichtlich selben Herrn als Dr. Joachim von Wiese und als Psychoanalytiker auswiesen, dessen Praxis sich in der Saitlinggasse befand. Weiters ein Führerschein. Das war es auch schon.

War das normal, fragte sich Cerny, eine Geldbörse ohne Familienfotos, ohne wenigstens die Abbildung einer Jugendfreundin, irgendeines Haustiers? War das typisch für einen Psychoanalytiker, waren das derart harte Burschen? Oder hatte nur dieser eine dem Zwang, wenn schon nicht dem zur Kreditkarte, widerstanden?

Cerny nahm eine der Visitenkarten an sich und steckte die Börse zurück. In den anderen Taschen fand er einen Schlüsselbund, eine Packung Zigaretten, Taschentücher, ein Fachbuch über Atemtechniken, den in Papier eingewickelten Rest eines Croissants, nichts also, was es mit einem Tagebuch des Ermordeten hätte aufnehmen können. Ein solches aber fehlte. Cerny deponierte die Inhalte wieder an ihre Plätze, schenkte dem Toten einen letzten kriminalistischen Blick, wobei ihm die Lackschuhe auffielen, und verließ den Raum.

Bachoeven wollte ihn aufhalten. Cerny solle warten, Gruppeninspektor Berg würde bald eintreffen und ihn sprechen wollen.

»Bin gleich zurück«, sagte Cerny, der Berg kannte, welcher leider auch ihn kannte. Berg liebte korrekte Kleidung, verachtete Phobiker und war ein unnachgiebiger Diskutant. Worüber nie diskutiert wurde, war die Frage, unter welche Bezeichnung seine Angewohnheit fiel, zwei- bis dreimal täglich das Hemd zu wechseln und Menschen nach ihren Fingernägeln zu beurteilen.

Mit Schmutz unter denselbigen verließ Cerny das Haus. Es blieb dabei: Er hatte wenig Zeit. Auch Berg konnte Visitenkarten lesen. Cerny stieg in ein Taxi und ließ sich nach Gersthof bringen.

Die Praxis in der Saitlinggasse war in einem sachlichen, modernen Bau untergebracht, der zwischen zwei mondänen, aber leicht baufälligen Villen steckte, was ein wenig an George Segal zwischen Elizabeth Taylor und Richard Burton erinnerte.

Cerny stellte sich so vor dem Eingang auf, daß ihn die Videokamera nicht erfassen konnte, und drückte auf den Knopf, der zur Praxis gehörte. Ansonsten schien das Haus nur Leute zu beherbergen, die keine Namen besaßen. Die freundliche, jugendliche Stimme aus der Gegensprechanlage bestand darauf, daß sie niemanden sehen könne, und als Cerny seine Polizeimarke wie ein Firmenlogo in die Kamera hielt, bestand sie darauf, daß Dr. von Wiese noch nicht eingetroffen sei.

»Ich werde warten. Drinnen.«

Nach einigem wortlosen Zögern sprang die Tür auf, und Cerny trat in das Stiegenhaus, das aus nicht viel mehr als aus Glas bestand. Er stieg in den ersten Stock und gelangte durch eine nicht minder gläserne Tür in den Empfangsraum, wo ein zwischen zwei Säulen geklemmter roter Tisch den einzigen farbigen Kontrapunkt zum Weiß der Wände, der Bürogeräte, der Marmorplastik, der Jalousien, zum Weiß des Frauengesichtes und einer Perlenkette darstellte. Gut, sie hatte blondes Haar und ein vanillefarbenes Kostüm, aber Kontrapunkte waren das nicht. Sie sah Cerny entgeistert an, als hätte er sich zu ihr unter die Dusche gestellt. Weshalb er nochmals seine Marke präsentierte, eins von den alten Dingern, die zwar an Kinderfasching erinnerten, aber immer noch mehr hergaben als die neuen Plastikkarten. Eine Plastikkarte besaß jeder.

Er werde drinnen warten, wiederholte er. Dem grazilen, hellhäutigen Wesen hinter dem Schreibtisch mochten die schlimmsten Psychosen vertraut sein, wenn sie sich nur in den Psychen gutgekleideter Menschen verbargen. Doch Cernys Aufzug machte sie stumm und ängstlich. Was soll's, er fand auch alleine den Weg durch jene der beiden Türen, auf der kein *Privat* den Zutritt einschränkte.

Selbst im Warteraum dominierte das Weiß. Allerdings konnte man sich hier wie in einem gut bestückten Wohnzimmer fühlen. Rote Tische gab es keine, weshalb sich Cerny nun der eigenen kontrapunktischen Wirkung bewußt wurde, da auch die Dame, die in der Ecke eines länglichen Sofas lehnte, in heller, hautenger, wenngleich alpiner Kleidung steckte. Cerny fand, sie sehe aus, als warte sie auf die nächste Gondel. Und grüßte gar nicht erst, da er sich ja ausrechnen konnte, wie gering sie seinen Gruß schätzte.

Weit gefehlt! Die Dame lächelte Cerny aus ihrem braungebrannten, im Gegensatz zum Körper etwas rundlichen Gesicht an, als hätte er Hauptrollen zu vergeben. Und daß sie dies tat, auf diese verführerische Art zu lächeln, war mit ein Grund dafür, warum sie hier saß, tatsächlich auf dem Weg von einem Skiurlaub in den nächsten, und auf ihren Analytiker wartete: Sie litt unter einem gesteigerten Geschlechtstrieb. Das mag zwar den meisten, vor allem männlichen Menschen – die in bezug auf ihre Attraktionen sich etwas anderes als weibliche Tollheit auch gar nicht vorstellen wollen – nicht als psychisches Leiden erscheinen, aber Frau Resele hatte durchaus ihre Probleme. Einerseits, da die Eroberung und der rasche Verschleiß an Partnern, die sie im Vorfeld kaum einer kritischen Betrachtung unterzog, nur selten zu einer echten Befriedigung ihrer sexuellen Wünsche führten – was sie nicht weniger deprimierte als monogame Geschlechtsgenossinnen –, und sie andererseits aufgrund ihres Geburtsdatums, 1945, langsam in ein Alter kam, in dem, ob das nun gerecht war oder nicht, das Werben um Männer jüngeren Datums zur Lächerlichkeit und zur Ausnutzung führen konnte. Und keines von beiden wollte sie sich antun. Weshalb sie vor einiger Zeit beschlossen hatte, dem tieferen Sinn ihrer Unmäßigkeit mit professioneller Hilfe auf die Schliche zu kommen. Um, endlich geheilt, ihren in die Schweiz geflüchteten Ehemann, der dort, wo auch sonst, ein Gelehrtendasein bar jeglicher Exaltationen führte, von seiner Sauferei einmal abgesehen, zurückzuholen und ein Leben zu führen, das nicht jeden Morgen mit einem angstvollen Blick in den Spiegel begann. Davon war sie allerdings weit entfernt, als nun Cerny eingetreten war, kein schöner Mann zwar, aber wäre ihr Interesse auf schöne Männer beschränkt geblieben, ihr Liebesleben hätte sich einfacher gestaltet. Gerade das Ungepflegte seiner Erscheinung ließ sie nicht kalt. Wie auch seine gedrungene, kastenartige Statur. Wenn er stank, dann stank er eben. Wenigstens sah er nicht aus, als würde er eine Körperlotion verwenden, die nach verbranntem Holz roch. Wie jener akademische Naturbursche, mit dem sie die letzten Tage in einer Skihütte verbracht hatte, wo wegen des Kamins der Geruch von verbranntem Holz ohnehin übermächtig gewesen war.

Cerny mißverstand ihr Lächeln als Ausdruck des Entsetzens, um das er sich nicht weiter kümmern wollte. Er sah sich um, ohne irgendwelche Auffälligkeiten zu registrieren, und trat dann in Wieses Büro. Daß es unverschlossen war, war eine Nachlässigkeit, die Cerny nicht bedauerte und Wiese nicht mehr zu bedauern brauchte. Das Zimmer war kleiner als der Warteraum und nicht ganz so weiß. Der Analytiker hatte dem Ambiente einen Hauch von Gemütlichkeit verordnet. Die erwartete Couch fehlte. Statt dessen standen zwei bequeme Fauteuils vor einer zum Balkon führenden Fensterwand. Draußen ein kleiner Park, in dem Schnee lag, unbefleckt, als stehe er hier unter Naturschutz. Im Bücherregal stauten sich weder die großen Traumdeuter noch die Jahrbücher irgendeiner psychoanalytischen

Gesellschaft, sondern jede Menge Engländer und Russen, in erster Linie Shakespeare und Dostojewski, die ja zum Verständnis der menschlichen Seele auch ihren Beitrag geleistet haben. Zwischen Zamjatins *Wir* und Huxleys *Brave New World* zog Cerny einen Band heraus, da ihm der Name *Wiese* ins Auge gestochen war.

Das Buch lag schwer und glatt in der Hand, fühlte sich teuer an. Der Autor Wiese blieb diesmal ohne bürgerlichen und aristokratischen Titel, begnügte sich mit seinem Vornamen, trat hinter dem Werk zurück. Der vordere Teil des Umschlags wurde ausgefüllt vom Bildausschnitt eines Gemäldes, das zwei Männer in Oberschenkelhosen zeigt, die am Seeufer knien und sich übergeben, im Hintergrund steigen Enten auf. Holland, 16. Jahrhundert. In hellroten Lettern der Buchtitel *Die Historie der Eßstörungen*. Cerny schlug es auf. Auf der Umschlagklappe ein Foto Joachim Wieses, auf dem er um einiges schlanker wirkte, der Mediziner, Analytiker, gelernte Kunsthistoriker und – um bei alldem das Allzumenschlich-Unakademische nicht zu vergessen – Sammler englischer Sportwagen. Ein Rezensent befand das Buch als *geistreich, humorvoll, populär im besten Sinne*, ein anderer sprach von *überraschenden Einblicken*. Der Band war mit Abbildungen gut bestückt, von Brueghel bis Botero. Die Geschichte der Eßstörungen als Weihnachtsgeschenk. Cerny stellte das Buch zurück. Er wollte fair sein, keine echten Spuren verwischen, und das war ja wohl eine Spur, wenn man eine Verbindung zu Sarah Hafners möglicher Anorexie in Betracht zog. Zudem war der Prachtband schlichtweg zu dick, um damit durch die Gegend zu rennen. Er würde sich später eine Ausgabe besorgen.

Auf dem Schreibtisch, der die Form der rechten Seite eines halbierten Q besaß, hatte sich Wiese jene kleine Unordnung aus Papierstößen, aufgeschlagenen Büchern und angekauten Stiften erlaubt, die einem wissenschaftlich denkenden Menschen zukommt. Aber auch hier kein Familienfoto, nicht einmal das eines englischen Sportwagens. Weder die Abbildung irgendeines Gründervaters an der Wand noch Diplome, die in manchen Praxen wie Verlautbarungen zur Geldeintreibung hingen. Die Papiere auf dem Tisch stellten Manuskripte dar, Entwürfe für weniger populäre Fachpublikationen, soweit Cerny verstand, und er verstand nicht viel. Auch in den Schubladen fand er nur Belangloses. Keine Telefonnummern, Patientenkarteien oder Briefe. Wer schrieb heutzutage schon Briefe? Und der Rest steckte im Computer, hinter irgendwelchen Paßwörtern verschanzt. Cerny machte sich gar nicht erst die Mühe, am PC herumzufingern. Doch irgend etwas mußte er mitnehmen, etwas Handlicheres als das Buch, damit die, die nach ihm kamen, wußten, daß sie erneut ins Hintertreffen geraten waren. – Dieser Ärger war es, der die Kriminalisten in Schwung hielt.

Cerny griff sich eine von den handgroßen, schlangenförmigen Figurinen aus Bronze, dürre, um sich selbst gewundene, kopflose Gestalten, die zu sechst, in gleichmäßigen Abständen, auf einer von der Wand abstehenden Glasplatte aufgereiht standen. Nur wenig erinnerte in eindeutiger Weise an die menschliche Anatomie, eine einzelne Brust, eine gespreizte Hand, eine Wölbung, von der ein Nabel tief ins Innere vorstieß. Cerny hatte eine mittlere Figur ausgewählt, damit die Absenz auch deutlich wurde, und verwahrte sie in einer der vielen Taschen seiner Jacke. Dann verabreichte er sich eine Fiebermessung, notierte den unauffälligen Wert in sein Notizbuch und verließ den Raum.

Wie es sich gehörte, schloß er die Tür. Was nichts daran änderte, daß sich ihm Frau Resele in den Weg stellte und – großgewachsen, wie sie war – auf ihn hinuntersah. Sie war von der Vorzimmerdame informiert worden und wollte nun wissen, was er dort drinnen getrieben habe. Was bilde sich die Polizei eigentlich ein. Sie glaube nicht, daß der Doktor jedwede Schnüffelei goutiere.

»Ihr Doktor ist tot«, sagte Cerny und fragte sich auch gleich, was das nun wieder sollte: mit der Wahrheit herauszurücken, als zöge er zur Kurzweil dieser Dame den üblichen Hasen aus dem Zylinder. Und wollte jetzt rasch an ihr vorbei. Doch sie packte seinen Arm. Einer Ohnmacht war sie nicht nahe.

»Aber das kann er doch nicht«, empörte sie sich. Dieser einen Stunde wegen war sie nach Wien gekommen, anstatt den direkten Weg von Kärnten nach Vorarlberg zu nehmen. Was zugegeben ein Umweg war und ärgerlich.

Cerny versuchte die energische Person im Empfangszimmer abzuschütteln. Doch als er bereits auf der Straße stand, klebte sie noch immer an seiner Seite und verlangte Aufklärung. Cerny verwies auf sein Dienstgeheimnis.

»Es gibt keine Geheimnisse«, sagte die Frau, die vorerst einmal ohne Analytiker auskommen mußte.

In der Thimiggasse wollte Cerny ein Taxi anhalten.

»*Ich* fahre Sie«, sagte Frau Resele.

Was sollte er machen? Die Frau niederstoßen, betäuben, mit Handschellen an einen Zaun ketten? Cerny verfügte über keine Handschellen. Also ließ er sich zu ihrem Wagen ziehen, einem hellblauen Porsche zwischen Antiquität und Friedhof, von dessen Heck zwei Paar Ski wie Abschußrampen schräg nach oben führten. Das Innere war beinahe vollständig in knalligem Rot gehalten, vom Lederbezug bis zur Tachonadel. Nur der wollüberzogene Knüppel der Gangschaltung leuchtete in einem Gelb, das allein einen blind machen konnte.

»In den Siebzigern war einiges erlaubt«, sagte Cerny.

»Ich liebe diesen Wagen«, bestätigte Else Resele die Begeisterung in ihrem Gesicht.

Entgegen Cernys Erwartung war ihr Fahrstil unspektakulär. Sie hielt sich an die Verkehrsregeln, als hätte sie gerade eine Bank überfallen. Dazu ABBA und die Bitte, im Wagen nicht zu rauchen. Nicht daß Cerny rauchen wollte. Er wollte Fieber messen. Deshalb hatte er in die Tasche gegriffen. Verzichtete aber nun darauf. Er mußte vorsichtig sein. Dabei war er diesbezüglich noch nie schüchtern gewesen, hatte sich nie darum gekümmert, was andere von seiner Manie hielten. Aber er befürchtete, diese Frau würde sich mit Inbrust auf seine kleine Unart stürzen. Ein zähes Stück, so schien es, dem mit stummer Gelassenheit nicht beizukommen war.

Und zäh war sie nun tatsächlich. Wie ihr Schweizer Gatte leidvoll bestätigen konnte, ein Privatier, der sich der Erforschung von Blindfischen verschrieben hatte. Als hätte er sich auch der Karikatur verschrieben, vermittelte Anton Resele selbst einen blinden Eindruck, durchaus in Spitzwegscher Manier, eine dicke, runde Brille tragend, hinter der seine Pupillen an zertretene Trauben erinnerten. So blind war er nun aber auch wieder nicht, daß ihm die externe Triebhaftigkeit seiner Frau verborgen geblieben wäre. Auch wenn Eifersucht nicht seine Sache war – seine Sache war eben das zurückgebildete Auge einer Unterordnung von Barschlachsen –, so war ihm jegliche Ausschweifung verhaßt. Nun war Else aber ein einziger optischer Exzeß, über einsachtzig, zu keiner Zeit ungeschminkt oder ungeschmückt, bombastische Frisuren bevorzugend, sowie eine Körpersprache, die wohl am besten mit dem Bild einer Frau zu beschreiben ist, die in rasantem Tempo einen Einkaufwagen zu füllen versteht.

Man muß sich also fragen, ob Herr Resele, als er Else

heiratete, blind oder geblendet gewesen war. In jedem Fall bemühte er sich seit Jahren um die Scheidung. Für Else freilich kam es nicht in Frage, daß sich ein Mann von ihr scheiden ließ. Sie war zuvor viermal verheiratet gewesen und hatte alle ihre Angetrauten an den Herrgott verloren. Dieses Prinzip wollte sie beibehalten. Und war durchaus in der Lage, ihrer Weigerung ein Gewicht zu verleihen, das schwer auf den Bestrebungen ihres Gatten lag.

Frau Resele brachte Cerny hinunter nach Alsergrund. Cerny wollte es nun mit dem Professor Hufeland versuchen, der ja irgendwie in diese Affäre, diese nun vollends ausbrechende Crise noire, verwickelt schien. Hinter der Votivkirche lag das Büro des Gutachters. Kaum anzunehmen, daß man ihn dort antreffen würde. Aber vielleicht konnte eine Sekretärin weiterhelfen, auch wenn die Bedeutung von Sekretärinnen darin bestand, gerade dies nicht zu tun, sondern ihren Brötchengebern das Pack vom Hals zu halten. Und daß für Hufeland einer wie Cerny zum Pack gehörte, konnte sich dieser denken.

»Sie müssen nicht einparken«, sagte Cerny.

Frau Resele parkte ein.

»Danke für Ihre Hilfe.« In seinem Ton lag Verzagtheit. Zu Recht. Frau Resele befand sich in Wien und hatte nichts zu tun. Sie ließ sich nicht einfach abschütteln, stieg mit ihm aus dem Wagen.

»Was wollen Sie eigentlich von mir, gnädige Frau?«

Was dachte er? Daß die schwülstige Anrede ihn aus der Umklammerung befreien würde?

Sie lachte über die »Gnädige«, nannte ihren Namen und erklärte, daß es die Polizeiarbeit sei, die sie interessiere.

»Was, Polizeiarbeit?«

»Einmal hineinschnuppern.«

Cerny schlug sich auf die Stirn, rief Gott an. »Halten Sie das für eine Komödie?«

Da sie auf den Einwurf nicht reagierte, verwies er ein weiteres Mal auf seine Vorschriften und daß er das Leben einer Zivilperson nicht gefährden dürfe.

»Jetzt übertreiben Sie. Hier wird doch nicht geschossen.«

»Ihr Analytiker ist tot – und es war nicht seine Leber«, spielte Cerny seine letzte Karte aus.

Sie verdrehte die Augen und hakte sich ein. Jetzt verdrehte auch er die Augen. Es war wie Synchronschwimmen mit kleinen Schwächen.

Die Sekretärin, ein altgedienter Kopf hinter dunkler Brille, präsentierte sich erwartungsgemäß abweisend, ließ sich von der läppischen Dienstmarke wie vom Argument der Dringlichkeit in keiner Weise beeindrucken, zeigte sich vielmehr verärgert darüber, daß die Polizei unangemeldet *hereinschneie* – dabei warf sie einen verächtlichen Blick auf Frau Reseles wintersportlichen Aufzug. Der Herr Professor sei zu einer Besprechung gefahren und derzeit nicht erreichbar. Und würde das vor morgen auch kaum werden.

»Also bitte«, sagte sie und wies mit ihrer spitzen, glänzenden Nase Richtung Tür.

Während sich Cerny bereits damit abfand, Hufeland abends im Churchill aufzusuchen, was er nur ungerne tat, da in der Bar auch höhere Kriminalbeamte verkehrten, sprang Resele vor, plazierte ihre Ellenbogen auf der Schreibplatte und öffnete die Hände, als wolle sie den Kopf der Sekretärin packen, um alles Wissen aus ihm herauszuquetschen. Begnügte sich aber mit der bedrohlichen Geste und verließ sich auf die Wirkung deutlicher Worte.

»Hör zu, du aufgeblasene Ziege. Schluß mit dem Theater. Wir sind nicht hier, um deine Standhaftigkeit zu bewundern. Bei uns ist eine anonyme Drohung eingegangen. Irgend jemand da draußen ist derart sauer auf deinen Professor, daß er ihn doch tatsächlich abknallen will. Aber der Psychopath ist soweit ganz in Ordnung, als er uns zuvor benachrichtigt hat. Also, mein Schatz, wenn du jetzt so freundlich wärst, uns zu sagen, wo dein Chef ist, das Glück der Polizei wäre beinahe perfekt.«

So reden sie im Film, dachte Cerny.

Aber auch die Sekretärin war schon mal im Kino gewesen und kannte also den zynisch-harschen Ton, den die drohende Katastrophe heraufbeschwor, nahm die »Ziege« und den »Schatz« demütig an und erklärte, ihr Chef habe sich mit einigen Herren im Café Hummel verabredet.

»Na, was sagen Sie?« flötete Resele, als sie wieder in Porsches rotem Meer schwammen.

Würde Cerny diese Frau je wieder loswerden? Es ging gar nicht darum, daß sie seine Arbeit störte. Er besaß genug Freiraum, um einen Zivilisten einzubinden, brauchte sich nicht um Dienstvorschriften zu kümmern. Und immerhin chauffierte sie ihn sehr sauber durch die Stadt und hatte auf durchschlagend einfältige Art Hufelands Standort ermittelt. Was ihn aufregte, war der Umstand, daß er bereits die längste Zeit darauf verzichten mußte, Fieber zu messen.

Als sie das Hummel erreichten, war der Platz davor mit Polizeiwagen und zwei Rettungsfahrzeugen verparkt. Eine Menschenmasse drängte sich um die Absperrung. In den hinteren Reihen standen die Leute auf Zehenspitzen oder hoben sich gegenseitig in die Höhe, um einen Blick auf den Tod zu erheischen, der zwar täglich allerorts wütete, aber in den Fernsehnachrichten genauso farblos wirkte wie in den Zeitungen und sogar noch an den Sterbebetten der Verwandten. Sah man ihn endlich in seiner ganzen Pracht, war man zumeist selbst das Opfer, und der ganze Spaß schnell vorbei. Hier aber war sein Glanz, sein seltener Hang zur Dramatik wenigstens im Ansatz spürbar. Auch wenn die Leiche bereits mit einer Plane abgedeckt worden war, so war doch noch eine Art Nachbeben zu spüren, allein die Aufgeregtheit der Uniformierten, die umhereilten, um bloß nicht den Eindruck von Hilflosigkeit zu erzeugen. Und ein wenig wünschte man sich berittene Polizei, die dem Geschehen etwas mehr Flair vermittelt hätte. Es war im Grunde eine Schande, daß die Stadt der Hofreitschule, der majestätischen Lipizzaner, über keine reitende Truppe mehr verfügte. Sei's drum, es war auch ohne fesche Kavalleristen ein wenig so, als hätte man gerade jemanden aufgeknüpft.

Cerny drängte sich durch die Menge, stieß zwei Fotografen zur Seite, die jene Bilder schossen, die man sich am selben Abend von der Sache machen konnte. An der Absperrung zeigte er seinen Ausweis. Else hinter ihm her, als wäre sie seine langjährige Partnerin. Der allgemeinen Geschäftigkeit zum Trotz wärmten sich die Rettungsleute an ihren Zigaretten. Da war niemand, den sie hätten retten können. Der Mann unter der Plane verweigerte stumm jede Hilfe. Sein Mörder hatte so viel handwerkliches Können und gemeinnütziges Verhalten gezeigt, die insgesamt sieben Projektile einzig im Körper der anvisierten Person unterzubringen, was einerseits wohl die Erfüllung seines Auftrags bedeutete, andererseits zu einem gewissermaßen glimpflichen Ausgang der Aktion geführt hatte, war doch der nach dem Komponisten Josef Matthias Hauer benannte Platz ein durchaus belebter.

Dank Elses bemerkenswerter visionärer Fähigkeiten, die

denen eines gewissen Vavra zu entsprechen schienen, war Cerny der erste Kriminalpolizist vor Ort, war seinen Kollegen also wieder einen kurzen Schritt voraus und konnte erneut unbehelligt Tatort und Leiche begutachten. Er deckte die Plane auf und sah das Antlitz eines älteren Herren, dessen Vollbart bedeutend weißer war als der Schnee, in dem der Mann sehr ordentlich auf dem Rücken lag, die Hände in den Manteltaschen, die dunkle Krawatte unverrückt, als wäre er aus dem Stand starr wie ein Brett nach hinten gefallen. Ein Gesicht, auf dem Weisheit und Güte und Beredsamkeit wie die Spuren von Klebestreifen prangten, kreuz und quer. Das Haupthaar voll, seine Stirn mächtig. Ein Mann, dem die Großen und die Kleinen gelauscht hatten und der nun, müde vom vielen Geschichtenerzählen, vornehmlich in Gerichtssälen und Hochschulauditorien, die Augen geschlossen hatte. Und daß dies für immer sein sollte, mochte man kaum glauben, so zufrieden ruhten seine im Lächeln begriffenen Lippen inmitten der weißen Bartpracht. Das Loch in seiner Stirn war freilich ein unmißverständliches Zeichen, die Perforation mittels Pistolenkugel an der sozusagen optisch wie metaphorisch bedeutendsten Stelle von Herbart Hufeland. Die restlichen über den Oberkörper verteilten Einschüsse waren da nur noch wie zusätzliche Kleckse auf einem fertigen Bild. Vielleicht aber auch eine Art Signatur. Auf jeden Fall waren Könner am Werk gewesen, vermutlich Ausländer, zumindest Gastarbeiter. Hiesige Killer gab es wenige, die älteren waren zufrieden mit Sparbuch und Gartenpflege oder zurückgekehrt in den mäßig bezahlten, aber weniger aufreibenden Polizeidienst, der Nachwuchs kaum der Rede wert, kleine Neonazis, die in Bosnien und Kroatien das Töten gelernt hatten, wie man lernt, Pflaumen zu entkernen. Wer sichergehen wollte, der bestellte im Ausland oder orderte bei einer der örtlichen mafiosen Dienstleistungsbetriebe, von türkisch bis ungarisch. Sparmeister, die dennoch Qualität forderten, begaben sich ins Amerikanisch-Polnische Institut, wo einige angegraute, in Österreich hängengebliebene Ostküstler unerwünschterweise herumlungerten, wehmütig den Schülerinnen nachsahen, kleine, harmlose Geschäfte abwickelten und nachmittags ins nahegelegene Café M umzogen, wo sie – bekannt als Schnitzlerfraktion – eine Lesegruppe bildeten und sich der impressionistischen Stimmungsschwere der Jahrhundertwende hingaben.

Als Auftragskiller waren diese Herren nicht gerade die flinkesten, aber sie leisteten solide Arbeit, wußten mit einem Zielfernrohr umzugehen, und ihre Preisvorstellungen blieben stets innerhalb der Schamgrenzen. Doch Cerny glaubte nicht, daß es einer von den amerikanischen Rezitatoren gewesen war, welcher Hufeland so treffsicher verabschiedet hatte. Diese Leute waren im Alter und im teuren Wien knausrig geworden. Mehr als zwei Kugeln würde keiner von denen verschwendet haben.

Ein Uniformierter, den Cerny herbeigerufen hatte und der nun, neben ihm kniend, ebenfalls in das Loch auf der Stirn sah, fokussierte die verschiedenen Aussagen erster Zeugen zu einem Punkt, der aus den drei Teilen *Motorrad, zwei Burschen* und *Osteuropäer* bestand. Die Bezeichnung Osteuropäer klang zu korrekt, als daß sie aus dem Vokabular des Publikums hätte stammen können. Der junge Beamte benahm sich, als liefen in Wien gerade Olympische Winterspiele, die dazu dienten, den neugewonnenen Ruf vom Naziland zu widerlegen. Er meinte, daß man die Vermutungen der Zeugen natürlich mit Vorsicht betrachten müsse. So gut wie sicher sei nur, daß es sich bei dem Fluchtfahrzeug um ein Motorrad handle. Wenngleich man sich auf eine Marke nicht einigen könne. Nun, Straßensperren seien eingerichtet worden.

Cerny nickte. Die Wiener Straßensperre funktionierte mit ähnlichem Erfolg wie eine Mundsperre. Einer sperrte den Mund zu, und die anderen redeten weiter.

Ein Polizeihund stöberte im Schnee nach einer Fährte, die einzig seine hündische Phantasie beflügelte. Aus den Fenstern beugten sich die Anrainer, ihr Atem dampfte in die Kälte hinaus. Gebell aus der Hundezone des Hamerlingplatzes. Auf der Florianigasse rasten Limousinen zum Tatort. Cernys Nachhut sozusagen. Weshalb er Hufeland nicht wieder abdeckte, den Streifenpolizisten zum Empfang der Neuankömmlinge schickte und zusah, den Tatort schleunigst zu verlassen.

Als er auf der anderen Seite aus der Menge herausrutschte, bemerkte er, daß Else Resele verschwunden war. Und stellte fest, daß sie ihm fehlte. Genaugenommen fehlte ihm die Chauffeuse. Er bewegte sich in Richtung auf den siebenten Bezirk. Im Gehen maß er seine Temperatur.

»Was tun Sie da?«

Sie fuhr neben ihm her, ließ ihren Arm wie einen Köder aus dem Fenster hängen, sah aus ihrem hellblauen Vehikel verwundert zu ihm hinauf.

Als hätte sie ihn bei einer Obszönität ertappt, unterbrach Cerny seine Handlung, tat, als halte er sich die Hand beim Gähnen vor. Mit einer schnellen Bewegung ließ er das Gerät in der Tasche verschwinden. Benahm sich lächerlich, was ihm durchaus bewußt war. Begriff sich selbst nicht. Woher diese Scham, die, einmal zugelassen, wie ein Troll auf seiner Schulter sitzen blieb?

Cerny gab Resele keine Antwort, setzte sich zu ihr in den Wagen. Er war quasi ihr Vorgesetzter, konnte merkwürdige Dinge tun, soviel er wollte, ohne sich erklären zu müssen. Dann hätte er allerdings auch nichts zu vertuschen brauchen. Doch der Troll biß zu: Der Thermomat meldete sich. Die anschwellende Folge von Signaltönen mahnte zur Ablesung. Er fuhr in die Tasche und beendete mit einem Fingerdruck das elektronische Geplärr.

»Fahren Sie nach Purkersdorf«, wies Cerny die Besitzerin des Porsches an, welche mit einem Seufzer den Allgemeinplatz von der Schwierigkeit der Männer kurz betrat, um dann während der Fahrt doch noch einmal auf Cernys eigentümliches Verhalten zurückzukommen: Er brauche sich nicht zu genieren. Nicht vor ihr.

Cerny lenkte vom Thema ab, indem er Resele fragte, wie sie habe ahnen können, daß man auf Hufeland schießen würde. Oder er bereits tot war.

»Die Dinge gehen durch unsere Köpfe. Durch alle Köpfe«, sagte sie.

Es war Ende der neunziger Jahre. Die Esoterik blühte.

4 | Begegnung zwischen Torten

Am Morgen dieses Tages ging es Klaus Vavra durch den Kopf, daß ihm nichts anderes übrigbleiben würde, als beim Ursprung anzusetzen, was bedeutete: beim Croissant.

Wie in früheren, in besseren Zeiten, marschierte er die Arbeitergasse entlang zur Reinprechtsdorferstraße, wo er in einen überfüllten Bus stieg. Die Menschen rochen schlecht. Das fiel ihm natürlich nicht zum ersten Mal auf. Neu war, daß er sich selbst roch. Er roch verdorben. Gewaschen und parfümiert wäre es noch schlimmer gewesen. Ihm fehlte seine Zeitung. Und ihm fehlte dieser Zustand morgendlicher Benommenheit, der nötig war, um eine Zeitung zu genießen. Trotz der wenigen Stunden Schlaf war er hellwach. Weder die Nase noch die Ohren waren verstopft. Die Augen weit geöffnet, wie noch nie an einem Morgen. Nicht daß er sich ausgeschlafen fühlte, das nun wirklich nicht. Er fühlte sich nüchtern.

Nachdem er aus dem Bus gestiegen und mit einer nicht ganz so vollen Straßenbahn mehrere Stationen gefahren war, befand er sich auf der breiten, gesichtslosen Straße, an deren Ende sich die Gebäude jenes Unternehmens befanden, für das Vavra in den letzten Jahren gearbeitet hatte. Und da stand er nun vor der Bäckerei Lukas, der unscheinbaren, dunklen Fassade. Man hätte auch annehmen können, daß hinter der getrübten Glastür ein Handel mit Ofenrohren betrieben werde. Eigentlich ein Novum, eine Bäckerei, die nicht wie eine Schnitzelbude oder ein Lampengeschäft aussah und in welcher erstklassige Ware angeboten wurde, während man sonst in Wien kaum noch ein

Brot bekam, das nicht wie aufgetaut schmeckte. Den Meister Lukas allerdings hatte noch nie jemand zu Gesicht bekommen. Der Mann stand in seiner Backstube, und dort blieb er auch. Nach Aussagen älterer Kunden war er längst tot und die Arbeit von seinem Sohn übernommen worden. Was Frau Lukas, die hin und wieder im Geschäft nach dem Rechten sah, dementierte. Auch, daß sie einen Sohn oder Söhne haben sollte. Diese Unklarheiten waren dem Mythos Lukas natürlich dienlich. Feinschmecker nahmen jeden Morgen große Umwege in Kauf, um an die geradezu wundersamen Erzeugnisse dieser Bäckerei zu gelangen.

Auf der gegenüberliegenden Straßenseite, eingeklemmt zwischen zwei Zinshäusern, lag eine mit Hundekot planierte sogenannte Grünfläche, auf der sich ein paar kümmerliche Bäumchen an Holzstäben aufrecht hielten. Die Kunst der Nachkriegszeit war durch eine Brunnenskulptur in Form eines auf seinem Hinterteil schaukelnden Bären vertreten. Das Holz der einzigen Bank war grau, rissig und mit Taubendreck gesprenkelt. Daneben ein Mülleimer aus Gitterblech, wie man ihn sonst kaum noch sah. Das Ganze nannte sich Friedrich-Jeschek-Park, was so klang wie Kümmer-dich-um-deinen-eigenen-Dreck.

Hätte sich je ein Bürger dafür interessiert, was dieser Jeschek angestellt hatte, um mit einem solchen Park bestraft zu werden, so wäre keiner der zuständigen Beamten in der Lage gewesen, ihm eine Auskunft zu erteilen. Aber da war ohnehin niemand, den das interessierte. Auch Vavra nicht, der die Straße überquerte, eine Zeitung aus dem Abfallkübel zog, sie auf der Bank ausbreitete und sich setzte. Die Zigarette, die er zwischen seinen Lippen unterbrachte, war Raubgut aus Liepolds Wohnung. Er rauchte Kette und sah hinüber zur Bäckerei Lukas. Vavra wartete, auch wenn er nicht sagen konnte, worauf. Aber er wartete nicht umsonst. Gegen halb elf parkte ein Sportwagen vor der Bäckerei, eine von diesen englischen Zigarren, in die kein Mensch, war er nicht Jockey, hineinpaßte.

Um so erstaunlicher, daß der Mensch, der sich jetzt mit einer rheumatischen Bewegung aus dem Auto herauswand, eine beträchtliche Körperfülle besaß. Ein Kerl in den Dreißigern, schütteres, rötliches Haar, ein geflecktes, schwammiges Gesicht, ein Kinn wie der Kehlsack eines Pelikans. Tatsächlich verdeckte sein Kinn den Knoten der Krawatte. Über seiner Wampe war die Kette einer Taschenuhr gespannt. Der Mann trug Lackschuhe, was angesichts seines konservativen Anzugs wie ein Ausdruck leiser Verwegenheit anmutete. Er schloß den Wagen ab und steckte sich eine Zigarette in den Mund, die in seiner Hand, zwischen seinen Lippen etwas von einer Süßigkeit besaß. Er rauchte im Stehen, mehr ein Paffen. Die Art, wie er die Zigarette austrat, wirkte zärtlich, als zertrete er ein Insekt, überaus konzentriert, wie im Bewußtsein, solcherart ein göttliches oder gar reinkarniertes Geschöpf ausgelöscht zu haben. Er lächelte. Dann ging er in die Bäckerei. Vavra hatte ihn erkannt: Dr. Grisebach, der angebliche Anwalt, der angebliche Pflichtverteidiger, der Mann, der das Wort *Taubenhofgasse* aus ihm herausgeholt hatte.

Die Sonne trat nun zwischen den Wolken hervor, und es war Vavra unmöglich, durch die Scheiben zu sehen. Nachdem Grisebach auch nach fünf Minuten nicht wieder aus dem Geschäft gekommen war, änderte Vavra seine ohnehin dürftige Taktik und ging in die Bäckerei. Der Duft von frischem Gebäck und Kaffee umstellte den Eintretenden. Vavra erkannte seine geliebten Croissants. Wen er allerdings nicht sah, das war Grisebach. Eine Frau, die ihre Handtasche an die Brust drückte, unterhielt sich mit den beiden Verkäuferinnen. Alle drei schienen erregt. Eines

Theaterstückes wegen, das keine von ihnen gesehen hatte. Lieber wären sie gestorben.

Jene Verkäuferin, die ihm den Zwanzig-Schilling-Schein ausgehändigt hatte, löste sich seufzend aus der Runde, fragte nach seinem Wunsch. Erkannte sie ihn nicht? Wollte sie ihn nicht erkennen? Er wußte nicht so recht, was er sagen sollte, erzählte etwas von wegen er habe sich hier verabredet. Unsinn, dachte er, wer verabredet sich in einer Bäckerei? Doch die Verkäuferin fand nichts dabei, zeigte auf eine olivgrüne, hölzerne Tür, die Vavra noch nie aufgefallen war und auf der ein ovales Emailblech verkündete, daß es hier zum »Bergsteigerstüberl« gehe. Er blinzelte überrascht, dankte und trat durch die Tür in einen dunklen, sehr schmalen, aber dermaßen hohen Gang, daß man glaubte, sich auf dem Grund einer Gletscherspalte zu befinden. Vielleicht bloß deshalb der Name, denn nachdem er eine weitere Tür geöffnet hatte, befand er sich in einem hellen, verrauchten Caféhausraum, der nichts mit Hochtourismus im Sinn hatte. Männer in Anzügen, die Damen trotz Zentralheizung und Kachelofen mit Hüten, blasse Gesichter, die Körperhaltung von Leuten, die sitzend ihr Geld verdienten und sitzend ihre Freizeit verbrachten. Durch die hohen Scheiben fiel der Blick auf einen überraschend gepflegten Hinterhof. Überhaupt wirkte dieses an die Bäckerei angeschlossene Caféhaus ungewöhnlich nobel für eine Gegend, in der sich Industrie und Gemeindebauten den Platz teilten, dazu ein paar brachliegende Wiesen, die der Spekulation dienten.

Grisebach saß an einem kleinen, runden Tisch. Vor sich zwei seesternartige Törtchen und eine Biskuitrolle. Er befand sich im Gespräch mit einer Dame, die schwere, funkelnde Ringe über den schwarzen Samthandschuhen trug. Sie gestikulierte, als verschenke sie Todesurteile, und zwar großzügigst. Der schwarze Florentinerhut legte einen beinahe undurchdringlichen Schatten über ihr Gesicht. Sie sprach aus dem Dunkel heraus wie aus einem Off.

Vavra hatte sich für den direkten Weg entschieden, trat an den Tisch und sagte: »Grisebach!«, so wie man sagt: Judas!

Grisebach sah an ihm vorbei, unendlich gelangweilt, sprach kein Wort. Das tat dafür die Dame in Schwarz, die ihren behuteten Schädel leicht nach oben drehte, so daß etwas aufblitzte, vielleicht die Glut einer Zigarette oder der Glanz auf ihren bewegten Lippen oder die Spitze einer geröteten Nase.

»Was wollen Sie?« erwiderte sie mit der Schärfe des Alters.

Vavra ignorierte die Frau, sah auf Grisebach hinunter, dessen Namen er wiederholte und den er nun aufforderte, mit nach draußen zu kommen, um die Sache unter vier Augen auszumachen.

»Grisebach, Grisebach! Sind Sie verrückt? Dieser Herr hier ist der Dr. von Wiese«, erklärte die Frau und winkte einem der Kellner.

»Ich bitte dich, Edna, kümmer dich nicht weiter um diesen schrecklichen Menschen«, sagte Grisebach und vermittelte – vornehm schmatzend – den Eindruck, daß ihn einzig der vorzügliche Geschmack seiner Biskuitrolle interessiere.

Vavra blieb dabei, warnte Grisebach, daß es gar nichts nützen würde, sich hinter einer blasierten Art, einem anderen Namen und einer schwarzen Witwe zu verschanzen. Auch Grisebach blieb dabei, indem er fortgesetzt an Vavra vorbeisah, während die Dame sich beim Kellner beschwerte. Auch dieser bestätigte die Identität des Stammgastes als die eines Herrn, der zwar Doktor war und Aristokrat dazu, aber sicher nicht Grisebach hieß. Der Angestellte bat Vavra, sich zu mäßigen.

Das wäre eine Möglichkeit gewesen, Vavra aber zog es vor, Grisebach die Verlogenheit eines Schweines vorzuwerfen. Was die Witwe mit »Prolet« kommentierte. Der Kellner erstarrte in Sorge. Grisebach demonstrierte Desinteresse an verbalen Entgleisungen und drehte an der Krone seiner Taschenuhr. Vavra schlug sie ihm aus der Hand. Noch nie hatte er etwas Derartiges getan. Aber bis vor kurzem hatte er auch nie etwas gestohlen. Er packte Grisebach am herabhängenden Kinn, nicht fest, er wollte ja bloß, daß Grisebach ihn ansah. Was dieser nun auch tat, offensichtlich doch überrascht, daß Vavra sich durch Arroganz nicht abschrecken ließ.

Vavra ging mit seinem Kopf nahe an Grisebachs massigen Schädel heran, sprach leise: »Warum ich? Warum die Taubenhofgasse?«

»Die Taubenhofgasse war doch Ihre Idee«, flüsterte Grisebach verärgert, während ein zweiter Kellner Vavra von hinten packte und von dem Stammgast wegriß. Gemeinsam drängten die Angestellten Vavra aus dem Café, durch den Gang und aus der Bäckerei. Er wehrte sich bloß dagegen, daß sie ihn anfaßten. Und indem er sich losmachte, stürzte er auf den Fußweg. Sie betrachteten ihn ohne Hohn, sahen dann kurz zum Himmel auf, als nützten sie eine einmalige Gelegenheit. Nachdem sie wieder im Lukas verschwunden waren, erhob sich Vavra – wie in Zeitlupe, wie mit Klavier- und Klarinettenbegleitung –, ging zu dem flachen, englischen Artefakt, lehnte sich an die Wagentür und trat in eine neue Phase des Wartens.

Ja, natürlich, die Taubenhofgasse war seine Idee gewesen. Es war nicht nötig, daß Grisebach ihm das unter die Nase rieb.

5 | Polizeiarbeit

Es war für Cerny an der Zeit, den Hafners in die Karten zu sehen, wenn das nur irgendwie ging. Ihr Domizil befand sich in der Nähe von Purkersdorf, einer geschniegelten, Wien gleich einem Atoll vorgelagerten Marktgemeinde. Cerny hatte eine Art Schloß erwartet, doch bei dem zentralen Bau schien es sich um ein altes Schulgebäude zu handeln. Aus den Flanken wuchsen langgestreckte Glas-Stahl-Konstruktionen, an deren Enden wuchtige Betonplatten aus dem Erdreich ragten, als hielten sie den ganzen Komplex zusammen. Die Einfahrt war weder durch Beamte noch Videogeräte gesichert, dafür stand das Tor offen, während in dieser Gegend schon jeder Kleingarten über einen Selbstschußapparat verfügte. War das ein Ausdruck der Gelassenheit wirklich Reicher? Oder hatte Frau Hafner, nachdem sie ihre Tochter verloren hatte, nichts mehr zu verlieren?

Immerhin, an der Tür wurden Cerny und Resele von einem Angestellten abgefangen, der nicht nur über anglisierte Manieren verfügte, sondern unter dessen Jacke sich auch der Griff einer Pistole abzeichnete. Möglich, daß er nicht seine Arbeitgeber, sondern bloß sich selbst zu schützen versuchte. Er besah sich Cernys Legitimation mit abweisender Eindringlichkeit, nickte schließlich, als habe er soeben die Barbarei der Natur als schauderhaft, aber unausweichlich hingenommen, und führte die beiden durch eine Vorhalle, die man mit der Kulisse in einem Greta-Garbo-Film verwechseln konnte. Der nächste Raum hätte die Garbo weniger entzückt. Es war nicht der erwartete

Rauchsalon, sondern ein von Geräten befreiter ehemaliger Turnsaal, der Holzboden schwarz lackiert, keine Möbel, bloß ein hüfthoher Aschenbecher, in dem zwei Kippen lagen. Der Angestellte zeigte durch eine Geste an, man solle hier warten, und kehrte zurück ins Vestibül.

An einer Längsseite der Turnhalle befanden sich großformatige Siebdrucke, Standfotos aus Kriegsfilmen, *The Deer Hunter*, *Platoon*, *Im Westen nichts Neues*, keinerlei Eingriffe, kein Warholscher Barock, und dann aber eben doch die Bedeutung mittels Bruch, indem zwischen den drei Tafeln der rechten und den zwei der linken Seite ein üppig gerahmtes Landschaftsgemälde Carl Rottmanns hing, das aber nur zu etwas mehr als der Hälfte verglast war. Darüber hätte man gescheit plaudern können. Resele nahm jedoch das Angebot des Aschenbechers an und rauchte, während Cerny sich zum anderen Ende des Raumes hin bewegte, vorbei an den restlichen Tableaus, *Apocalypse Now*, *Days of Glory*, und eine Schiebetür öffnete, die aber nicht in die erwartete Gerätekammer führte, sondern in eine großräumige Bibliothek, die Bücher soldatisch gereiht, die hohen Leitern mehr abwehrend als einladend. Daß hier auch gelesen wurde, war nicht auszuschließen, wenngleich die Flaschen auf dem Beistelltisch und das Herrenclubmobiliar eine Zerstreuung abseits mächtiger Folianten nahelegten. Auf der gegenüberliegenden Seite, in korrekter Weise mit zwei Lautsprechern ein Dreieck bildend, stand ein Polstersessel, in dem jemand mit dem Rücken zum Eintretenden saß. Merkwürdigerweise realisierte Cerny erst in dem Moment, da er die Gestalt betrachtete, die der Musik lauschte, die Musik selbst, das Benedictus aus Mozarts Requiem, welches er, der gescheiterte Gesangsschüler, mit Bitterkeit erkannte. Er ging nach vorn, und als er dann vor der sitzenden Person stand, sah er in das Gesicht einer Greisin, ein Gesicht, das die eigentümliche Wirkung besaß, in die verschiedensten Richtungen auszubrechen. Eine Seite des Mundes hing wie ein Lappen herunter, während die andere im Ansatz eines Grinsens erstarrt schien. Ein Auge wies zur Stirn, das andere, schräg gestellt, beinahe geschlossen, zeigte Richtung Schläfe. Das Kinn war wie eine Kufe nach oben gebogen. Was den Kopf noch zusammenhielt, war nicht klar, sicher nicht das graue Haar, das, möglicherweise echt, dennoch an ein Toupet erinnerte. Vielleicht die Ohren, die, obwohl das eine enganliegend, das andere ein wenig abstehend, doch auf gleicher Höhe lagen und solcherart im Rahmen der Möglichkeiten eine stabilisierende Wirkung besaßen, verstärkt noch durch ein Paar Ohrringe, deren Steinbelag pompös ausfiel. Cerny dachte an Hufeland, dieses Prachtstück eines alternden Menschen, den nicht das Alter, sondern ein paar kleine fliegende Körper, kaum größer als Kirschkerne, umgebracht hatten. Während diese Frau hier in ihrem Sessel auseinanderzufallen drohte. Aber sie saß da, atmete und hörte Mozart. Cerny grüßte.

»Sie kann Sie nicht hören.«

Cerny wandte sich um. Zwei Frauen. Beinahe hätte er geglaubt, sie seien Schwestern. Die eine elegant, intellektuell durch Brille und strengen Blick, die andere sportlich, wie alles Sportliche ein wenig vulgär. Tatsächlich sahen Birgitta Hafner und Else Resele sich ähnlich, als sie da in Direktorinnenkostüm und silberweißem Skianzug nebeneinanderstanden.

»Sie ist vollkommen taub«, sagte Hafner, nachdem sie zu Cerny getreten war, »aber was stört es schon, die Musik laufen zu lassen.« Und dann, indem sie Cerny ansah, als schaue sie auf eine Speise, die sie nicht bestellt hatte: »Sie wollten mich sprechen.«

»Sie und Ihre Familie. Ich werde nicht lange stören.«

Mit einem kurzen Blick wies die Hausherrin auf die taube Frau. »Meine Mutter kennen Sie ja nun. Sie wird Ihnen kaum helfen können. Früher sammelte sie Bücher. Jetzt sammelt sie Schlaganfälle. Die Schlaganfälle zeitigen Folgen, aber bringen sie nicht um. – Gut, kommen Sie mit, Herr Inspektor, oder was Sie darstellen mögen.«

Cerny ließ die Frage nach seinem Rang unbeantwortet und folgte Hafner zurück zu Turnsaal und »göttlichem« Entree. Resele hielt Abstand, als führe sie ihre eigene Untersuchung. Man stieg die Haupttreppe hinauf in den zweiten Stock und trat in einen loftartigen Raum, in dem eine in das Mauerwerk eingelassene durchgehende Vitrine die drei fensterlosen Wände teilte und eine Sammlung von Hafnergläsern ausstellte. Um einen kniehohen hölzernen Tisch, welcher aussah, als hätte irgendein großes Tier seine Krallen daran geschärft, stand eine von diesen Sitzgruppen, die konzipiert waren, ganze Firmenleitungen aufzunehmen. In diesem Moment aber saßen bloß sechs Personen um ein abgekoppeltes Stück des Tisches. Einer von den vier Männern war Cerny nicht fremd, Eduard Rad, ein gemütlicher, dicklicher Herr mit verklebten Augen, einst Staatsmeister im Fechten, dessen Gesicht folgerichtig erst bekannt geworden war, als er seine Schutzmaske endgültig abgelegt und mehreren maroden Unternehmen zu Seriosität und Erfolg verholfen hatte. Ein Engel von Mensch, der der evangelischen Kirche nicht weniger als ein funkelnagelneues Gotteshaus geschenkt hatte.

Doch wirklich berühmt war der Mann durch einen Werbespot geworden, in welchem er nichts anderes tat, als einen neuen Gesundheitsdrink, der zwar ein Logo, aber keinen Namen besaß, vor seine Brust zu halten und in die Öffnung der Flasche zu sehen. Der Erfolg war so unberechtigt wie unerklärlich. So ist Erfolg nun mal, hatte Rad kokett formuliert. Waren es seine verklebten Augen gewesen, gegen die er nichts unternahm, die gelblichen, schleimigen Fäden, die seine Wimpern vernetzten, was ihn aber in keiner Weise zu stören schien? Weder gesundete er in dem kurzen Film, noch wurde seine abwartende Haltung bestraft. Auch sah er lange nicht so fett aus, daß man einen diätetischen Hinweis hätte vermuten können. Die Inszenierung begnügte sich damit, Rad und das Getränk zu zeigen. Und reduzierte die Botschaft auf den Hinweis, daß man dieses Produkt kaufen könne. Was die Leute dann auch taten, obgleich der eindeutige Geschmack von gesüßter Milch wenig Überraschungen zuließ.

Was die noblen Hafners mit diesem bunten Hund verband, konnte Cerny nur erahnen. Wahrscheinlich war es die evangelische Kirche. Zwar hatten die Hafners sich nie dazu verstiegen, gleich eine ganze Kirche zu spenden, waren aber durchaus gönnerhaft, wenn es darum ging, einige jener Löcher zu stopfen, die der harte Wettbewerb auch in den Finanzen der Protestanten zurückließ.

Beim Rest der Anwesenden handelte es sich um Familienmitglieder, die jetzt von der Hausherrin vorgestellt wurden und deren Kurzbiographien Cerny aus den Akten vertraut waren. Frau Hafners Söhne saßen Seite an Seite, der eine Christ-, der andere Sozialdemokrat. So loyal zur Partei wie brüderlich vereint, engagierten sich beide im Bereich »Interfraktionelle Überlegungen«. Die beiden Damen waren ihre Gattinnen, die sich nicht ganz so gut verstanden, obwohl auch sie siamesisch saßen. Das große Schweigen stand ihnen zehrend ins Gesicht geschrieben. Und da gab es noch einen Herrn mit auffälligen Augenbrauen, die dicht und dunkel in der Mitte zusammenwuchsen, doch ab der Augenmitte entweder so hell wurden, daß man sie aus der Distanz nicht mehr wahrnehmen konnte, oder sie waren schlichtweg nicht vorhanden, eine Paradoxie, die an Frau Hafners Mutter erinnerte. Und wirklich war dieser Mann einer der Söhne der Alten, ein paar Jahre jünger als Birgitta. Sowenig wie seine zwei Brüder war er als Familienoberhaupt in Frage gekommen und hatte sich wie diese in die Wissenschaft geflüchtet, die ja so vielen Enttäuschten Heimat geworden ist. Alle drei saßen sie in Tübingen, wo sich das Abenteuer bekanntermaßen in Grenzen hält – ledig, kinderlos, Professoren, zwei davon auch Komponisten.

Es war schon so, daß man sämtliche Hafners überprüft hatte, schließlich bildeten Entführungen ohne Beteiligung enger Verwandter und Freunde eher die Ausnahme. Doch war es schwer gewesen, die vom Tod Sarahs erschütterten und tief gebeugten Angehörigen hinter der praktischen Fassade ihrer Gebeugtheit hervorzubitten, um Fragen zu stellen, die sie als Frechheit, Anmaßung und Amtsmißbrauch empfanden und nicht ohne Anwalt beantworten wollten. Zudem insistierten gleich zwei Minister darauf, jegliche Respektlosigkeit gegenüber einer Familie von derartigem Ruf zu unterlassen. Man könne mit solchen Leuten nicht umspringen, als handle es sich um »moldawische Bauern«. Und dann war die Sache mit einem Mal erledigt. Und der Reiz des kriminellen Ostens hatte sich erneut als unübertroffen erwiesen.

Weshalb der Tübinger, der irgend etwas mit dem Frühneuhochdeutschen zu schaffen hatte, sich mit einem Lächeln, aus dem Nesseln wuchsen, die Frage erlaubte, warum sich österreichische Polizeiorgane mit einer solchen Vorliebe in Familiengeschichten vertieften, warum sie Tatorte mit pedantischer, aber selten zielführender Akribie kartographierten, um dann immer wieder zu diesen Tatorten zurückzukehren.

»Es wird doch gemeinhin von den Tätern behauptet«, dozierte der Tübinger, »sie litten unter einer Tatortfixierung. Doch ganz im Gegenteil, die Täter sind die, die sich raschest entfernen, als sei Mobilität ihr exklusives Recht. Und zurück bleibt die Polizei und belästigt die Angehörigen der Opfer.«

Sarah Hafner war aus diesem Haus heraus entführt worden. Deshalb sprach der Mann von einem Tatort. Cerny lächelte mit den Zähnen zurück und erklärte freundlich, daß eine intensive Bindung an den Tatort nicht sein Problem sei und er auch nicht hier wäre, weil er sich für den Stammbaum der Hafners interessiere. Dann fragte er: »Ist jemand von Ihnen der Name Wiese vertraut, Dr. von Wiese? Nein? Psychoanalytiker aus dem schönen achtzehnten Wiener Bezirk, jetzt tot, der Analytiker.«

Cerny hatte sich in gebührendem Abstand gesetzt und beschrieb nun detailliert, in welchem Zustand er Wiese, den hier niemand kennen wollte, aufgefunden hatte.

»Herr Wiese ist nur der eine prominente Tote des Tages. Den anderen kennen Sie mit Sicherheit.«

Cerny beobachtete die Gesichter. Birgitta Hafner hätte wohl beide Herren auf dem Gewissen haben können, ohne daß eine innerliche Regung die beinahe faltenfreie Maske in ihrem Gesicht aufgeweicht hätte. Alles, was sie tat, hielt sie für unbedingt richtig. Sie fühlte sich frei von Selbstüberschätzung, hielt ihre Entscheidungen nicht für eitel, sondern betrachtete diese als Ausformung einer einzigen, jeder moralischen Frage enthobenen Möglichkeit. Entstanden aus einer göttlichen Vorgabe, an die sie sich exakt zu halten meinte. Hätte je ein Zweifel sie geplagt, sie hätte sich wohl umgebracht.

Ihre Söhne saßen unbewegt auf ihren Plätzen, als säßen sie bereits auf einer gemeinsamen Regierungsbank, angenehm müde, bemüht, das bißchen Zeit zwischen den Mahlzeiten mit Anstand zu überbrücken. Das waren nicht die Männer, die Mordaufträge erteilten, sie gehörten nicht zu jenen, die an ihrem »gesunden Verhältnis zur Macht« wie an einer therapieresistenten Psychose krankten. Ihre beiden Gattinnen getrauten sich kaum zu atmen. Wobei es nicht die Anwesenheit eines Polizisten war, die ihnen bedrohlich erschien, sondern die ihrer Schwiegermutter. Der Herr Professor war selbstredend ungeduldig, verbat sich jede Art von Rätselspiel. Dort, wo die Augenbrauen kollidierten, bildete sich nach oben und unten eine Furche, wodurch ein Kreuz entstand, ein quasi katholisches, da der Mann konvertiert war, eine pubertäre Dreistigkeit, die singulär geblieben war. Kaum anzunehmen, daß er gewagt hätte, sich an einer solchen Entführung zu beteiligen. Auch wenn er und seine Brüder noch immer unter der Bedeutung der Schwester litten und unter der ungewöhnlichen Widerstandsfähigkeit jener Frau, die sie kaum als Mutter empfanden und endlich unter die Erde wünschten, so waren sie in der Wissenschaft doch bestens aufgehoben und versorgt. Furchtsam gegen die Schwester, aber gefürchtet von Studenten, jetzt, da die studentische Demut wieder aus den Trümmern der Selbstbestimmung erwuchs.

Hatten Rads Augen gezuckt? Andererseits, warum sollten verklebte Augen nicht zucken? Gerade solche hatten es doch wohl nötig. Dennoch konzentrierte Cerny seinen Blick auf den Fechtmeister, während er jetzt bekanntgab, daß Herbart Hufeland vor dem Café Hummel erschossen worden sei. Rads selbstzufriedene Visage schien für einen Moment wie eingerüstet, bevor er wieder dieses gleichmütige Gesicht freigab, das die relative Gefährlichkeit von Großstädten und die eigene beträchtliche Distanz zum Ermordeten ausdrücken sollte.

Cerny ließ von Rad ab, sah zu Birgitta Hafner, die noch immer stand. Zwei Schritte hinter ihr Else, als wollte sie die Hausherrin auffangen. Welche freilich nicht wankte, auch nicht physiognomisch, nur knapp erklärte, Hufeland sei ein väterlicher Freund gewesen, *ihr* väterlicher Freund, wenn Cerny es genau wissen wolle. Mit dem Rest der Familie sei er kaum bekannt gewesen.

»Feinde?« wollte Cerny wissen.

»Wozu diese unsinnige Frage? Was denken Sie – daß ein gerichtliches Gutachten zur Freude aller erstellt wird? Herbart hatte so viele Feinde, wie er Expertisen verfaßt hat.«

»Und ebenso viele Freunde.«

»Unter den Juristen, den Politikern, den Ganoven? Das kann nicht Ihr Ernst sein.«

»Sagen wir eben: treue Anhänger seiner Vortragskunst.«

»Mann Gottes«, unterbrach ihn der Tübinger, »ich denke, das genügt jetzt. Wie ich bereits erklärt habe: Die Wiener Polizei scheint sich darin zu gefallen, die Verfolgung von Tätern zu scheuen. Faulheit oder Konzept, frage ich Sie? Und was soll dieses völlig unangebrachte Verhör? Was wollen Sie? Hier im Warmen sitzen? Oder gefällt es Ihnen, unsereins zu belästigen? Klassenhaß? Germanophobie? Ich stelle mir vor, wie gerade in diesem Moment mit lachhafter Halbherzigkeit die Vernehmung der Augenzeugen erfolgt und nichts unternommen wird, um die Spur der Mörder dieses Herrn Hufeland aufzunehmen. Während man Leute wie sie entsendet, um eine Maschinerie in Gang zu halten, die sich nach hinten bewegt. Ut aliquid fieri videatur.«

»Latein kann nie schaden«, versicherte Cerny dem Tübinger, der seiner Erregung noch gerne mittels weiterer Hiebe der Bildung Ausdruck verliehen hätte. Wurde aber von seiner Schwester am Weiterreden gehindert. Sie legte ihre Hand auf seine Schulter, als drehe sie ein Bügeleisen auf Null. Das genügte.

Cerny dankte der Hausherrin mit einem erlösten Blick. Dann wandte er sich an Rad. »Kannten Sie Hufeland?«

»Wer kannte ihn nicht? Ein Original, ein wirkliches. Aber ich kann mich weder zu seinen Feinden noch zu seinen Freunden zählen. Am ehesten zu den Anhängern seiner Vortragskunst, wie Sie das auszudrücken beliebten.«

»Sie haben geschäftlich mit ihm verkehrt.«

»Ach, seien Sie doch nicht grauenhaft. Ich habe mit dem Hufeland ein paar Mal geplaudert, seinen Wortwitz bewundert. Attest brauchte ich keines, wenn es das ist, wonach Sie fragen.«

»Genügt das?« beendete Frau Hafner auch diese kurze Runde.

»Ich hatte gehofft, einer von Ihnen könnte einen Bezug zwischen Wiese und Hufeland herstellen. Was sich ja anbietet, ein Bezug.«

Cerny sah in die Runde, die schweigend seinen Abgang erhoffte, vielleicht auch nur, weil man eben nicht Kaffee trinken wollte, wenn von einer durchschnittenen Kehle die Rede war. Cerny erhob sich, dankte auch ohne Kaffee und bat Frau Hafner, sie kurz alleine sprechen zu dürfen. Sie gingen auf den Gang hinaus. Cerny erkundigte sich nochmals nach Wiese, ob nicht doch eine Verbindung zwischen dem Psychoanalytiker und Hufeland vorstellbar sei.

Frau Hafner erachtete es nicht für nötig, in irgendeiner Weise zu reagieren. Auch wenn sich dieser Polizist wiederholte, ihr fiel nicht ein, es ihm gleichzutun.

»Oder ein Bezug zu Sarah? Ich frage nur, da der Dr. Wiese auf Eßstörungen spezialisiert war. Und Ihre Tochter hatte ja diesbezüglich gewisse Schwierigkeiten. Darum.«

Cernys Ausdruck war geradezu priesterlich zurücknehmend, schleimig, der Blick aber wachsam. Auch wenn Frau Hafners Gesicht noch immer nichts verriet, so spürte er die Veränderung, als sei etwas in ihrem Körper gebrochen, nicht gleich ein ganzes Herz, bloß ein Knochen. Sie sackte ein, nicht auffälliger, als wenn sie ausatmete. Aber in diesem Moment atmete sie nicht. Ein Bruch, ein winziger Bruch. Und um eine entscheidende Lächerlichkeit war sie geschrumpft.

Ohne auf seine Bemerkung einzugehen, forderte sie Cerny auf, das Haus zu verlassen. Nicht unfreundlich, nur so, als hätte sie eben auch noch anderes zu tun, als Kriminalbeamte zu unterhalten. Aber er hatte den wunden Punkt erkannt. Sarahs Anorexie. Er war sich jetzt sicher, daß Wiese konsultiert worden war, in aller Heimlichkeit. Steinbeck mochte recht haben, daß für eine Perfektionistin wie Birgitta Hafner der Umstand einer psychisch kranken, zur eigenen Unverwundbarkeit diametral entgegengesetzten Tochter ein kaum zu akzeptierender gewesen war. Eine Tochter, die sich sukzessive aus dem Leben zurückgenommen hatte wie aus einem Gesellschaftsspiel, das sie als dumm und bösartig erkannt hatte, und somit auch die am Spiel festhaltenden Personen, vorrangig die Spielleiterin.

Cerny stellte sich vor, wie das Mädchen sich durch dieses Haus bewegt hatte, hohlwangig, durchscheinend, abwesend, ohne jede Eile, mehr schon eine Tote, eine Tote, die noch fror, in dicke Pullover gepackt, die den Skandal ihres Körpers vor der Welt verbargen. Der Haarreif wie eine Zange, die den Kopf aufrecht hielt. Lächelte sie, so lächelte sie an einem vorbei, als stünde hinter jedem Menschen sein sympathischer Schatten. Manchmal trat sie aus der Müdigkeit, war angespannt, konzentriert, betrachtete einen Fleck an der Wand, oft eine halbe Stunde lang, hob Dinge auf, ein Katzenhaar, eine tote Fliege, ein Stück

Schlangenhaut, manchmal auch eine Brotkrume, die sie in den Mund steckte, aber nicht schluckte, sondern unter die Zunge klemmte, wo sie sich wie Zucker auflöste, eine letzte Mahlzeit, um nicht zu vergessen, daß es auch hätte schmecken können.

Von ihrer Umgebung wurde Sarahs Verweigerung wohl als Vorwurf empfunden, ein Vorwurf, der sich so schwer entkräften ließ, weil er eben in Gestalt einer ganzen Person auftrat, in aller Stille, unaufdringlich, dennoch überdeutlich. Dabei hatte Sarah vermutlich aufgehört, sich an ihrer Familie zu reiben, war aus den kriegerischen Handlungen ausgetreten, ließ sich nicht mehr kaufen, auch nicht, um – wenn sich schon nicht anzupassen – dann doch wenigstens zu rebellieren. Mit der Zeit verlor sie sogar das Gefühl der Verachtung. Und verlor ihren Hunger, wie man eine Bahnkarte verliert und sich solcherart eine ungeliebte Reise erspart.

So in etwa dachte sich Cerny das, während er mit Resele zurück zum Wagen ging. Daß Magersucht aus einem Schlankheitswahn resultierte, wie oft behauptet, konnte er sich nicht vorstellen. Er selbst war mit seinem massiven Körper durchaus zufrieden. Obzwar: Während seiner Jugend hatte er unter seinem geringen Wuchs gelitten. Aber auch wenn das möglich gewesen wäre, er hätte sich nicht strecken lassen.

Else Resele sah die Sache ganz anders. Je schlanker diese jungen Frauen wären, desto fetter würden sie sich fühlen. Ihre Art zu hungern sei so, als würden sie sich ganze Teile vom Körper schneiden. Nur indem sie abnahmen, unaufhörlich, fühlten sie sich gefeit vor dem Horror der Korpulenz.

»Man kann aber nicht immer nur abnehmen«, war Elses klare Schlußfolgerung.

Die beiden verließen das Grundstück und parkten in einer Seitengasse, so, daß sie auf das Tor sehen konnten. Cerny wollte auf Rad warten, von dem er sich erhoffte, er sei so eine Art Schlüssel.

»Kennen Sie seinen Wagen?« fragte Else.

»Man sollte den Herrn an seinem Fahrstil erkennen.«

Ein Feuilletonist, der Rad als eine Kultfigur jenseits des Begreifbaren bezeichnet hatte, behauptete, der Mann wäre gar nicht so gemütlich. Zumindest als Automobilist sei er der kämpferischen Art seiner frühen Jahre treu geblieben, sein Wagen gleichbedeutend mit der Metallweste des Degenfechters.

Resele wollte wissen, weshalb ausgerechnet Rad so viel Aufmerksamkeit verdiene.

»Irgend jemanden müssen wir ja verfolgen«, erklärte Cerny.

Sie lachte, stieß ihn kumpelhaft an. Dabei berührte sie die Jackentasche, in der sich die Figur befand, die Cerny aus Wieses Praxis mitgenommen hatte. Cerny aber brachte die topographische Anatomie seiner Natojacke durcheinander und war überzeugt, daß an dieser Stelle sein Thermomat lagerte, der jedoch in Wirklichkeit auf der anderen Seite untergebracht war. Er vermutete, Else Resele habe mit voller Absicht über die Ausbuchtung gestrichen, um doch noch hinter sein Geheimnis zu kommen. Was nahm sich diese Frau bloß heraus, überlegte er. Während sie dagegen dachte, es ausgerechnet mit einem Mann zu tun zu haben, der die Berührungen anderer nicht ertrug.

Beide zogen sich ins Warten zurück. Cerny kam so weit zur Ruhe, daß er sich der wahren Lage seines Meßgerätes bewußt wurde. Allerdings war er überzeugt, daß Resele dem gleichen Irrtum aufgesessen war.

Nachdem sich Rad Zeit ließ und es nun die Stille war, die

an die Nerven ging, war Cerny nicht unglücklich, als Resele, ohne gleich wieder körperlich zu werden, das Schweigen brach und erklärte, daß sie – in bezug auf kriminelle Ereignisse – nicht wirklich ein Frischling sei, daß sie schon einmal in eine derartige Geschichte verwickelt gewesen war. Eine Geschichte zum Fürchten.

Als erfordere es der Anstand, verstummte sie erneut. Cerny sollte sie wohl darum bitten, die Geschichte zu erzählen.

Und: Cerny bat.

6 | Das Stück zur Pause

Der Fall ereignete sich im Juni 1978 und ging in den Medien wohl nur deshalb unter, da tags zuvor die österreichische Fußballnationalmannschaft jenen historischen, jede vorangegangene und jede künftige Schmach auslöschenden Sieg über die Deutschen errungen hatte, der die ganze Nation einte und von der restlichen Welt als Erfolg liebenswerter Teilzeitgenies gesehen wurde, die den kollektiven Rationalismus in seine Schranken gewiesen hatten. Einige sprachen sogar von einem Triumph des Musischen über den Maschinismus.

Als Paula von ihrer Arbeit nach Hause kam, saß ihr Ehemann, der wegen einiger Amtswege an diesem Tag nicht bei der Arbeit gewesen war, in seinem Lieblingssessel und las seine Zeitung, in der das fußballerische Wunder nicht als ein solches, sondern als Ausdruck des Willens hochtrabend beschrieben wurde. Paulas Gruß blieb unbeantwortet, was sie nicht störte, von Herzen war er nicht gekommen. Sie führten eine Ehe, wie man sie eben führt, und zwar aneinander vorbei, was besser war als die Streitigkeiten am Anfang ihrer Beziehung, da noch eine gemeinsame Sexualität die beiden zum verbalen Schlagabtausch gezwungen hatte. Daß sie einmal in ihn verliebt gewesen war, kam ihr komisch vor, so wie die Mode ihrer Jugendzeit. Dabei war Robert nicht fett oder merklich älter geworden. Aber an seinem Gesicht hatte sie sich bald satt gesehen, und sein vom Wildwasserpaddeln und anderen Natureroberungen muskulöser Körper erschien ihr bloß noch wie ein Stück Fleisch in bunter Unterhose, das neben ihr im Bett lag und glücklicherweise keine Anstalten machte, sich auch hier noch bewegen zu wollen. Er war ihr nicht fremd geworden, das war er immer gewesen. Die Schwärmerei der ersten Zeit hatte nicht ihm, sondern dem Gefühl an sich gegolten. Dennoch war sie in diese Ehe nicht wie in eine Falle gestürzt, sondern bei vollem Bewußtsein in ein Loch gesprungen, weil das eben der menschlichen Natur entsprach: in Löcher zu springen und dort darauf zu warten, daß alles vorübergeht.

Kinder hatten sie keine, es war nie ein Thema gewesen. Was ihr auch lieber war. *Eine* Schwärmerei hatte gereicht. Ein Grund, daß sie kaum Freundinnen hatte. Eine Frau, die dreißig war und noch nicht Mutter, hatte etwas von einer Aussätzigen. Da war eigentlich nur Else Resele, natürlich auch kinderlos, mit der sie sich verstand, auch wenn deren wildes Leben ihr wie ein Betrug an der Wirklichkeit erschien. Else kroch aus jedem Loch, in das sie gesprungen war, um sogleich ins nächste zu hüpfen, was sie für Abwechslung hielt, als hätte je eine Grube sich von einer anderen unterschieden.

Freilich: Eine kleine Obsession hatte Paula trotz der einschläfernden Atmosphäre ihres Daseins entwickelt. Die Liebe zur Mathematik.

Auch wenn mittelständische Frauen immer wieder verdächtigt werden, am Alkohol zu hängen, hängen nicht wenige von ihnen viel eher an der Mathematik, tatsächlich wie an einer Flasche, süchtig nach Reinheit, stimmigen Proportionen, vor allem nach Körperlosigkeit. Während sie in besagten Löchern leben und keiner sich vorstellen kann, daß irgendeine Lust ihr Leben touchieren könnte, geben sie sich den Erhöhungen von Arithmetik und Algebra hin, den wunderbar gruseligen Untiefen der Zahlentheorie und Kombinatorik und ähnlichen hochprozentigen Verkopfungen. Wenn man so will: Hexen, mathemazistische Kräuterweiber.

Man kann davon ausgehen, daß hier Ungeheuerliches geleistet wird. Ein Glück, daß in dieser naturgemäß von Männern bestimmten Wissenschaft keiner auch nur eine Ahnung besitzt, sich das weder vorstellen kann noch möchte, wie viele sogenannte mathematische Probleme in diversen dunklen Löchern bereits eine umwerfend simple Lösung erfahren haben. Das Grauen würde den von ihrem Auserwähltsein hartnäckig überzeugten Herren das Gemüt gefrieren.

Paula hatte zwischen Arbeit, Haushalt und dem Ertragen ihrer streitbaren Eltern nur wenig Zeit, in welcher sie im Keller und der Besenkammer – also den heiligen Orten jeder Kunst und Wissenschaft – vertrackte Aufgaben mit der konzentrierten Routine einer Teppichknüpferin löste. Und wirklich ist das Teppichknüpfen die der Mathematik nächststehende, wenngleich gerne unterschätzte Tätigkeit. Im Stil einer solchen Handwerkerin entwickelte Paula eine Formel, anhand derer man die Flugbahn sowie den exakten Ort der Landung eines jeden herabfallenden Papiers berechnen konnte. Eine Formel, die selbst jenen, die des Teppichknüpfens nicht mächtig waren, hätte einleuchten müssen. So teuflisch einfach war sie. Nicht ohne Stolz und sehr zu Recht sprach Paula – im Selbstgespräch – vom Paulaschen Gesetz. Doch allein die Verwendung eines Vornamens wäre als Kinderei empfunden worden, hätte zur Belustigung der Wissenschaft geführt.

Nicht nur die Standeselite, auch ihr Gemahl wußte von alldem nichts. Denn Paula war nicht nur ein uneingestanden mathematisches Genie, sondern auch ansonsten intelligent genug, ihre kleine Verrücktheit nicht in die Auslage zu stellen.

Nachdem Paula eine kalte Platte zubereitet und sie auf den Wohnzimmertisch gestellt hatte, setzte sie sich vor den Fernseher und sah sich eine Komödie an. Sie hatte es aufgegeben, warme Mahlzeiten zuzubereiten. Es war nicht vorauszusehen, ob ihr Mann zu Tisch kam oder nicht. Anfangs hatte dies zu Diskussionen geführt, indem Paula auf einer festgesetzten Zeit bestand, um sich den Abend einteilen zu können. Natürlich aber wollte

Robert – immerhin ein freier Mensch, andererseits keineswegs Herr über den eigenen Hunger – sich nicht vorschreiben lassen, wann er Appetit zu haben hatte. Und wozu einteilen, fragte er. Um Frauenmagazine zu lesen, Fußbäder zu nehmen, auf der Terrasse Zigaretten zu rauchen? Also hörte sie auf, ihn zu bekochen, was er kommentarlos hinnahm. Dieses häusliche Getue war ihm stets auf die Nerven gegangen. Ohnehin waren die Frühstücke im Büro, die zumeist späten Mittagessen mit Geschäftsfreunden ausreichend. Und seine Figur war ihm heilig. Er verachtete Leute, die sich gehenließen. Daß Paula einen kleinen Bauch bekommen hatte, daß ihre Haut zusehends an Straffheit verlor, ihre ganze Haltung kläglich wirkte, konstatierte er mit der Strenge eines Lehrers, der sich um unwillige Schüler nicht weiter kümmert.

Der Film langweilte sie. Sie konnte nicht verstehen, wie andere Menschen im Humor Trost fanden. Dennoch sah sie ihn sich zu Ende an, ein Ende, wo jeder sein Gegenstück bekam und das Glück bedrohliche Ausmaße annahm. Die darauffolgenden Nachrichten, die die Wirklichkeit zumindest streiften, empfand sie geradezu als Erleichterung.

Als die wahrscheinliche Wirklichkeit des Wetters zur Sprache kam, schaltete sie ab, setzte sich an den Tisch und stöberte in den angetrockneten Wurstblättern wie in einer Schallplattensammlung, die nichts hergab, begnügte sich mit einer Essiggurke und ein paar Zwiebelringen. Robert haßte Zwiebeln. Daß sie die kalten Platten hin und wieder mit Zwiebelringen garnierte, war wohl das letzte, wenngleich unbewußte Zeichen einer Beziehung zu diesem Mann. Er erhob sich und legte die Zeitung vor sie auf den Tisch. Dann machte er es sich vor dem Fernseher gemütlich, katzenhaft hingestreckt, wie es schien, schläfrig. Dabei wachsam, in freudiger Erregung. Man könnte sagen: Er hatte seine Ohren aufgerichtet.

Paula war überrascht. Es entsprach nicht Roberts Art, ihr die Zeitung anzubieten. Wie die meisten Männer in den siebziger

Jahren war er ja nicht bloß der Überzeugung, Frauen seien sozusagen belletristisch veranlagt, an Politik und Wirtschaft eher desinteressiert und, um die eigentliche Bedeutung des Sports zu erkennen, zu ahistorisch, sondern vertrat auch die psychologisch interessante Auffassung, Zeitunglesen sei Ausdruck eines aufgeklärten Intellektualismus – und dieser zwar nicht vornehmlich männlich, aber doch ziemlich.

Wozu also? Wollte er tatsächlich, daß sie sich die Zeitung ansah, wollte er, daß auch sie begriff, daß hier nicht bloß eine Fußballschlacht gewonnen worden war, es sich vielmehr um eine Art Naturereignis handelte, vielleicht um eine Kontinentalverschiebung? Sie blätterte noch ein wenig in der Wurst, schleckte sich die Finger ab und schlug die Zeitung auf. Ging sie durch, indem sie die Seiten überblätterte, blieb dann aber doch hängen, zunächst bei einer Todesanzeige, die ihr wegen des merkwürdigen Spruches aufgefallen war: *Das nächste Mal wird es nur halb so lustig.* Darunter die Namen der in stiller Trauer Verbliebenen. Lustlos wechselte Paula zum Lokalteil. Über einer Spalte am Seitenrand prangte das Wort **Messerattentat** wie eine Verheißung, wuchtig und schrill. Doch das war es nicht, was ihren Blick festhielt, sondern die mager gedruckte Beifügung, der Vorfall habe sich in der Luggauerstraße zugetragen. Paula stutzte, als sei ein Verbrechen, das gleich um die Ecke geschehen war, wie ein Einbruch in die eigene Intimität. Ein Umstand, der den unwirklichen Charakter einer jeden Verbrechensmeldung merklich abschwächte. Und wie um das Außerordentliche zu bestätigen, setzte sie ihre Brille ab, die beim Lesen nur störte. Anfangs war der Schauer noch ein angenehmer, als sie las – und sich vorstellte, was sie da las:

»Gestern am frühen Nachmittag wurde eine vierundzwanzigjährige Studentin durch mehrere Messerstiche schwer verletzt. Der unbekannte Attentäter scheint der Frau vom Westbahnhof aus gefolgt zu sein. Er dürfte sich sowohl in der Straßenbahnlinie 58 als auch im Bus 54 B befunden haben, welche das spätere Opfer benutzte. Nach einer ersten Beschreibung der Chemiestudentin trug der ihr unbekannte Mann einen dunkelblauen Einreiher, einen grauen, breitrandigen Hut und eine modische Sonnenbrille und war von durchschnittlicher Größe und schlanker Statur.

Nachdem die junge Frau den Bus an der Station Schweizertalstraße verlassen hatte, stellte sie den Verfolger in der Veitlissengasse zur Rede. Als dieser keine Reaktion zeigte, drehte sie sich um und setzte ihren Weg fort. Kurz darauf stach der Mann, der zwischen dreißig und vierzig Jahre geschätzt wird, von hinten auf das Opfer ein. Erst Minuten später wurde die blutüberströmte, zu diesem Zeitpunkt bereits bewußtlose Frau von einer Passantin entdeckt, welche sofort Rettung und Polizei benachrichtigte. Nach Aussage der behandelnden Ärzte befindet sie sich bereits außer Lebensgefahr, was ein großes Glück darstelle, da zwei der Stiche nur Millimeter von lebenswichtigen Organen eingedrungen seien. Zudem habe die verhältnismäßig späte Alarmierung der Rettung zu einem starken Blutverlust geführt.

Es wird angenommen, daß zur Zeit des Attentats die abseits gelegene Veitlissengasse menschenleer gewesen sei. Auch scheint keiner der Bewohner aus den umliegenden Häusern das Verbrechen beobachtet zu haben. Wie ein Polizeisprecher erklärte, gebe es derzeit keine Hinweise auf die Person des Täters. Mit einiger Wahrscheinlichkeit müsse davon ausgegangen werden, daß es sich bei der niedergestochenen Frau um ein Zufallsopfer handle. Allerdings sei die Befragung aus naheliegenden Gründen noch nicht abgeschlossen. Man müsse in jedemFall die Bevölkerung zu erhöhter Wachsamkeit ermahnen, da die Möglichkeit eines Serientäters bestehe. Die Exekutive führe die Untersuchung mit einem Großaufgebot an Beamten durch.«

Der Berichterstatter fragte sich in der Folge nach dem Motiv und konstatierte zugleich, daß die Motivlosigkeit solcher Handlungen in erschreckendem Maße zunehme. Wurde aber nochmals sachlich, indem er Zeugen aufrief, sich zu melden. Vor allem jene Frau, die nach Aussage der Studentin sich an der Bushaltestelle in Unter Sankt Veit mit dem späteren Täter kurz unterhalten hatte.

Es gibt Dinge, die man einfach nicht glauben kann. Was die Dinge nicht kümmert, welche aus dem Dunkel treten, sich vor einem aufbauen und immer klarer werden. So ging es Paula, die jetzt feststellte, daß ihr Mann mehrere blaue Einreiher besaß, seine Sonnenbrille geradezu aufdringlich auf dem Tisch postiert war und er über einen grauen, breitrandigen Hut verfügte – was allein noch nichts hieß, hätte er nicht genau diese drei Merkmale aufgewiesen, als sie ihm am Nachmittag dieses Tages an der besagten Autobushaltestelle begegnet war. Das Büro, in dem sie als Buchhalterin arbeitete, lag zwei Gassen weiter. Sie hatte sich auf dem Weg zur Post befunden. Was eigentlich nicht zu ihrem Job gehörte. Doch die zuständige Kollegin hatte sich unwohl gefühlt, und Paula war froh gewesen, für eine Weile aus dem Haus zu sein. Als sie an der Haltestelle vorbeikam, hätte sie ihren Mann beinahe übersehen. Hinter der Sonnenbrille wirkte sein Gesicht kantiger, hölzern. Und der Hut, den er nur selten trug, hatte es breiter erscheinen lassen. Ihm zu begegnen war ihr peinlich gewesen, als sei sie über einen alten Bekannten gestolpert, von dem sie nicht mehr so richtig wußte, in welcher Schublade er zu Hause war. Daß sie ihn tatsächlich erkannt und begrüßt hatte, ihren Mann, war ihr als Dummheit erschienen, als Affekt. Während sie sich zu Hause stundenlang anschweigen konnten, blieb es ihnen auf der Straße nicht erspart, miteinander zu reden, über den merkwürdigen Zufall, wie es dem anderen gehe, ja, sie sei auf dem Weg zur Post, ja, er habe alles erledigen können, schön, gut, man sehe sich ja noch. Dann kam der Bus.

Sie konnte es nicht glauben. Nicht daß sie diesem Mann je

viel Gutes nachgesagt hatte, sie hatte ihm gar nichts nachgesagt. Auch wenn sie selbst oft behauptet hatte, einem jeden Menschen sei alles zuzutrauen, ein Mensch ohne dunkle Seite gar nicht denkbar, so war es nun doch etwas anderes, den eigenen Gatten als Mörder, gelinde gesagt als Psychopathen zu erkennen, und ein solcher mußte er ja wohl sein.

Ohne ihren Kopf zu bewegen, sah sie nach Robert. Hinter dem Sofa waren nur ein Fuß, eine Ellenbogenspitze und ein Teil des Haarschopfs zu sehen. Sie vernahm jenes Schnaufen, das stets seinen Schlaf einleitete. Doch daran glaubte sie nicht. Dort lag ein Verrückter, der jetzt seinen Spaß hatte. Darum die Zeitung. Sie hatte es erfahren sollen, noch an diesem Abend. Am nächsten Tag wäre sie im Büro auf den Überfall angesprochen worden, wo sich doch ihr Haus gleich um die Ecke befand, man hätte ihr den Artikel gezeigt. Im Büro wäre sie geschützt gewesen, hätte die Polizei verständigen können. Jetzt aber ... sie brauchte nur den Arm auszustrecken, um das Telefon zu erreichen. Doch sie spürte, daß er lauerte, begierig darauf wartete, daß sie genau das tat. So ging das Spiel, das er sich ausgedacht hatte. Ihr Pech war, daß sie an diesem Tag zur Post gegangen war, daß sie ihn gesehen hatte. Deshalb würde er sie umbringen müssen. Nicht weil sie es wert war, nein, sie war alles andere als opferwürdig. Er war kein spießiger Gattinnenmörder, keine von den jämmerlichen Figuren, die die eigene Frau nicht in den Griff bekamen und dann gleichsam in Notwehr zuschlugen. Er hielt sich für tough, kein kleiner Wichser, sondern kreativ, spontan, dabei ungemein clever. Und er war stolz auf seinen Hochmut, der ihn dazu verführt hatte, auf offener Straße, in der Nähe des eigenen Hauses ein derartiges Verbrechen zu begehen, an einer ihm unbekannten Frau. Gut möglich, daß sein Opfer ihm schon einmal begegnet war, im Supermarkt, beim Bäcker, sie war praktisch eine Nachbarin. Und nachdem sie höchstwahrscheinlich überleben würde, war nicht auszuschließen, daß man sich wieder einmal über den Weg lief. Vielleicht würde sie ihn erkennen. Vielleicht nicht. Mal schärft der Schmerz die Erinnerung. Dann wieder trübt er sie. Ihm war das gleichgültig. Daß sie nicht tot war, war kein wirkliches Unglück. Darum ging es ja nicht, war es ihm noch nie gegangen. Die Handlung als solche zählte, der plötzliche Entschluß, der zur Improvisation zwang, der ungemeine Risiken hervorrief, Fehlerquellen, dumme Zufälle. Das war die Herausforderung. Nach einem Plan zu morden oder eine Sache abzublasen, wenn sie drohte schiefzugehen, das konnte jeder. Braves Kunsthandwerk war nicht seine Sache.

Dennoch war es erfreulich, daß das Opfer ihn nicht erkannt hatte. Oder es vorzog, den Mund zu halten. Allerdings durfte er eine Finte der Polizei nicht ausschließen. Wie auch immer, jetzt mußte er erst einmal seine Frau beseitigen, was ihn im Grunde anödete, weshalb er der Angelegenheit etwas Farbe verlieh, inszenatorische Kraft. Ein einfaches Stück, mit leichter Hand gespielt, in das er Schwierigkeiten eingebaut hatte, gewagte Kadenzen, etwa das am Tisch plazierte Telefon, so daß Paula eigentlich nur zum Hörer greifen mußte. Ob er nun schlief oder nicht. Sie hätte es eben riskieren müssen. Sie hätte auch, alle Ruhe vorspiegelnd, den Raum verlassen und dann aus dem Haus rennen können. Natürlich hätte er sie erwischt. Aber sie konnte es doch wenigstens versuchen. Statt dessen saß sie da, versteinert, wagte kaum zu atmen. Sie war eben ein feiges Stück, immer schon gewesen, träge, kränklich. Doch er hatte Zeit. Und er wußte ja, daß sie das nicht durchstand, blöde herumzusitzen und auf eine glückliche Wendung zu warten. Sie würde sich schon noch verraten.

Paula nahm ein Wurstblatt, rollte es ein und schob es sich in den Mund. Das war zwar weniger auffällig, als mitten im Zimmer eine Zigarette anzuzünden, aber dennoch ein Fehler, da es ihr noch nie eingefallen war, eine Scheibe Wurst anders als in Form eines Wurstbrotes zu verzehren. Geräuschlos ließ sie das verräterische Objekt aus ihrem Mund in die Hand gleiten, um es in gewohnter Manier auf einem Stück Brot unterzubringen. Dann schnitt sie es in mehrere Stücke, ging langsam zu Werke, die Gleichmäßigkeit der Abstände beachtend, als könne sie sich ausgerechnet mittels einer sauberen Brotsägearbeit retten.

Sie sägte lange. Zum Essen fehlten ihr dann allerdings die Nerven. Und da nun an diesem Tisch nichts mehr zu tun war, stand sie auf, wobei sie sich auf die Unterlippe biß. Der Schmerz half, das Zittern in den Händen zu mäßigen. Sie griff nach der Wurstplatte und trug sie in die Küche. In welcher sie gewissermaßen wie nach einem langen flaschenlosen Tauchgang an die Oberfläche drang, nach Luft schnappte und den Teller gerade noch abstellen konnte. Es war heiß im Raum. Und die Hitze in ihrem Körper staute sich. Ein Fenster zu öffnen wagte sie nicht. Er hätte angenommen, sie versuche zu flüchten. Einen Abwasch jedoch konnte sie vortäuschen, drehte den Wasserhahn an, hielt ihr Gesicht unter den kalten Strahl, nicht kalt genug, um ein wenig von ihrer Angst zu vereisen. Sie faßte blind nach einem Teller, um ein Geräusch von Arbeit zu simulieren, stieß dabei ein Glas um, welches zerbrach. Für einige Sekunden erlosch das Feuer in ihrem Kopf. Sie wurde ruhig, eben weil es jetzt vorbei war. Sie fühlte sich bereits tot, als wäre der Messerstich, das kurze oder lange Würgen, das Untertauchen des Kopfes im gefüllten Becken, was auch immer nun folgen würde, ein unnötiger, bloß das althergebrachte Bild vom Mord bestätigender Akt, eigentlich überflüssig, nicht viel mehr als eine Zierde. Es war nicht einmal so, daß sie darauf wartete. Weshalb es auch mehrere Minuten dauerte, bis der Herd in ihrem Kopf wieder anging, die Erkenntnis sie erreichte, daß ein zerbrochenes Glas nichts zu bedeuten hatte, für Robert ein viel zu minderer Grund war, um die Sache endlich abzuschließen.

Sie erledigte nun tatsächlich den Abwasch, empfand sich

dabei wie ein Selbstmörder, der keine Unordnung zurücklassen wollte. Als sie dann mit nervösem Gleichmut das Wohnzimmer betrat, war dieses verlassen. Paula begann sich umzusehen, im Wintergarten, wo eine Glastür verführerisch weit offenstand, in Roberts Arbeitsraum, im Badezimmer. Sie suchte ihren Mörder. Und fand ihn im Schlafzimmer. Er lag bereits im Bett, die Augen geschlossen, bis zum Nabel aufgedeckt, und summte zur Musik, die aus dem Radio kam. Um etwas Plausibles zu tun, trat Paula vor den Wäscheschrank, wollte aus dem Kleid schlüpfen, war aber nicht fähig, den Reißverschluß zu öffnen und verfiel auf die gewagte Idee, ihn darum zu bitten, ihr zu helfen. Sie wollte Robert aus der Fassung bringen, indem sie ausgerechnet jetzt eine Nähe suchte, die sie seit Jahren vermieden hatte.

Paula schritt auf das Bett zu. Als sie nun seinen nackten Oberkörper sah, der ja auch bloß aus Haut und Haaren und einer darunter verborgenen Verletzbarkeit bestand, fragte sie sich, warum in Herrgottsnamen sie darauf warten sollte, bis er die Güte besaß, ihr den Hals umzudrehen. Es war seine Unverschämtheit, die sie in Rage brachte. Einfach hier im Bett zu liegen, im Wind des Ventilators, das Ohr am Radio, überzeugt, daß sie es nicht wagen würde, das Haus zu verlassen, das Telefon auch nur anzufassen, sich wenigstens einzusperren, zu schreien. Nun, sie würde etwas ganz anderes wagen. Um eine Spur zu entschlossen trat sie aus dem Raum, ging in die Küche und zog, während sie einige Teller lautmalerisch im Regal unterbrachte, ein Messer aus der Lade, eins von diesen Dingern zum Zerteilen ganzer Kühe. Sie hob das Instrument an und sah sich selbst auf der spiegelnden Oberfläche der Klinge. Betrachtete ihre Augen, die vom langen Wasserbad geradezu frisch wirkten, den rötlichen Ton der Ohren, welcher unter den Haarsträhnen durchschimmerte, betrachtete, während ihr Spiegelbild verschwamm, die Sägezahnung und die am rechten Rand befindliche Gravur, die aus einem Wappen und der Mitteilung bestand, daß dieses Produkt aus dem englischen Sheffield und dort aus dem Hause Richardson stammte, und daß es nicht rosten würde. Genau in dem Moment, da sie versuchte, die beiden Wappentiere zuzuordnen, gewahrte sie eine Bewegung auf der Klinge, einen dunklen Fleck, der hinter ihrem Gesichtsausschnitt aufgetaucht, rasch zur Messerspitze geglitten und aus dem Spiegel herausgetreten war. Als sie herumfuhr, war niemand zu sehen. Die Küchentür hatte sie selbst offengelassen, damit Robert die harmlosen Geräusche der Geschirrbeseitigung vernehmen konnte. Doch da war etwas gewesen. Und tatsächlich drang nun Roberts Stimme aus dem Wohnzimmer. Er telefonierte, sprach von einer Konferenz, nannte Daten, lachte auf diese geschäftsmäßig unverbindliche Art und entschuldigte sich nochmals für den späten Anruf. Längst hätte Paula das Messer zurücklegen, zumindest hinter ihrem Rücken verstecken müssen. Sie stand jedoch mit der ausgerichteten Klinge in der Mitte des Raums, als wollte sie die Luft aufschneiden. Vernahm seine Schritte.

Vielleicht wäre sie imstande gewesen, auf einen Liegenden, einen Mann mit geschlossenen Augen, der bloß frech vor sich hin pfiff, einzustechen, aber wenn er jetzt zu ihr in die Küche treten und sie ansehen würde, amüsiert, den Arm ausgestreckt, mit offener, nach oben gerichteter Handfläche, damit sie, das dumme Kind, ihm das Messer übergeben konnte, dann ... Er kam nicht in die Küche, ging daran vorbei, als hätte er sie nicht bemerkt, trat wieder aus ihrem Blickfeld und bewegte sich den Gang hinunter, der zum Bad führte, welches links von der Wohnungstür lag. Sie horchte so angestrengt, daß sie das Glucksen eines unterdrückten Lachers zu hören meinte. Eine Tür wurde geöffnet, wieder geschlossen. War er tatsächlich aus dem Haus gegangen? Seiner Sache so sicher, daß er sich die Freiheit nahm, bloß mit einer Unterhose bekleidet, in der Garage nach dem Rechten zu sehen oder seinem gepflegten, unkrautfreien Rasen gute Nacht zu sagen, etwas in der Art?

Paula löste sich aus ihrer Starre. Die Stellung des Messers behielt sie sinnvollerweise bei, als sie sich jetzt ebenfalls auf die beiden Türen zubewegte. Sie wußte nun, daß Robert noch im Haus war. Aus dem Badezimmer war das Geräusch der über die Zähne fegenden Borsten zu vernehmen, dazu das Gebrummel dessen, der da seine Zähne bürstete, das rhythmische Getrommel, welches er mit seinen Hausschuhen auf dem Fliesenboden erzeugte, das mehrmalige Ausspucken, die ganze Tonleiter eines hygienisch verantwortungsvollen Menschen, der nicht so einfach dahinmorden wollte mit Mundgeruch und ungewaschenen Ohren.

Als Paula den Klang des auf den Emailkörper des Klosetts auftreffenden flüssigen Strahls vernahm, wollte sie eintreten und das Messer endlich in seinem Rücken loswerden. Er pinkelte immer im Stehen, prinzipiell. Sie hielt sich aber gerade noch zurück. Woher konnte sie sicher sein, daß die Tür unverschlossen war? Das Rauschen der Klospülung ersparte ihr weitere Überlegungen. Seinen Rücken konnte sie vergessen. Sie wollte darauf warten, daß er aus dem Badezimmer kam. Sie würde ihm in die Augen sehen müssen. – Als sie ihm das Jawort gegeben hatte, war das nicht nötig gewesen. Erst recht nicht beim Küssen, welches ja traditionellerweise in Blindheit erfolgt. Nun aber würde es ihr nicht erspart bleiben: Auge in Auge. Sie hob das Messer über die Schulter, kam sich lächerlich vor, wie die Karikatur einer Frau, die Männerarbeit verrichtete und sich dabei umständlich anstellte. Sie spürte den Druck ausbrechender Tränen. Nicht, weil sie Mitleid mit ihm hatte, sondern weil er sich Zeit ließ und sie nicht sicher war, wie lange sie dieses Messer noch halten konnte.

Als endlich das Geräusch einer sich öffnenden Tür an ihr Ohr drang, war sie verwundert, denn das Badezimmer blieb verschlossen. Was seinen Grund in der Tatsache hatte, daß Paula auf die falsche Tür schaute, das Messer in die falsche Richtung hielt. Und dabei blieb es. Das einzige, was Paula nun bewegte, war ihr Kopf, den sie langsam, stockend nach rechts schob. Robert stand in der Eingangstür, sein Grinsen so breit, als sei das hier eine Preisverleihung. Nun, ein Triumph war es wohl. Er hatte die Spülung betätigt und war aus dem Badezimmerfenster geklettert. Und war sich sicher gewesen, daß, wenn er durch den Eingang kam, sie noch immer in gekrümmter Haltung, ausgerüstet mit ihrer spaßigen Küchenwaffe, vor der falschen Tür stehen würde. Hinterhältig, aber dumm. Zu feig, um sich davonzumachen, hatte sie ihr Heil ausgerechnet darin gesucht, den Spieß umzudrehen. Diese Unverfrorenheit würde er nun bestrafen. Und das Messer in ihrer Hand war gar nicht die schlechteste Lösung. Er schloß die Tür.

Else Resele, dreiunddreißigjährig, soeben zum ersten Mal verwitwet, wofür sie allen Göttern dankte, hatte sich an diesem Abend irgendeinen Bankkaufmann mit nach Hause genommen. Anfangs hatte er Skrupel gezeigt, eine Frau zu begleiten, deren Mann noch keine drei Tage unter der Erde lag. Er meinte, das wäre nekrophil. – Im Grunde verachtete sie Philister und Leute, die Wörter verwendeten, die sie gar nicht verstanden, aber dieser Bankmensch sah ein wenig aus wie Warren Beatty, und das war besser als gar nichts.

Ihr Haus bildete mit jenem Paulas und dem der Pollaks ein gleichseitiges Dreieck. Von ihrem Schlafzimmerfenster hatte sie einen idealen Ausblick. Damals bestand ihr sexuelles Interesse nicht bloß in einem mehr oder weniger konventionellen Umgang mit Männern, sondern auch in ihrem Hang zum Voyeurismus, wobei der eigentliche Reiz in der Kombination beider Leidenschaften bestand. Weniger, indem sie sich und ihren Partner, wie es zu dieser Zeit übelste Mode war, in einem am Plafond angebrachten Spiegel betrachtete, das zwar auch, aber als weit aufregender empfand sie es, während sie selbst es trieb, den Beischlaf anderer zu beobachten. Gerne wäre sie dabei in klassisch-abenteuerlicher Weise auf Dächern herumgeklettert, doch entgegen dem männlichen Faible für ungewöhnliche Praktiken besaß kaum einer von ihnen den Mut, in schwindelerregenden Höhen einen Geschlechtsakt zu vollziehen und eine Anzeige zu riskieren, zudem interpretierten die meisten ein solches Anliegen als Vorwurf, ihre eigenen Bemühungen genügten nicht.

Weshalb Else zur Not aus den Fenstern der Schlafzimmer sah, auch schon mal mit einem präparierten Feldstecher, den sie am Kopf befestigt hatte, und Ausschau nach verwandten Tätigkeiten hielt. Ihr glückloser Ehemann hatte dies mit Abscheu quittiert und sich in den Motorsport geflüchtet, wo sein Glück auch nicht größer gewesen war.

Befand sich Else in ihrem eigenen Haus, konnte sie auf den Feldstecher verzichten, denn die beiden Gebäude waren nahe gelegen, der Winkel ideal, keine Bäume im Weg, die Sträucher niedrig und die Unart, sich mittels Vorhängen von der Welt abzuschotten, zumindest bei den Pollaks verpönt. Und auf die kam es an. Susanne Pollak hatte bei einem Damenkränzchen angedeutet, daß ihr die Vorstellung gefalle, beobachtet zu werden. Die anderen Frauen hatten sich schockiert gezeigt, und zwar über eine solche Offenheit bei Kaffee und Kuchen. Else aber hatte ihrer Nachbarin zugezwinkert. Eine Kooperation war begründet gewesen. Ansonsten war ihr die Pollak gleichgültig. Paula hingegen konnte sie gut leiden, vermied es jedoch, ihr gegenüber derartige Passionen zu erwähnen. Sie wußte ja, daß Paula über die Sexualität wie über eine Krankheit dachte, die man ausheilen mußte. Und wo immer dieser Robert charmierte, zu Hause sicher nicht.

Als sie an diesem Abend am offenen Fenster stand und ihre Eroberung von hinten in sie eindrang – einerseits davon angetan, den Akt im Stehen zu vollziehen, andererseits ein wenig in Sorge, Else könnte irgend jemandes Nachtruhe stören –, stellte sie zu ihrer Freude fest, daß die Pollaks bei ebenfalls offenem Fenster im Schlafzimmer standen und sich zankten, was wie in den meisten guten Ehen eine Art von Vorspiel darstellte. Und nachdem Herr Pollak mit einer Geste angedeutet hatte, daß er seine Frau am liebsten erwürgen wollte, fiel ihm diese in die Arme, als würde sie sich genau danach sehnen.

Else Resele war dankbar für die nun beginnende Vorstellung, da die Vorstellung, die hinter ihr ablief, gar zu belanglos vonstatten ging. Ihr schien, der Mann finde nicht so richtig aus der Eintönigkeit seines Berufs heraus, so als treibe er es hinter seinem Schalter und müsse gleichzeitig jemand beraten. Wenn er zu ihr sprach, dann wußte sie nicht, ob er sie oder den imaginären Kunden meinte. Als Voyeurin kam sie allerdings auf ihre Kosten, da die Pollaks zum Theatralischen neigten, zwei hyperaktive, hypertonische Persönlichkeiten, die durch raschen Positionswechsel sich im Zustand der Leidenschaft hielten und im Rahmen bescheidener Verletzungen auch Experimentelles wagten.

Doch irgend etwas störte das Bild Pollakscher Bewegungsfreude, obgleich dort drüben alles in Ordnung schien. Daß Frau Pollak sich ausdrucksstark, aber ineffizient dagegen wehrte, daß ihr Mann ihr Handschellen anlegte, war Teil des im Grunde friedlichen Spiels.

Else sah kurz zum Nachthimmel auf, als habe dieser die Störung verschuldet. Aber die Katastrophen, die sich dort oben abspielten, waren nicht zu sehen. Was zu sehen war, und jetzt sah sie es, war die hell erleuchtete Küche im anderen der gegenüberliegenden Häuser. Zwischen den artig zusammengebundenen Teilen des Vorhangs erkannte sie ihre Freundin Paula mit einem Fleischermesser in der Hand, was ja in einer Küche schon mal vorkommen konnte. Doch die Art, wie Paula das Schneidegerät hielt, als würde sie damit nicht schneiden, sondern vielmehr zustechen wollen, sowie ihre Körperhaltung, die etwas Lauerndes, gleichzeitig Ängstliches besaß, auch schlichtweg der Umstand, daß Paula um diese Zeit noch nicht im Bett war, wohin es sie stets frühzeitig trieb, um die Entblößung ihres Mannes und seinen Gang ins eheliche Bett zu verschlafen, das alles irritierte Else derart, daß sie sich rasch und ohne Vorwarnung vom Geschlecht und den Aktivitäten des Bankkaufmanns trennte. Weshalb die Interruption zu dessen maßgeblichem Erlebnis geriet.

Sie zog sich etwas über, schlüpfte in Sandalen. Der Mann blieb dort, wo sie ihn verlassen hatte, leicht nach vorne gebeugt, ungläubig staunend. Wie er so dastand, hätte man ihn aller möglichen Dinge verdächtigen können. Bevor sie aus dem Zimmer rannte, war sie taktvoll genug, sich seiner zu erinnern, nicht taktvoll genug, ihm zu danken. Danken wofür?

Else mußte das Gesehene dahingehend interpretieren, daß Paula ihren Mann umbringen wollte. Mochte sein, daß er es nicht anders verdiente. Allerdings hatte Paula stets behauptet, es sei ihr völlig gleichgültig, was Robert so treibe, Hauptsache, er würde von ihr nicht mehr verlangen als gebügelte Hemden. Seitdem er sie nicht mehr anfaßte, bügelte sie ihm sogar die Unterwäsche. Warum also, fragte sich Else, während sie über den schmalen Weg lief, der zwischen den Grundstücken lag, wollte Paula ihn töten? Um frei zu sein? Frei wofür? Für einen anderen Mann? Daß ein solcher im Spiel war, konnte sie sich nicht vorstellen. Wozu wäre ein anderer gut gewesen, wenn der Beischlaf ohnehin wegfiel. Um Wurstplatten zu richten, brauchte man keinen neuen Mann.

Sie schwang sich über den Metallzaun und landete in einem von Roberts geheiligten Blumenbeeten. Er hatte gedroht, jedes Haustier zu vergiften, das in seinen Garten eindrang. Mit Haustier waren alle gemeint. Wahrscheinlich war es ohnehin das beste, wenn man diesen Verrückten umbrachte. Aber dann nicht mit einem Messer. Und nicht durch Paulas Hand.

Auf dem Weg zum Haus zögerte sie. Sollte sie anläuten? Gut möglich, daß sich Paula dann gezwungen sah, in aller Eile ihren Plan auszuführen. Doch Else überlegte nicht weiter, auch nicht, ob die Tür versperrt war. Als wollte sie das schwere Holz eintreten, sprang sie nach vorne – drückte die Klinke nieder. Und kam nicht mehr dazu, sich des Gelächters hinter der Tür bewußt zu werden.

Robert schüttelte belustigt den Kopf. Paula hatte das hochgehobene Messer noch immer auf die geschlossene Badezimmertür gerichtet. Nur ihr Gesicht war ihm zugewandt. Worauf sie sich jedoch konzentrierte, das war die eigene Harnblase, die wie in einem Schraubstock steckte, den die Angst zuzog. Sie wollte sich nicht derart blamieren, nicht vor diesem Mann, und nicht so knapp vor dem Ende. Als der Urin dennoch austrat, an ihren Schenkeln hinabrann und auf den Boden tropfte, schloß sie die Augen, um Roberts sprechender Visage zu entgehen. Aber da war noch sein Lachen, mehr ein Krächzen, das etwas Mechanisches hatte, das Lachen einer Puppe – eines Bauchredners, der eine Puppe imitierte. Sie meinte, ihr Schädel zerspringe, weshalb sie daranging, sich die Ohren zuzuhalten. Das Messer hatte sie vergessen, sie spürte den Griff, die Schwere nicht mehr. In einer ganz anderen als der poetisch-martialischen Weise war sie eins mit dem Messer geworden. Es begleitete sie in ihrer Lächerlichkeit, machte diese erst vollkommen. Und als sie nun beide Hände an die Ohren legte und dabei etwas in die Knie ging, war das Küchengerät endlich auf Robert gerichtet, was in diesem Moment auch ihm nicht bewußt wurde. Und es zu erkennen, dazu hatte er in der Folge keine Zeit mehr. Er war zu nahe am Eingang gestanden, und indem Else Resele jetzt mit aller Kraft die Tür öffnete, fiel sie mit selbiger Robert in den Rücken.

Was nützt die ganze Sportlichkeit, wenn man nicht jederzeit mit unglücklichsten Konstellationen rechnet und seinen Körper in dementsprechender Aufmerksamkeit behält? Robert war so ganz mit seiner Schadenfreude beschäftigt gewesen, als die Tür ihn mit jener Wucht traf, die genügte, um ihn nach vorne zu schleudern. Was heißt schon Zufall? Wie oft im Leben entgehen wir nur knapp dem Tod, ohne auch nur etwas geahnt zu haben. Robert *starb* eben, ohne auch nur etwas geahnt zu haben. Wäre er größer oder kleiner gewesen, hätte er ein wenig weiter rechts oder links gestanden, vielleicht wäre die Sache glimpflich ausgegangen. Aber er hatte nun mal die richtige Größe, hatte richtig gestanden. Und war gleichsam mit seinem Körper über das Messer gekommen, hatte mit seiner Brust die Klinge geschluckt, und zwar so, daß diese in seinem Herzen steckengeblieben war. So schnell hatte Paula das Gerät gar nicht loslassen können.

Die polizeilichen Untersuchungen zu diesem Fall gestalteten sich schwierig. Anfangs waren die Frauen eines Komplotts verdächtigt worden. Denn obwohl gerade Kriminalisten es besser wissen sollten, konnten sie sich eine derartige Aneinanderreihung merkwürdiger Fügungen nicht vorstellen. Dabei war im wesentlichen nichts anderes geschehen als einer von diesen Unfällen, wie sie in einem Haushalt, diesem erwiesenermaßen gefährlichsten Ort auf der Welt, gang und gäbe sind. Als sich dann herausstellte, daß der Mann tatsächlich das Messerattentat in der Veitlissengasse begangen hatte, ließ man großzügig von den Frauen ab und durchforschte das Leben des Toten, wobei man auf einige Unklarheiten stieß, die man mit anderen Unklarheiten verband und solcherart die Aufklärungsrate ein wenig anheben konnte.

Paula und Else zogen aus der Gegend weg. Ob zu Recht oder Unrecht, sie hatten einen Mann auf dem Gewissen. Auch wenn dieser ein Mörder gewesen war, die Art, wie sie ihn zur Strecke gebracht hatten, ließ Zweifel offen, zeigte eine unschöne Farbe, matt, gräulich, besaß nicht jenen Glanz, jenes Schillern edler Stoffe, die den heroischen Taten etwa von Bankbeamten eigen waren, wenn sie – einer angedrohten Bombenzündung oder Kundenerschießung zum Trotz – kriminellen Elementen den Gehorsam verweigerten. Oder jene Trafikantinnen und Wirtinnen samt ihren Pekinesen und Schäferhunden, deren energische Abwehr von Überfällen die Presse jubeln ließ. Umgekehrt stieg sogar mancher Posträuber zum Volkshelden auf, wenn er Phantasie und Intelligenz bewies und Courage im Umgang mit der Polizei. Aber konnte man Frauen trauen, die die Kaltblütigkeit besaßen, ein Küchenmesser in ein Menschenherz zu bohren? Der allgemeine Tenor besagte: Auch Selbstverteidigung hat ihre Grenzen.

Else zog in einen anderen Bezirk, Paula nach Innsbruck. Die beiden Frauen verloren sich aus den Augen.

Und entgegen allen Hoffnungen nahm der österreichische Fußball wieder jene pummelige Gestalt an, die ihm ohnehin besser zu Gesicht steht. Vielleicht auch in dem Bewußtsein eines Künstlers, der begreift, wie wenig ein gewaltiges Lebenswerk zählt im Vergleich zu der einen überragenden Tat, die nur aus sich selbst heraus besteht und die nie wieder aus jenem Kopf verschwinden wird, den wir Geschichte nennen, Weltgeschichte, österreichische Weltgeschichte. Und was ungehemmter Fleiß, nimmersatter Siegeswille und das Unverbindliche der Perfektion im Fußball an Zerstörung anrichten, ist ohnehin überdeutlich zu erkennen. Überall auf der Welt. Leider.

7 | Rad redet

»Das ist nicht Ihr Ernst«, sagte Cerny, der 1978, sechsundzwanzigjährig, in England gearbeitet hatte, um die dortigen Methoden der Terrorbekämpfung zu studieren.
»Sie glauben mir nicht.«
»Natürlich«, sagte er.
»Was natürlich?«
»Ich glaube Ihnen.« Er glaubte ihr kein Wort.

Sie mußten noch eine Viertelstunde warten, ehe Eduard Rad mit tatsächlich unorthodoxem Fahrstil aus der Einfahrt schoß, ein Halteschild ignorierte und in Richtung Wien raste. Else Resele bewies ein gutes Auge. Obgleich sie sich weiterhin an die Verkehrsregeln hielt, war ihre Verfolgung derart ökonomisch angelegt, daß sie und Cerny, als sie kurz vor der Stadtgrenze an einer Ampel zu stehen kamen, sich nur wenige Wagen hinter Rad befanden. In Wien kam der Verkehr zum Stocken, und es war ein leichtes, dem Mann zu folgen, der nervös und ineffizient die Fahrbahnen wechselte.

In der Stumpergasse parkte Rad ein, streifte dabei einen Wagen, was er nicht zu bemerken schien, sprang aus dem Auto und verschwand in einem Haus. Kaum anzunehmen, daß er hier wohnte. Das war nicht seine Gegend.

»Lassen Sie mich raus«, sagte Cerny.

Was bildete er sich ein? Sie reagierte nicht einmal. Leider hatte sie nicht Rads Parkglück, fuhr lange herum, ließ sich jedoch nicht aus der Ruhe bringen.

»In der Zwischenzeit kann er weiß Gott wo sein«, beschwerte sich Cerny.

»Wo soll er denn hin?« wehrte sie ab und fand schließlich doch eine legale Lücke, in die sie ihren Wagen mit aller Vorsicht einquartierte. Sie habe noch nie eine Strafe kassiert, und das solle auch so bleiben.

Als sie in die Stumpergasse kamen, stand Rads Wagen noch an seinem Platz.

»Na, sehen Sie«, sagte sie und verdrehte die Augen. Er tat es ihr gleich. Sie verschmolzen geradezu miteinander.

Cerny besah sich die Namen an der Gegensprechanlage. Ein Eduard Rad war nicht darunter. Ein Übersetzungsbüro, ein Tierarzt, einige Magister, einige *und*, was auf unverheiratete Paare schließen ließ, auch ein schwedischer Name und einer von Hand geschrieben, wohl gerade der Unleserlichkeit wegen. Was immerhin ein Ansatzpunkt gewesen wäre. Doch war es dann der Name, der neben der Bezeichnung *Atelier* stand, welcher Cerny stutzig machte: *Gähnmaul*. War das überhaupt ein Name? Und, was schwerer wog: Hatte er sich diese Frage nicht vor kurzem schon einmal gestellt? Er zog die kleine Figur aus seiner Tasche.

»Die ist doch aus Wieses Praxis«, sagte Else und tippte auf die Bronze.

»Richtig.« So, wie er es an diesem Tag schon einmal getan hatte, besah er sich die Unterseite des Sockels, wo in einem eckigen Schriftzug der Name *Gähnmaul* eingraviert war. Cerny hatte angenommen, daß es sich dabei um den Titel der Skulptur handelte, wenngleich die langgestreckte Gestalt nichts aufwies, was eine solche Charakterisierung begründet hätte. Zu Recht, denn offensichtlich handelte es sich bei Gähnmaul um den Namen des Schöpfers der Figurine.

Cerny hielt Else den Sockelboden vors Gesicht. Und wies dann auf das oberste Schild der Gegensprechanlage.

»Für den Namen kann er nichts«, sagte sie.

»Nicht für den Namen.«

Als eine junge Frau aus dem Haus trat, zwängten sich die beiden an ihr vorbei. Mit dem Aufzug, der wie eine Konstruktion Jules Vernes anmutete, gelangten sie ins vierte Stockwerk und stiegen dann zum Dachgeschoß hinauf. Cerny schlug gegen die fleckige Metalltür, auf der statt eines Namens ein Gesicht aufgemalt war. Der Mann, welcher öffnete, trug ein schwarz und weiß gestreiftes Hemd, das mit seinem Bart korrespondierte. Einst dürfte ihm das Gesicht auf der Tür gehört haben, bevor das Alter wie eine Heckenschere über seine Haut gefahren war. Obwohl klein und greisenhaft, mochte man ihn nicht als Männchen bezeichnen. Aus den aufgekrempelten Ärmeln ragten muskulöse, breite Arme, wahrhaftige Geräte. Was ein wenig aussah, als handele es sich um Prothesen, die einem anderen, größeren Menschen gehörten. Man hätte aber auch sagen können, der ganze Mann erscheine als eine Prothese, und nur die kräftigen Arme seien menschlich. Wie auch immer, ganz offensichtlich arbeitete Herr Gähnmaul auch an monumentalen Skulpturen.

»Cerny, habe ich recht?« sagte er und hielt seine Hand hin. Cerny nahm sie mit gebührender Vorsicht. Der Druck war nicht fest. Und doch hatte er das Gefühl, in die Aushöhlung eines Gesteins zu greifen.

Else stellte sich selbst vor. Erklärte, wie sehr es sie freue, den Mann kennenzulernen, dessen Arbeiten sie in Wieses Büro stets bewundert habe. Sie wolle nichts zerreden, aber dieser realistische Ausdruck trotz beträchtlicher Abstraktion sei erstaunlich.

Gähnmaul wiederum war erstaunt, daß Polizistinnen in die Analyse gingen. Else Resele aber fand nichts dabei.

Cerny befürchtete, daß sich alles in Plauderei und Wohlgefallen auflösen würde, räusperte sich. Wollte wissen, woher Gähnmaul seinen Namen kannte.

Statt zu antworten, bat der Bildhauer die beiden, einzutreten. Das Entree ähnelte einem Stollen. Nicht höher als Cerny. Else mußte den Kopf einziehen.

»Eduard hat mir gerade von Ihnen erzählt«, sagte Gähnmaul.

»Wie schön.«

»Ich habe ihm gleich gesagt, daß es ein Fehler war, direkt hierherzukommen. Er aber hat behauptet, niemand sei ihm gefolgt. – Na gut. Warum die Sache nicht hinter sich bringen.«

Sie traten in einen hohen Atelierraum. Das Licht hing trüb im Raum, wie eine Schwade, unter der es dunkel blieb. Auf den Fenstern lag der Dreck eines Jahrzehnts. Der Raum war gefüllt mit meterhohen Stelen, kirchturmartige Gebilden, deren bedrohliche Wirkung sie einer leichten Schrägstellung verdankten sowie dem Umstand, daß die Grundfläche nicht am Boden aufsaß, sondern knapp über der Erde zu schweben schien. Die von den Figurinen bekannten Zitate menschlicher Anatomie fehlten. Eine im Wanken begriffene Architektur. Durch den schmalen Gang würde man diese Arbeiten kaum transportieren können. Und sie sahen ja auch nicht aus, als sollten sie je dieses Atelier verlassen. Bei aller eigenen Geneigtheit schienen sie dennoch den Raum zu stützen. In welchem es sich atmete, als habe man sein Gesicht in eine Sandfläche gepreßt. Das Rohr eines polternden Kohleofens glühte. Dennoch war es empfindlich kalt.

Rad war kaum auszumachen auf dem Sofa, das in einer Ecke stand. Er war der schwarze Fleck auf einem schwarzen Bild. Aber seine Stimme war deutlich, als er nun mit deplazierter Großmut meinte, man würde also über die Angelegenheit reden müssen, jetzt, wo sowohl Hufeland als auch Wiese tot seien.

»Sie können auch zuvor Ihren Anwalt benachrichtigen«, sagte Cerny, dem Rads selbstgefällige Art mißfiel.

»Wir werden sehen, ob das nötig ist. Sollte es das sein, dann werden Sie mich kurz entschuldigen müssen.« Was er damit auch immer sagen wollte.

Gähnmaul schob zwei Sessel heran, schaltete eine Stehlampe ein, die in diesem Ambiente merkwürdig gegenständlich anmutete, und schenkte Wein in mehrere Gläser, die mit denen, durch die das schüttere Tageslicht sich kämpfte, nicht bloß das Material gemein hatten.

»Also, Herr Rad, Sie kannten nicht nur Hufeland, sondern auch Wiese.«

»Durch Wiese bin ich erst mit Hufeland bekannt geworden. Joachim hat mich in die sogenannte Lukasrunde eingeführt. Dort habe ich dann auch unseren geschätzten Gähnmaul kennengelernt.«

»Was bedeutet Lukasrunde?«

»Ein paar Freunde, die sich im Lukas treffen. Das Lukas ist ein kleines Bäckereigeschäft mit angeschlossener Konditorei. Sie können mir glauben, nirgends in Wien werden Ihnen bessere Mehlspeisen serviert. Und über den Rest der Welt will ich mich gar nicht auslassen. Es ist ein wahres Glück, daß die Chefin des Hauses das nicht an die große Glocke hängt, darauf achtet, daß die Sache ein Geheimnis bleibt. Eigentlich ist das dort mehr ein Club. Es mag wunderlich klingen, aber diese Dame hat Einfluß. Die Besitzerin einer Konditorei – ist das nicht sehr österreichisch?«

»Worin besteht ihr Einfluß?«

»Zunächst einmal bringt sie Menschen zusammen. Sie

ist konservativ, aber sie hat ein großes Herz. Zumindest für Leute, die dem Reiz von Mehlspeisen erliegen. Auch Minister, Wirtschaftsbosse und Sponsoren sollten einen exzellenten Millirahmstrudl zu schätzen wissen. Tun sie es nicht, werden sie von Frau Lukas vor die Tür gesetzt. Da kann jemand Bürgermeister von irgendwo sein, das ist ihr gleichgültig. Vor der Lukas sind alle gleich. Sie werden mir nicht glauben. Aber wer aus dieser Konditorei hinausfliegt, der hat auch draußen keine Chance mehr, der ist erledigt. Was natürlich die wenigsten wahrhaben wollen. Vielleicht könnte man diese Dame als ein modernes Orakel bezeichnen, auch wenn sie sich mit Weissagungen zurückhält. Aber indem sie eine bestimmte Person ihres Lokals verweist, prophezeit sie deren Untergang. Und sie hat schon eine Menge Leute nach draußen expediert, Leute, die sich nicht benehmen konnten, sich vielleicht über die Einrichtung amüsiert haben, im betrunkenen Zustand ausfällig wurden oder – und das ist der schlimmste und eigentlich unbegreiflichste Fall – ein Stück Torte haben stehenlassen. Wer hier nicht fertigißt, der muß nicht zahlen. Er muß nur gehen. Und geht damit direkt in seinen Untergang. Es gibt unzählige prominente Beispiele. Gesellschaftliche Größen von einst, die jede Macht verloren haben, die man in Rente geschickt hat, ins Gefängnis, oder die sich selbst auf irgendeine Art der Schmach entzogen haben. Natürlich, die meisten von denen hatten nicht die geringste Ahnung, wie sehr ihr trauriges Schicksal mit der Konditorei Lukas zusammenhängt. Wer in unserer aufgeklärten Zeit kann sich etwas Derartiges auch vorstellen? Einmal hat die Madame Lukas sogar einen Nobelpreisträger aufs Klo geschickt, damit er sich die Hände wäscht. Man stelle sich vor: Der Mann hat pariert. Dafür hat er auch seine Malakofftorte bekommen. Nicht daß er später auch noch einen zweiten Nobelpreis eingeheimst hätte, aber es ist ihm auch nichts Schreckliches zugestoßen. Verstehen Sie, Cerny, in gewisser Weise ist doch jeder Mensch gläubig, und man muß auch gar nicht begreifen, warum das so ist. Man hält sich an die Regeln, um den Teufel nicht zu wecken. Ich bete, und ich esse Torten. Beides hat mir nicht geschadet. Ich würde mich hüten, eines davon aufzugeben.

So, wie im Lukas jede Fraktion sitzt, sitzt dort auch jede Konfession, selbst die Agnostiker. Nur die Kommunisten nicht, nicht mehr. Aber man sieht ja, was aus denen geworden ist, glücklicherweise. An die Konditorei Lukas zu glauben hat nichts mit Religion zu tun. Aber dort hinzugehen und dann nicht an sie zu glauben, das wäre dumm. Und gefährlich.«

Es entsprach Cernys Art, die Leute reden zu lassen. Soviel Zeit mußte sein, daß sie sich verplauderten, sich redend freilegten, sich selbst sezierten. Deshalb hörte er sich diesen Unsinn an. Der Wein ging in Ordnung. Er steckte sich eine Zigarette an, was er schon lange nicht mehr getan hatte. Entweder Fiebermessen oder Rauchen. Dann fragte er: »Wiese, Hufeland. Waren das auch Gläubige?«

»Selbstverständlich.«

»Die sind jetzt aber tot.«

»Da haben Sie leider recht. Und das ist wahrlich bitter. Aber ich habe nie behauptet, Frau Lukas fungiere als Schutzengel. Schließlich glaube ich ja auch nicht, nur weil ich bete, kann mir kein Unglück geschehen. Die Frage ist nicht, was mir alles zustoßen könnte, obwohl ich doch bete und Torten esse. Sondern: Was geschieht, wenn ich es nicht tue?«

Der Bildhauer machte ein verzweifeltes Gesicht, als habe er diese Sicht der Lukasschen Feinbackkunst schon unzählige Male über sich ergehen lassen müssen. Schwieg aber zu alldem. Kaute an einem Objekt, das irgend etwas zwischen einem Radierer und einer kleinen Gummigiraffe darstellte.

Cerny versuchte ins Weltliche vorzustoßen, wollte von Rad wissen, warum die Freunde Hufeland und Wiese, – der Ältere ein Psychiater und Psychologe, der Jüngere ein Psychoanalytiker, was merkwürdig genug war, eine solche Freundschaft wie zwischen Tinte und Tintenkiller, warum also die beiden hatten sterben müssen.

»Um meine Vermutung zu begründen«, begann Rad, »muß ich ein wenig ausholen. Wichtig zu sagen: Es gibt auch einen Herrn Lukas, seines Zeichens Bäckermeister. Wie es sich für einen solchen Menschen gehört, bekommt man ihn nie zu sehen. Er steht in seiner Backstube oder in der Küche und fabriziert seine kleinen Wunderwerke. Von Serienproduktion kann da kaum die Rede sein. Seine Frau ist die Hohepriesterin, er der Hexer. Der Mann ist ein Genie, leider ist er auch verrückt, in einem sehr hohen Grad, wie sich nun herausgestellt hat.«

Rad steckte sich eine Pfeife an, wirkte entgegen seiner tatsächlichen Rolle so, als führe *er* die Untersuchung. Er schien sich im Lauf seiner Rede immer wohler zu fühlen. Man konnte meinen, er decke gerade eine Geschichte auf, mit der er nicht wirklich etwas zu tun habe, schilderte, wie er an einem Dienstagnachmittag, zwei Wochen vor Weihnachten, zusammen mit Gähnmaul im Lukas gesessen war, bei Schwarzwälder Kirsch und einer Novität, die Major im Schlafrock hieß. Man disputierte ein wenig über Politik und war ansonsten glücklich mit Creme und Schlagobers. Einer von den besseren Tagen, hätte man meinen können. Dann stieß Hufeland zu ihnen, mokierte sich über einen neuen Staatsanwalt, irgendeinen Bengel, der weiß Gott wie durch alle Idiotentests geschlüpft war und sich jetzt Frechheiten herausnahm. Hufeland versprach, er würde sich das Bürschchen schon noch vorknöpfen. Und beruhigte sich schließlich dank Erdbeertörtchen. Wiese erschien. Ein Mädchen an seiner Seite. Ein dürres Ding, das seine Hübschheit bei jedem Atemzug, bei jedem Schritt weiter abzugeben schien. Daß sie kränklich aussah, überraschte nicht weiter. Das war Wieses Geschmack. Seine Freundinnen, die man selten mehr als einmal zu Gesicht bekam, waren allesamt ausgemergelte Gestalten mit bemerkenswerten Nasen. Allerdings täuschte der Eindruck der Nasen. Es war bloß so, daß jeweils Augen, Wangen und Mund nach innen absanken, das Gesicht hinter sich selbst zurückfiel und eben nur die Nase in ihrer angestammten Position verblieb. Doch es war nicht der Fall, daß Wiese auf Kinder stand. Aber das hier *war* ein Kind. »Sarah Hafner. Ich war baff, als Wiese sie uns vorstellte. Obwohl ich Birgitta recht gut kannte, hatte ich noch nie ihre Tochter gesehen. Ich dachte mir, ach, das ist also die Kleine von der Hafner, und dann überlegte ich, ob denn die Hafner jemals etwas von einer Tochter erwähnt hatte. Schließlich verliert sie auch über ihre Söhne kaum ein Wort. Man kann nicht behaupten, daß sie der Typ der stolzen Mutter ist. Sie hält die beiden Buben für opportunistische Idioten und hat sie für die Politik abgestellt, wie man das früher für die Kirche tat. Na gut, das war nun eben ihr Mädel. Die Ähnlichkeit offensichtlich, wenn man in der Lage war, sich zu dem Skelett auch noch das Fleisch vorzustellen. Ich habe mich gefragt, was denkt sich der Wiese eigentlich. Schleppt ein Kind daher, das aussieht, als würde es bereits beim Anblick von Salat unter Völlegefühl leiden, ausgerechnet ins Lukas, wahrlich kein Ort kulinarischer Zurückhaltung. Und dann hat der Wiese eine ganze Tortenladung bestellt. Was sollte das sein? Schocktherapie? Kein Wunder, daß das Kind noch bleicher wurde, als es ohnehin war, und nach draußen gerannt ist. Ich habe den Joachim gefragt, wie er bloß auf die Idee kommt, so ein Gerippe von einem Teenager hierherzubringen und ihr eine halbe Tortenplatte vorzusetzen. Aber der hat bloß still vor sich hin gelächelt und sich an einer Cremeschnitte gütlich getan. Der Joschi, so hat Hufeland den Wiese genannt, der Joschi wisse schon, was er tue, auch wenn das bei einem Analytiker einem Wunder gleichkomme. Nun, unser guter Joschi wußte vielleicht, was er tat, etwa in dem Sinn, wie jemand über die Heilkraft von Wasser Bescheid weiß. Aber das Schicksal tut etwas ganz anderes, etwa in dem Sinn, daß man im Wasser auch ertrinken kann. Und als nach einer Viertelstunde der Wiese zwar seine Torten verputzt und mit zwei Gläsern vom Hausschnaps ordentlich nachgespült hatte, stellte sich bei ihm eine gewisse Unruhe ein. Werden dicke, ich meine wirklich dicke Menschen nervös, so sieht das immer unappetitlich aus. Sie verlieren ihre Form, ihre Haltung, zuerst die psychische, dann fällt der Körper auseinander. Das war nicht mit anzusehen, weshalb ich das Fräulein hinter der Espressomaschine gebeten habe, nach dem Kind zu schauen.«

Die Sache begann unangenehm zu werden, denn Sarah war nirgends zu finden. Immerhin waren die Herren überzeugt, daß sich das Mädchen innerhalb des Lukasschen Territoriums aufhalten mußte, da man als Gast nur über die Bäckerei das Lokal verlassen konnte, und dorthin war sie nicht gegangen, sondern hinter jener Türe verschwunden, die zu einem Extrazimmer, einem Lagerraum und hinunter in die Backstube führte. Joachim Wiese fing sich einen der Kellner, beschuldigte diesen, er habe das Mädchen durch eine anstößige Bemerkung aus dem Raum geekelt. Der Angestellte, eben erst zum Dienst angetreten, allerdings bestens bezahlt, ertrug den Angriff schweigend. Die Madame Lukas erschien, woraufhin Wiese umgehend zur Ruhe kam, sich sogar entschuldigte, und zwar bei der Madame. Der Kellner verbeugte sich und zog ab.

Als die Lukas erfuhr, wodurch die Aufregung entstanden war, hob sie die Brauen und senkte kurz die Lider, so daß einen Moment das gesamte changierende Grün auf ihren Augendeckeln wie ein Signallicht aufleuchtete, was wohl kaum eine Entwarnung bedeutete. Als sie die Augen wieder öffnete, wirkte sie müde, enttäuscht, um gleich darauf mit scharfem Blick von einem zum anderen zu sehen, als wollte sie sich der Entschlossenheit ihrer Truppe versichern. Man war eher guten Willens denn entschlossen und folgte Frau Lukas hinunter in die Backstube.

Der Raum entsprach nun keineswegs den landläufigen Vorstellungen. Die üblichen Anlagen und Gerätschaften fehlten. Der vollständig mit Fliesen ausgelegte Bereich, in dem das künstliche Licht aus den obersten Ritzen strömte und sich schlierenförmig bewegte, gab einem das Gefühl, sich mitten in einem Aquarium zu finden. Im Zentrum stand ein metallener Arbeitstisch, auf dem man einen Elefanten hätte operieren können. Doch die Operationen, die hier stattfanden, waren ganz anderer Art. Wozu die Rinne diente, die um den gesamten Tisch führte, blieb rätselhaft. Hier mußte nichts abfließen. Auf einer Seite des Tisches waren Plastikgestelle und Kartons gestapelt, in denen sich, zumeist in Folien abgepackt, die Produkte verschiedener Großbäckereien befanden, labbrige, zähe, trockene oder mittels mysteriöser Destillate angefeuchtete Waren, die üblicherweise auf den Eßtischen einer vom Qualitätsbewußtsein unbeleckten Käuferschicht landen.

Auf der gegenüberliegenden Seite des Tisches stand

ein einfacher Holzstuhl. Von der Rückenlehne blätterte weißer Lack. Davor, auf dem Tisch, in einem mit gelbem Klebeband abgegrenzten, rechteckigen Arbeitsbereich, lag ein einzelnes Croissant im Licht einer von der Decke herabhängenden Tageslichtlampe. Daneben ein Aquarellkasten. Zumindest sah er danach aus. In einem Wasserglas zwei Pinsel. Links der markierten Zone stand ein Karton, auf dem der Name einer bekannten Supermarktkette prangte, gefüllt mit Croissants, die getaucht waren in das rötliche Licht einer Wärmelampe, als werde hier gebrütet. Am Boden aufgerissene, leere Folienverpackungen. Rechts von der Begrenzung lagen ordentlich aufgereiht die Lukasschen Croissants, unverkennbar.

Und so wurde nun also deutlich, was im Heißhunger, in der Hast der Gefräßigkeit oder im Zustand feinschmekkerischer Ekstase nur unbewußt das Geschmackserlebnis bestimmte. Die Ware des Bäckermeisters Lukas besaß die Ausstrahlung klassischer Kunst: das goldene, warme Licht, das nicht von außen auf den Körper fiel, sondern aus dem Inneren herausleuchtete.

»Der Arbeitsplatz meines Mannes«, sagte Frau Lukas.

Für die vier Herren war das starker Tobak, da einerseits der Mythos der Lukasschen Backkunst seine Berechtigung verlor, denn gebacken wurde hier ja nicht, sondern die Produkte ausgerechnet von Großbäckereien bezogen. Andererseits bewies die Veredelung der simplen Massenware zu erstaunlichen Kostbarkeiten um so eindringlicher, daß die Arbeit des Meister Lukas im künstlerischen Bereich anzusiedeln war. Die Frage war nun, ob es sich um Geniestreiche der Täuschung handelte. Oder ging die Veränderung, die Lukas vornahm, über einen geschickten, die innere Kraft, die innere Lichtquelle, den außerordentlichen Geschmack bloß suggerierenden Anstrich hinaus? War er ein Künstler, der die Schöpfung abbildete beziehungsweise sie zitierte, oder ein Schöpfer, der den künstlerischen Akt vortäuschte, um solcherart den diabolischen Charakter seines Handelns zu verharmlosen?

Die Hausherrin breitete die Arme zu einer resignierenden Geste aus, seufzte, was beides wenig überzeugend wirkte, und ließ sich am Rand des Aquariums, dort wo eine hohe Öffnung in einen schwach beleuchteten Gang führte, auf einem Stuhl nieder. Die Herren, steif, verunsichert trotz Lebenserfahrung, bildeten einen Halbkreis, als gewähre ihnen Frau Lukas eine Audienz. Die Madame preßte die Lippen aneinander und wippte in schnellen, kurzen Stößen mit dem Kopf nach vorn. Man hätte meinen können, sie führe eine Nadel im Mund, um die vorbeiziehende Luft zusammenzunähen.

Hufeland nahm sich einiges heraus, als er der Bäckereibesitzerin an die Schulter griff und sie darum bat, ihre offensichtliche Verzweiflung zu begründen.

»Er hat sie.«

»Was soll das heißen?« brach es lautstark aus Wiese heraus.

»Halten Sie an sich, Herr Doktor«, ermahnte ihn die Lukas, »Sie brauchen hier nicht zu schreien. Hätten Sie lieber besser auf das Mädel aufgepaßt. Man kann diese jungen Dinger nicht einfach herumlaufen lassen, als wäre die ganze Welt ein eingezäunter Spielplatz. Aber kein Grund zur Panik. Ich kann zwar nicht sagen, wo mein Mann sie hingebracht hat. Aber es wird ihr nichts geschehen. Ich kenne das schon, der Franz sieht sich die Kleine bloß an. Auf keinen Fall wird er sie verletzen. Dafür kann ich garantieren. Aber wie lange das dauert, bis er sie zurückbringt, das trau' ich mich nicht zu sagen. Mit ein paar Tagen müssen wir rechnen.«

Frau Lukas erklärte, ihr Mann sei im Laufe der Jahre ein wenig merkwürdig geworden. Bei dieser Arbeit kein Wunder. Seelische Verdunklung. Die Beziehungsunfähigkeit von Bäckersleuten sei ja weithin bekannt, die ihres Mannes gemäß seiner ungewöhnlichen Leistung auch ungewöhnlich stark. Seit Jahren würde er schweigen, nicht bloß ihr gegenüber, der Ehefrau, was nicht weiter erstaunlich wäre, sondern gegenüber allen Menschen, die er zu Gesicht bekam. Und vor einem dreiviertel Jahr sei es dann zum ersten Mal passiert, daß er eine junge Angestellte, die in die Backstube geschickt worden war, verschleppt hatte.

»Im Grund ist ihr nichts passiert. Gut, der Franz hat sie gefesselt, in einem entlegenen Weinkeller untergebracht, hat sich vor sie hingesetzt und sie eineinhalb Tage lang blöd angeglotzt. Einfach nur geschaut, nicht einmal lüstern, das hat sie selbst gesagt. Er hätte durch sie hindurchgesehen. Halten Sie mich ruhig für zynisch, aber ich frage mich, wozu dieser Aufwand? Natürlich hat das Mädel nicht wissen können, daß die Sache glimpflich ausgehen würde. Trotzdem: Schock hin oder her, man kann die Empfindlichkeit auch übertreiben. Selbst als die Sache längst vorbei war, wollte sie sich nicht beruhigen. Hat gedroht, sie würde zur Polizei gehen. So was kann ich auf den Tod nicht ausstehen. Nichts gegen die Beamten, die unsere Konditorei beehren. Aber wer braucht die Polizei? Worauf ich den Spieß umgedreht und ihr meinerseits gedroht habe. Und ich glaube, darin bin ich besser als so ein junges Dirndl. Andererseits hat sie mir auch leid getan, und ich habe ihr eine Entschädigung angeboten. Sie ist dann sehr schnell vernünftig geworden. Mit jedem kann ich reden, jeden kann ich zur Vernunft bringen. Nur den Franz nicht. Ich habe gefragt: Franz, ich bitt' dich, wie stellst du dir das vor? Aber mir scheint, das war die falsche Frage. Er hat mich nicht einmal angesehen und sich wieder an die Arbeit gemacht. Ich sag' mir noch: Na gut, vergessen wir das. Und was macht er? Zwei Monate später entführt er die zwölfjährige Enkelin meiner Schwester. Da hört sich der Spaß auf. Drei Tage lang waren die beiden verschwunden. Ich habe meiner Schwester reinen Wein einschenken müssen. Und gleich gewußt: Das kommt mich teuer zu stehen. Die Kindsmutter haben wir mit einer passenden Geschichte vertröstet, die war nicht das Problem. Und der Elvira ist ja auch nichts passiert. Der Franz hat sie nicht angefaßt, sie auch nicht gefesselt, nicht die eigene Großnichte. Bloß eisern geschwiegen und blöd geschaut. Gut, das Kind war verwirrt, hat Fragen gestellt, wollte nach Hause, natürlich, aber Kinder halten das schon aus. Die sind robust. Und wenn man sie läßt, werfen sie solche Erlebnisse auf den Müll. Ich sage Ihnen, meine Herren, gerade Ihnen, nicht die Verdrängung ist das Problem, sondern die Erinnerung. Man müßte die Erinnerung abschaffen. So wie ja auch der Skandal des Lebens nicht der Tod ist, sondern daß man ständig an ihn denkt. Na gut. Wer sich wie erwartet aufgeregt hat, das war meine Schwester. Das gierige Weibsstück hat sich über psychische Folgeschäden ausgelassen, daß dieser Vorfall nicht wiedergutzumachen sei. Natürlich war er das. Ich wußte ja gleich, worum es ihr ging. Unser alter Erbschaftsstreit. Also habe ich ihr die Liegenschaft in Krems überlassen. Soll sie dort verkommen. Wer will schon nach Krems? Wollen Sie nach Krems? Keiner will das.«

Um in Zukunft ähnliches zu verhindern, hatte Frau Lukas einen ihrer Kellner von der Konditorei abgezogen und beauftragt, Franz im Auge zu behalten. Was einige Zeit funktionierte. Dann war der Angestellte verschwunden.

Und sollte auch nicht wiederauftauchen. Was alles mögliche bedeuten konnte.

Eduard Rad fuhr mit dem silbernen Besteck in den Kopf seiner Pfeife, drückte Asche und Tabak gegen den Grund, bedächtig, liebevoll. Es sah aus, als nehme er eine Einpflanzung vor. Er blies den Rauch stoßweise aus, sah kurz zu Gähnmaul und setzte seine Rede fort.
»Dann hat die Lukas begonnen, auch uns zu drohen. Fragen Sie mich nicht, womit eigentlich. Keiner von uns steht in ihrer Schuld. Keiner ist ihr in irgendeiner Weise verpflichtet. Auch ist diese Frau nicht eigentlich mächtig, die Beziehungen eines Professor Hufeland, eines jeden von uns, sind die ungleich besseren. Aber es geht um etwas anderes. Ihre Macht ist nicht von dieser Welt. Und ihre Drohung war eine prinzipielle. Nicht faßbar. Man konnte nichts erwidern. Sie drohte ja nicht mit irgendwelchen Aufdeckungen oder gar mit Gewalt. Um es jetzt doch in Sprache zu fassen: Sie drohte uns gleichsam mit einem Lokalverbot.«
»Na, das ist keine Kleinigkeit«, spottete Cerny.
»Ich habe befürchtet, Sie würden es nicht begreifen. Da kann man nichts machen. In jedem Fall, wir haben uns gebeugt und dazu verpflichtet, zwar die Entführung als solche anzuzeigen, aber eine Unkenntnis der genauen Umstände zu heucheln. Nicht bloß der Bäckermeister, die ganze Bäckerei sollte aus der Sache herausgehalten werden. Es war unwahrscheinlich, daß einem der Gäste das Mädchen aufgefallen war. Die Leute waren mit sich und ihren Süßspeisen beschäftigt gewesen. Madame Lukas verlangte die Telefonnummer der Hafners und entließ uns. Sie würde die Sache selbst in die Hand nehmen, eine profitorientierte, professionell angelegte Entführung vortäuschen, um die

nachforschenden Behörden und auch die Familie Hafner zu beschäftigen. In ein paar Tagen würde das Kind wieder zu Hause sein und die Entführer unauffindbar, was weder den Ruin der Hafners noch den der Polizei zur Folge hätte. Gut, auf Wiese würde man herumhacken, weil er seine Obhut vernachlässigt hatte. Auf der anderen Seite war es ja auch höchst nachlässig, eine Millionenerbin ausgerechnet einem dickleibigen Analytiker anzuvertrauen. Frau Lukas prophezeite, daß sich die Geschichte in Wohlgefallen und bedeutungslose Schuldzuweisungen auflösen würde. Ganz gleich, was das Mädchen für eine Aussage mache.

Wiese murrte zwar. Aber wir waren zufrieden. Warum sollte sich das Orakel täuschen?«

»Und deshalb haben Sie vorgegeben«, sagte Cerny, das Kopfschütteln unterdrückend, »Sarah sei in Purkersdorf entführt worden.«

»So hat es Wiese der Polizei gegenüber dargestellt. Er erklärte, er, ein Freund der Familie, sei mit dem Mädchen in einer Ausstellung gewesen. Was ja auch stimmte. Und dann habe er sie nach Purkersdorf zurückgebracht, von wo sie entführt worden sei. Er hat da irgendeine dramatische Geschichte aufgetischt, hat sicher versucht, nicht allzu schlecht dazustehen. Er ist ein phantastischer Lügner.«

»Was hat die Lukasrunde eigentlich mit Frau Hafner zu schaffen? Vom Glas kommen Sie ja alle nicht.«

»Hufeland hat uns eingeführt. Man ist befreundet.«

»Ich kann mir keine Freundschaft mit dieser Dame vorstellen«, meinte Cerny.

»Ihr Problem. – Weiter in der Geschichte. Oder nicht?«
»Aber bitte.«

»Nach einigen Tagen ist unser Bäckermeister also zurückgekehrt. Unseligerweise ohne Sarah. Alle vier waren wir in der Bäckerei erschienen. Die Lukas erklärte, die anderen Male sei ihr Mann völlig ruhig gewesen und anstandslos zu seiner Arbeit zurückgekehrt. Jetzt aber heulte er in einem fort, gab sein Schweigen auf, stammelte zunächst wirres Zeug, wurde dann etwas klarer in seinen Aussagen, beschwerte sich bitter, man habe ihn hereingelegt, ihm ein todkrankes Mädchen aufgehalst, das in seinen Armen gestorben sei. Wie stehe er jetzt da. Er könne sich das nicht bieten lassen, werde Strafanzeige erstatten, sich mit allen Mitteln gegen eine Verleumdung zur Wehr setzen, werde den Staatsanwalt herbeizitieren usw. Beruhigen hat sich der Mensch nicht lassen. Immerhin hat die Lukas ihn dazu gebracht, uns zu dem Versteck zu führen. Wieder ein Weinkeller. Das Mädchen ist in der Ecke gelegen. Keine Zeichen von Gewaltanwendung. Hufeland und Wiese sagten, das Kind sei quasi verhungert. Ich bitte Sie, die beiden Herren sind Mediziner! So einfach konnte man das eben sagen. Dabei war der Tisch mit Lebensmitteln vollgeräumt. Freund Wiese wollte dem Bäckermeister an die Gurgel. Wir mußten ihn festhalten. Die Madame hingegen blieb erstaunlich ungerührt. Verlangte, daß die Leiche woandershin gebracht werde, da jemand ihren Mann gesehen haben könnte. Was sollten wir tun, wir steckten da jetzt vollends drinnen. Ein Weg zurück tat sich nicht auf. Hufeland sagte, gut, wenn es nun denn sein müsse, dann bereinige er das, werde das arrangieren, die Überführung der Leiche an einen anderen Ort. Taubenhofgasse, Sie wissen ja. Und der Lukas – wie mit einem Schlag – ist wieder in sein Schweigen zurückgefallen, zu seinen Briochekipferln und Topfengolatschen. Eine dumme, unglückliche, eine schreckliche Geschichte. Aber ein ordentlicher Abschluß. Hätte man meinen sollen.«

»Warum eigentlich die Taubenhofgasse? Mitten in der Stadt?«

»Eine Idee Hufelands. Sein Hang zu abenteuerlichen Lösungen. Der Mann hat sich einiges erlaubt. Schlußendlich wohl ein wenig zuviel.«

»Noch einmal. Wieso mußten Wiese und Hufeland sterben?«

»Sagen *Sie* es mir, Herr Inspektor. Ich weiß es nicht. Und bin überaus besorgt. Nur darum habe ich Ihnen das alles erzählt. Wer meint, die beiden hätten den Tod verdient, könnte auch Gähnmaul und mir die Pest an den Hals wünschen.«

»Der Wunsch allein würde nicht weiter stören«, bemerkte der Bildhauer.

»Richtig, alter Freund. Aber ich fürchte, Inspektor Cerny wird uns kaum seinen Schutz anbieten. Also müssen wir uns wohl oder übel auf uns selbst verlassen.«

Rad öffnete für einen Augenblick sein Sakko, gewährte einen Blick auf den Griff seiner Automatik, als gewähre er die Chance, sich bei ihm zu entschuldigen. Cernys Begleiterin schnalzte mit der Zunge und meinte, ihr sei um einen solchen Mann nicht bange. Cerny selbst unterließ es, Rad nach einem Waffenschein zu fragen. Es gab kaum einen in diesem Land, der keine Legitimation besaß. Nur die wildesten Hunde gingen ohne Waffenschein aus dem Haus. Rad war bunt, aber nicht wild. Auch vermied es Cerny, dem Altmeister der Fechtkunst mit einer Verhaftung zu drohen. Keine Frage, die Herren von der Lukasrunde hatten ein Verbrechen gedeckt. Doch die Wege der Justiz waren für ihn, den Kriminalbeamten, unerfindlich. Zudem war er angewiesen worden, einzig und allein Nachforschungen zu betreiben. Die Schlüsse, die Konsequenzen würden andere ziehen. Wenn sie sie zogen.

Abschließend wollte Cerny von Gähnmaul wissen, ob er etwas beizutragen habe. Der Bildhauer schob seine schweren Arme vor die Brust und schüttelte den Kopf.

»Also zu den Torten«, sagte Cerny und erhob sich. »Ich muß Sie beide bitten, sich zur Verfügung zu halten.«

»Seit wann bittet die Polizei?« fragte Rad.

»Mit potentiellen Mordopfern wird grundsätzlich ein freundlicher Umgang gepflegt«, erklärte Elsa Resele.

Beim Hinausgehen blieb Cerny an einem schmalen Bücherregal stehen. Der Großteil der Buchdeckel war mit einer grauen Schicht überzogen, Titel nur noch zu erahnen. Der fette Band aber, den er herauszog, besaß noch einen frischen Glanz: Joachim Wieses illustrierte Geschichte von den Unerquicklichkeiten der Nahrungsaufnahme und ihrer Verweigerung.

»Kann ich mir das ausleihen?«

Gähnmaul blinzelte, nickte, Cerny solle sich das Buch ruhig nehmen. Es werde ihn freilich nicht weiterbringen. Bücher seien dafür geschaffen, Wände zu verstellen.

»Wenn die Wände das nötig haben«, sagte Cerny.

Als sie wenig später im Wagen saßen, legte Cerny den Wälzer in die mit rotem Samt ausgelegte Ablage zwischen den Sitzen.

»Rad lügt«, sagte Else. »Selbst wenn er Pfeife raucht, lügt er. Ein Zigarettenraucher, der ein fremdes Rauchen akzentfrei vorspielt.«

»Ein fremdes Rauchen?«

»Sie können diese absurde Geschichte doch nicht ernst nehmen! Mir scheint, der Mann ist nicht ganz dicht.«

»Wir werden sehen. Fahren wir zur Bäckerei Lukas. Kennen Sie den Weg?«

Else kannte ihn. Sie war selbst mit Wiese einige Male

dort gewesen, aber weder den anderen Mitgliedern der Lukasrunde noch den beiden Bäckersleuten begegnet. Wiese hatte nicht gerade zu jenen Analytikern gehört, welche eine strenge Grenze zwischen Berufs- und Privatleben zogen und sich ihren Analysanden als blutleere, emotionsresistente, durch und durch geheilte, gefaßte sowie nicht faßbare Persönlichkeiten präsentierten, ein wenig wie Internisten, die bei ihren Patienten gerne den Eindruck hinterließen, selbst nie zu erkranken. Wiese, eher burschikos, draufgängerisch, mitteilsam, hatte es vermieden, als unbefleckter Zuhörer aufzutreten. Er besaß sogar die Chuzpe, während der Analysegespräche seine eigenen Eßstörungen aufs Tapet zu bringen, betrog die Leute also nicht nur um ihre teuer bezahlte Zeit, sondern auch um ihre Rolle. Doch der zufriedene Teil seiner Kundschaft verließ die Praxis mit dem angenehmen Gefühl, die für exklusiv gehaltene persönliche Katastrophe könne nicht so schlimm sein, wenn der eigene Therapeut sich mit ähnlichen Schwierigkeiten herumplage.

Natürlich ging Wiese nicht mit jedem dahergelaufenen Analysepatienten ins Lukas. Er selektierte je nach Sympathie. Konnte sich nicht mit allen anfreunden. Schließlich ging es um seine Freizeit. Und ein Samariter wollte er nicht sein.

»Sie mochten ihn?« fragte Cerny.

»Er war ein witziger Kerl. Vielleicht ein lausiger Analytiker. Vielleicht das Gegenteil.«

»Na, wenn *Sie* das nicht wissen.«

»Wie sollte ich?«

Als sie das Lukas erreichten, lag das Dunkel eines Winterabends bereits recht kompakt über der Stadt. Es hatte wieder zu schneien begonnen. Ein gemächlicher, trödelnder Schneefall, hinterlistig wie ein Tod, der einem das Kissen richtet, die Decke über den Körper streift und sich dann dazulegt.

Im Verkaufslokal waren zwei Frauen damit beschäftigt, die Vitrine zu reinigen. Wenige Brote lagen im Regal. Eine zur Tapete aufgeblasene historische Fotografie füllte die linke Seitenwand aus. Wien im Jahre neunzehnelf. Die dunkle Fassade eines Eckhauses. Auf einem Schild in malerisch geschwungener Schrift, von einer Kipfelform eingeleitet, von einer ebensolchen abgeschlossen, der Name Lukas, nicht mehr, darüber eine schlaff herabhängende Flagge. Die Passanten jedoch, die alle in eine Richtung marschierten, waren nach vorne geneigt, hielten ihre Hüte fest, als stemmten sie sich gegen einen Sturm. Auf dem Dach Dachdecker. Auf der Straße berittene Polizei. Der Wind schien die Gesetzeshüter nicht zu stören, sowenig wie er die Flagge störte. Gleich neben dieser ein geöffnetes Fenster. Aus dem Dunkel stachen bloß die Zähne eines Lachenden heraus. Was unheimlich aussah. Aber es konnten genausogut die Blüten heller Tulpen sein. Oder die Stirnfransen eines blonden Schopfes. Was sich dann schon weit weniger unheimlich ausgenommen hätte.

Cerny fragte nach der Chefin. Eine der Angestellten wies auf die Tür, die zum sogenannten Bergsteigerstüberl führte. Die Konditorei war gesteckt voll. Gleich als sie eintraten, baute sich ein Kellner vor Cerny auf und sah auf ihn hinunter wie auf eine Nachgeburt. Registrierte und erkannte dann aber hinter Cerny Frau Resele, die blond und sportiv und körpergroß die kleinere, dunkle Polizistengestalt überstrahlte. Else signalisierte mit einem besitzergreifenden Blick auf Cerny, daß dieser zu ihr gehöre. Der Kellner lächelte dünnlippig. Eigentlich war er es leid, die Exzentrik mancher Gäste zu ertragen. Während er selbst, wie die meisten seiner Kollegen, stockkonservativ, Monarchist und erzkatholisch war, konstatierte er mit Grausen den moralischen Verfall des Establishments, die Vernuttung und Proletarisierung selbst der reaktionären Elite, die späte sexuelle Revolution, also sexuelle Destabilisierung des Bürgertums, leider auch der Monarchisten und Erzkatholischen.

Resele packte den Kellner am Arm. Er verzog sein Gesicht unter Schmerzen.

»Seien Sie ein Schatz, bringen Sie uns zur Chefin.«

Der Mann, der niemandes Schatz sein wollte, sagte: »Einen Augenblick, bitte«, dann verschwand er kurz hinter der tapezierten Schwingtür, kehrte zurück, warf den Kopf herum und führte die beiden in die Küche.

Das Atmen fiel so schwer wie in Gähnmauls Atelier, nur daß es hier Mehlstaub und Dampf waren, die die Luft verstopften. Zwei Männer, an deren weißen Kitteln Schokolade klebte wie anderswo Blut, unterhielten sich über einen Topf hinweg. Ihrem Italienisch fehlte das klischeehafte Tempo. Von der Decke hing Knoblauch. So schien es. Tatsächlich handelte es sich um ein Radiogerät, das aus einer Kette von Kugeln bestand. Ein Kommentator gedachte eines jüngst verstorbenen Jahrhundertbürgers und Literaturgiganten, dessen Tod merkwürdig berühre, eben weil dieser Mann so alt gewesen war, daß man sich seinen Tod gar nicht mehr hatte vorstellen können. Die Italiener lachten. Über den Tod?

Frau Lukas trat hinter einem Koloß von Mixer hervor. Cerny war erstaunt. So hatte er sich die Frau – von der behauptet wurde, eine Menge Leute erfolgreich mit einem Fluch belegt zu haben – nicht vorgestellt. Eine kleine, wackelige Person, die in viel zu großen Gummistiefeln schwamm und trotz der beträchtlichen Hitze einen abgetragenen Anorak trug. Die grauen Haare unter einem Kopftuch. Das Gesicht borkig. Sie sah aus, als sei sie zu lange im Wald gestanden, ohne jedoch griesgrämig geworden zu sein. Ein freundliches Wurzelweib.

Cerny stellte sich als Kriminalbeamter vor. Und zum ersten Mal auch seine sogenannte Kollegin.

Frau Lukas blieb unbeeindruckt. Sie faßte einen Löffel am ungewöhnlich langen Stiel und stieg auf einen Schemel, mußte dennoch ihren Körper strecken, um über den Rand des Behälters zu gelangen. Als sie wieder herunterkam, befand sich eine braune Masse in der Vertiefung des Löffels, den sie Cerny an die Lippen hielt. Er lächelte verunsichert, öffnete schließlich den Mund, so daß sie das Gerät einführen konnte.

Weder schmeckte die Creme nach himmlischen noch nach teuflischen Einflüsterungen, sondern nach Schokolade, Pistazien, nach Honig und Butter, sie schmeckte so, wie diese Frau aussah, sie schmeckte freundlich. Keineswegs überirdisch, wie man nach Rads Erzählung hätte meinen müssen. Hier gab es kein Wunder zu erleben, sondern bloß ein versöhnliches Geschmackserlebnis, das keines Kommentars bedurfte. Frau Lukas wußte ja, was sie da zur Verkostung anbot.

»Sie wollen sicher den Chef sprechen«, sagte die Frau.

Cerny verstand nicht.

»Mein Mann kommt gleich.« Und rief nach ihrem Franz.

Welcher nun ebenfalls hinter dem Mixer hervortrat, als habe er dort auf seinen Auftritt gewartet. Er war noch um einiges kleiner und borkiger als seine Frau, mindestens so wackelig in seinen Stiefeln. Auch er besaß die Ausstrahlung eines gutmütigen Waldmenschen. Man konnte meinen, die anständigsten Leute vor sich zu haben.

Und was, fragte sich Cerny, wenn sie genau das waren?

Auf jeden Fall schien Meister Lukas unter keiner Sozialneurose zu leiden, schüttelte Cerny und Resele die Hand. Sein Druck war kräftig, aber nicht rücksichtslos. Er erkundigte sich, womit er dienen könne.

Cerny tat sich schwer, deutete an, gewisse Verdächtigungen seien gegen die Bäckersleute ausgesprochen worden, Vorwürfe, die er überprüfen müsse. Jedoch wolle er zu diesem Zeitpunkt noch nicht ins Detail gehen, sondern sich einmal in den Räumlichkeiten, vor allem in der Backstube umsehen. »Ich bin allerdings ohne Durchsuchungsbefehl gekommen.«

»Aber ich bitte Sie«, sagte Franz Lukas, »Sie machen auch nichts anderes als Ihre Arbeit. Und ich kann mir ja denken, wer dahintersteckt.«

»Und wer steckt dahinter?«

»Eine Schande ist das. Man muß sich vor den eigenen Leuten fürchten. Ich rede von der Familie meiner Frau. Glauben Sie mir, diese Mischpoke ist eine Strafe. Vor allem die Schwester. Der ist jedes Mittel recht. Und alles bloß, weil sie meiner Frau diese winzige Erbschaft nicht gönnt. Dieses eine kleine Grundstück, ein Grundstück für Zwerge. Sind wir Zwerge?«

Frau Lukas griff nach der Hand ihres Mannes. Kein Seufzen, kein niedergeschlagener Blick, bloß ein Anflug von Müdigkeit, als könne sie das Wort *Grundstück* nicht mehr hören.

»Ich dachte, kein Mensch will nach Krems«, entfuhr es Cerny.

Das Ehepaar sah ihn verwundert an.

»Wie meinen Sie das?« fragte der Bäckermeister.

»Sagen Sie mir nur, worum es bei dieser Erbschaft geht.«

»Um ein simples Waldstück. Nahe Budweis.«

Zu viert stiegen sie hinunter in die Backstube. Von einem Aquarium konnte keine Rede sein. Mehrere Neonröhren erhellten den Raum, der im Einklang mit seiner Bestimmung über einen mächtigen Backofen, eine Knetmaschine, eine Wirkanlage, unverdächtige Arbeitstische und die einschlägigen Geräte verfügte. Cernys in Falten gelegte Stirn veranlaßte den Bäckermeister zu der Bemerkung, daß die Anlage sicher veraltet sei, aber nichtsdestoweniger dem hygienischen Standard entspreche. Dafür stehe er mit seinem Namen gerade. Überhaupt begann er nun, sich über den Verfall seines Handwerks zu ereifern, die Politik der großen Betriebe anzuprangern, das Desinteresse der nachfolgenden Generation zu beklagen, die Schwierigkeiten mit dem Personal. Er holte eine Semmel vom Tisch und hielt sie dem Polizisten vor die Brust.

»Probieren Sie. Von heute morgen. Aber ich, Franz Lukas, kann es mir leisten, Ihnen eine Semmel anzubieten, die einen Tag alt ist. Sie werden es nicht merken.«

Cerny nahm die Semmel, biß hinein. Nun, sehr frisch schmeckte sie nicht. Doch er wollte den alten Mann, der eigentlich längst in Pension gehörte und hier wahrscheinlich nur noch als Seniorchef den guten Geist verkörperte, nicht kränken, weshalb er die behauptete Qualität dieser liegengelassenen Semmel bestätigte.

Cerny und Resele wurden durch sämtliche Räume geführt, auch in die über dem Lokal gelegene Wohnung, die sauber und schlicht, ohne Merkmale gehobenen Wohlstands, das Ehepaar als Leute auswies, die sich selbst wenig gönnten. Sie bräuchten keinen Mercedes, sagte Frau Lukas, ihr ganzer Stolz bestehe darin, ein gutes Brot, eine gute Torte herzustellen.

Cerny brannte eine Frage auf der Zunge. Doch nicht er, sondern seine kongeniale Partnerin im Augenverdrehen stellte sie, wollte wissen, ob andere Familienmitglieder im Betrieb tätig seien.

Das Gesicht des Alten verdunkelte sich. Seine Frau sah zur Seite. Meister Lukas erklärte mit einer Stimme, deren Festigkeit ihm einige Mühe abverlangte, der Betrieb gehöre längst seinem ältesten Sohn, der sich aber außer um die Finanzen um nichts kümmere, ein fünfundvierzigjähriger Lebemann, unverheiratet, der mehr im Ausland sei als daheim, die meiste Zeit in Frankreich, wo er eine Firma besitze, die er mit dem Geld der Eltern gegründet habe.

»Ausgerechnet in Frankreich«, beschwerte sich Meister Lukas. »Nimmt unser Geld und zieht zu den Franzmännern.« Der andere Sohn sei vor Jahren gestorben. Und wer das für ein Unglück halte, habe eben keine Ahnung.

Seine Frau ermahnte ihn, so dürfe er nicht reden. Die Buben hätten sich eben nie für diesen Beruf geeignet.

»Es ist ein guter Beruf«, sagte der Meister. »Ich hätte die zwei nicht aufs Gymnasium schicken dürfen. Man glaubt, man sei seinen Kindern eine höhere Bildung schuldig. Dann kommen sie aus der Schule und verachten dich.«

Cerny fragte sich, wie man sich den überlebenden Sohn der beiden Alten vorstellen sollte. Vermutlich hünenhaft, arrogant, dezidiert städtisch, überzeugter Autofahrer und natürlich frankophil. Man würde ihn überprüfen müssen. Doch es war kaum anzunehmen, daß er in den Fall Hafner verwickelt war. Sowenig wie diese zwei Heiligen in ihren Gummistiefeln.

In die Küche zurückgekehrt, mußten Cerny und Resele von der Pfirsichtorte probieren, die, wie Cerny erklärte, tatsächlich besser schmecke als die meisten Pfirsichtorten.

»Das ist heutzutage keine Kunst«, sagte Meister Lukas. Und damit hatte er wohl recht.

Resele und Cerny dankten den Bäckersleuten, ließen sich noch mit einer Dose Kekse ausstatten und kehrten zu ihrem Wagen zurück, der im bedächtigen Schneefall einen wundersamen Eindruck vermittelte: eine Maschine im Zustand tiefster Bewußtlosigkeit.

8 | Wiese redet

Stunden zuvor, bei zwischenzeitlichem Sonnenschein, stand beinahe an derselben Stelle ein anderer Sportwagen, jener Aston Martin des Herrn Joachim Wiese. Neben dem Wagen hatte sich der – im Zuge der Wahrheitsfindung zur Entschlossenheit gereifte – Klaus Vavra aufgestellt und sah nun herausfordernd auf den aus der Bäckerei tretenden Psychoanalytiker Wiese. Dieser warf sofort einen furchtsamen Blick auf seinen besten Freund Aston Martin. Dann herrschte er Vavra an: »Was wollen Sie eigentlich? Geld? Eine Entschuldigung? Meinen Wagen? Apropos – wären Sie so freundlich, sich nicht anzulehnen.«

»Hübsches Gefährt«, sagte Klaus Vavra und blieb, wo er war, nämlich mit seinem Oberschenkel gegen die – so dachte er – Fahrertür von Wieses englischem Sportwagen gestützt. Zudem verschränkte er die Arme, wie um seine Hartnäckigkeit zu unterstreichen. Allerdings war es auch recht kalt. Der Winter ordnungsgemäß. Was den robbenhaften Analytiker, der Mantel und Schal unter dem Arm trug, nicht zu stören schien.

Vavra reckte das Kinn. »Grisebach? Oder von Wiese? Was also?«

»Darum sollten Sie sich nicht kümmern«, empfahl Wiese und stieg auf der anderen Seite in den Wagen. Und zwar auf der tatsächlichen Fahrerseite, was Vavra nicht sofort begriff. Weder hatte er in das Innere des Wagens gesehen noch die Andersartigkeit des britischen Systems berücksichtigt.

Als Wiese seinen Aston Martin startete, riß Vavra an der

Beifahrertür, die jedoch verschlossen war. Geistesgegenwärtig griff er nach dem Scheibenwischer und zeigte durch eine deutliche Grimasse an, daß er durchaus gewillt war, das Autoteil herauszubrechen oder gar Schlimmeres zu versuchen. Wiese riß die Arme in die Höhe, als ergebe er sich. Und tatsächlich schrie er durch die Frontscheibe, Vavra solle um Himmels willen damit aufhören, den Wagen zu demolieren, wem sollte das helfen. Dann entsicherte er das Türschloß. Vavra ließ den Scheibenwischer zurückschnellen und stieg in den Wagen. »Jetzt wird geredet, Herr Anwalt.«

»Sie haben doch genaugenommen mit der Sache gar nichts zu tun.«

»Erstaunlich. Vorhin sagten Sie, die Taubenhofgasse sei meine Idee gewesen.«

»Eine Riesenschlamperei.«

»Meine Idee?«

Wiese fuhr los, schwieg. Vavra zog ein Messer aus seiner Tasche, keineswegs ein Schlachtermesser oder einen handlichen Springer, sondern ein Taschenmesser, aus dem er eine bescheidene Klinge herausklappte, welche er freibeuterisch im noblen Innenraum hochhielt. – Es muß gesagt werden, daß das Armaturenbrett nicht bloß eine Intarsienarbeit aus diversen edlen Hölzern darstellte, selbst die Frischluftausströmer handgefertigt waren und der Tachometer an den Kompaß einer Segelyacht erinnerte, sondern es sich bei dem ganzen Unikum um die Gelegenheitsarbeit eines später zur Berühmtheit gelangten Inneneinrichters handelte. Nicht daß Vavra dies erkannte. Was er erkannte, war, daß der ansonsten so gelassen auftretende Grisebach in bezug auf seinen Wagen eine gewisse Anhänglichkeit und infolgedessen eine beachtliche Ängstlichkeit an den Tag legte. Das Sammeln, Pflegen und gelegentliche Benutzen sogenannter

Oldtimer gehörte fraglos zu den harmloseren, wenngleich erbärmlichsten Formen quasi libidinöser Fetischismen. Solchen Männern war eigentlich nicht zu helfen. Aber helfen wollte Vavra ja auch gar nicht. Er wollte die Wahrheit erfahren. Und um diese zu erzwingen, drohte er sein Messer in die Abdeckung des Handschuhfachs zu bohren.

»Mann, machen Sie sich nicht unglücklich«, erregte sich Wiese.

»Wie kommen Sie darauf? *Sie* machen sich unglücklich, wenn Sie nicht reden.«

»Legen Sie doch endlich das Messer weg!«

Vavra ließ die Klinge zurückschnellen, legte jedoch das Gerät zur dauernden Ermahnung in seinen Schoß.

Während Wiese über die stark frequentierte Tangente fuhr, mehr sein Lenkrad festhielt als mit diesem steuerte, erzählte er von Herbart Hufeland. Wieses Version der Ereignisse hatte sehr wenig mit jener zu tun, welche Rad später Cerny und Resele darbieten würde. Aber das konnte Vavra ja nicht wissen, weshalb er geduldig zuhörte.

Wiese erklärte, daß es Hufeland gewesen war, der die Entführung Sarah Hafners veranlaßt hatte, nicht aus finanziellen Überlegungen, sondern um den Druck loszuwerden, den Marit Hafner, die beinahe neunzigjährige Familienpatriarchin, auf ihn ausgeübt hatte. Ihre Altersschwäche hielt die Dame nicht davon ab, sich in die Belange der Sippe einzumischen. Sie hatte es einst verstanden, ihre gegen das väterliche Schicksal aufbegehrenden Söhne an die Kandare zu nehmen und ihnen Gelehrtenschicksale aufzudrängen, mit jener Unerbittlichkeit, mit der sie auch die beiden von Birgitta als Kindsväter vorgeführten Gestalten aus dem Verband befördert hatte. Und sie war nun keineswegs gewillt – schwerhörig, aber noch lange nicht taub, halbseitig gelähmt, aber eben nur halbseitig –, einfach zuzusehen, daß ausgerechnet Herbart Hufeland, den sie für einen gerissenen Schurken hielt und der ihr selbst ganz gut gefiel, sich mit Erfolg an ihre Tochter und Nachfolgerin heranmachte. Weshalb Marit Hafner dem für seine Gutachten und seine Suizidforschung berühmten Hufeland eine verbrämte, aber eindeutige Drohung zukommen ließ, welche dieser nicht einfach ignorieren konnte, da die Biographie der Dame den Verdacht zuließ, daß sie sich – wie er selbst – gerne und gewandt abseits üblicher Regeln duellierte. Und es stets verstanden hatte, den Haushalt von männlicher Einflußnahme reinzuhalten. Eine solche Frau durfte man gerade im Alter nicht unterschätzen. Hinterlist und Bösartigkeit reiften wie gute Weine. Allerdings war Hufeland weit davon entfernt, seine Wirkung auf Birgitta Hafner einzuschränken. Dieses Bollwerk von einer Frau war ihm verfallen. Zumindest war das seine Sichtweise. Darin erkannte er den Höhepunkt seines Alterswerkes, quasi ins Glas einzuheiraten, es sich mit österreichischer Verschlagenheit zwischen deutschem Glas bequem zu machen und auf diese Weise auch gleich eine lang gediehene Weiberherrschaft zu beenden. – Der Veteran der Wiener Psychiatrie als charismatischer Glasbaron.

Eine solche Zukunft wollte sich Hufeland von einer greisen Amazone nicht gefährden lassen. Er kannte diesbezüglich nicht die geringsten Skrupel, im Gegenteil, es reizte ihn. Und um zu demonstrieren, daß er auch vor drastischen Lösungen nicht zurückschreckte, ließ er Sarah Hafner entführen, ein Auftrag, der sozusagen über drei Ecken lief. Wobei dem Mädchen nichts passieren sollte. Mehr ein Ausflug. Weg von der Mutter, die – nach Hufelands Überzeugung – so eine Entführung auch nicht aus der Ruhe bringen würde. Wichtig war nur, daß die alte Hafner begriff. Und sie begriff sofort. Nachdem die Entführer sich gemeldet hatten, stand Hufeland, der väterliche Freund, an der

Seite Birgittas, die sehr wohl Nerven zeigte, angeschlagen wirkte, dann wiederum gereizt, als sei ihr die Sache bloß lästig. Die Alte wurde hereingeschoben. Sie war die einzige, welche die widerspenstige, dünne Sarah wenn schon nicht liebte, so doch in ihre Überlegungen einschloß. Schließlich mußte die Dynastie fortgeführt werden, und zwar sicher nicht von den beiden politischen Brüdern, gegen die mehr sprach als bloß das falsche Geschlecht. Ebensowenig eigneten sich deren im Nagellack erstarrte Gattinnen. Niemand außer Sarah kam in Frage.

Die Blicke der Duellanten begegneten sich. Hufeland schenkte der Frau im Rollstuhl ein kurzes, beredtes Lächeln, ein Lächeln, mit dem er voll Stolz auf sich zeigte, mit dem er sagte: *Jawohl, dazu bin ich fähig.* Der alten Hafner war augenblicklich klar, wer hinter der Entführung steckte. Sie betrachtete Hufeland mit resignativer Verachtung. Sie hatte sich in ihrem Leben einiges geleistet und war es durchaus gewohnt, daß die Wahl der Waffen eine freie Wahl bedeutete. Aber dieser Mann überraschte sie. Sie hatte ihn für unbarmherzig, aber nicht für unberechenbar gehalten. Das war wohl ein Irrtum gewesen. Die Einsicht kam zu spät, sie hatte verloren und zog die Konsequenzen, indem sie sich routiniert in einen weiteren Schlaganfall flüchtete, sowenig tödlich wie die vorhergehenden, aber diesmal mit beträchtlichen Folgen für ihre intellektuellen Möglichkeiten.

Freilich, die Sache mußte dennoch durchgezogen werden. Entführungen ließen sich nicht in Minuten erledigen. Zudem existierten gewisse klassische Überlegungen, sprich finanzielle. Auch wollte Hufeland seine Rolle kultivieren. Er riet energisch, die Polizei einzuschalten. In der berechtigten Hoffnung, die Ermittlungen würden mehr verschleiern als aufdecken. Er mußte seine ganze Überredungskunst, die natürlich eine außerordentliche war, aufwenden, um

Birgitta zu überzeugen. Wie üblich hatten die von Hufeland engagierten Erpresser davor gewarnt, die Polizei zu informieren. Hufeland aber erklärte, daß eine solche Warnung eine reine Phrase sei. Kein Entführer würde ernsthaft glauben, man könnte die Behörden aus dem Spiel herauslassen. Er selbst übernahm es, den Polizeipräsidenten zu benachrichtigen. Beinahe bedauerte er, daß hier niemand ahnen konnte, welch gewagtes Manöver er sich erlaubte. Überall Dummheit, guter Glaube, Kurzsicht – und mittendrin ein grandioser Herbart Hufeland auf der Bühne seines Lebens.

Ein Krisenstab wurde eingerichtet. Erster Ansprechpartner der Polizei war natürlich Hufeland, der »väterliche Freund« der Hausherrin, welcher äußerste Zurückhaltung forderte, gleichzeitig jede erdenkliche Kooperation anbot. Spezialisten vom Abhördienst schlichen sich ins Haus. Und bald existierte jene heiße Spur, die zu beträchtlichen Verwirrungen führte. Denn zu Hufelands bescheidenen Freuden gehörte es, Zufälle zu provozieren, indem er wahllos Steine ins Rollen brachte und dann zusah, ob und welche Folgen die Bewegung der Körper nach sich zog. Diesmal waren die Steine papieren gewesen. Hufeland hatte auf mehrere Geldnoten die Geheimnummer der Hafners geschrieben, und zwar in verschiedenen Handschriften ehemaliger Angeklagter, über die er Gutachten verfaßt hatte. Er wollte einfach sehen, wohin eine solche Manipulation führen würde. Ob überhaupt etwas geschah.

Noch bevor die Polizei von der Entführung benachrichtigt worden war, hatte Hufeland – mit einer Vorsicht, die gar nicht nötig gewesen wäre – dieses Geld an verschiedenen Orten ausgegeben. Auch im Lukas, wo ein bestimmter Zwanziger in die Geldbörse eines Kellners wanderte, später in die Registrierkasse der Bäckerei wechselte und tags darauf einem Kunden ausgehändigt wurde, der dieser Geschichte eine recht eigentümliche und auch für Hufeland überraschende Note verleihen sollte. Vavra war sozusagen geboren. Und wurde, nachdem er am Abend seinen stummen Anruf getätigt hatte, unsanft aus dem Bett geholt und zur Vernehmung geflogen. Ein erster Erfolg, dachte man. Das dachte auch Hufeland. Doch dann passierte das, womit er nicht hatte rechnen wollen. Über die besagten drei Ecken erfuhr er, Sarah Hafner sei tot. Und nun waren es die beiden gedungenen Entführer, schließlich keine Mörder, sondern anständige Berufskriminelle, die ihrerseits Druck ausübten, da sie mit einer Leiche nichts zu tun haben wollten. Sie hatten das Mädchen in einem Haus in Niederösterreich untergebracht gehabt, keineswegs in ein Loch gesperrt, sondern in einen geheizten Raum mit Toilette und Bad. Das Essen war durch eine Katzentür in den Raum geschoben worden. Daß Sarah nichts davon angerührt hatte, entdeckten die beiden Männer erst, als es zu spät war. Sie fühlten sich hintergangen. Offensichtlich hatte man sie ein sterbenskrankes Kind entführen lassen. Davon war aber niemals die Rede gewesen. Sie fühlten sich wie Ärzte, denen man den falschen Patienten untergejubelt hatte. Weshalb die beiden darauf bestanden, daß man die Leiche umquartiere und sie selbst aus ihren Pflichten entlassen wurden.

Für Hufeland war klar, daß er die Angelegenheit nun selbst bereinigen mußte. Sein Fehler war ruchbar geworden, und niemand aus der Unterwelt wäre jetzt bereit gewesen, sich die Hände schmutzig zu machen.

Hufeland benötigte Hilfe, weshalb er sich an jene drei Männer wandte, die mit ihm zusammen die Lukasrunde bildeten. Gute Freunde in schlechten Zeiten, das ist schon etwas wert. Aber aus verständlichen Gründen wollten die Herren diesmal keine guten Freunde sein, die Sache war mehr als brenzlig, auch war man nicht gewohnt, die Dreckarbeit zu machen. Jeder von ihnen kannte Birgitta Hafner persönlich – Rad, Wiese und Gähnmaul waren empört. Wie konnte Hufeland von ihnen verlangen, ein solches Verbrechen zu decken und sich auch noch an einer risikoreichen Verschleierung zu beteiligen?

Nun, Hufeland verlangte. Mit Recht, meinte er, da ihm alle drei Herren auf die eine oder andere Weise verpflichtet waren, hatte er doch seine hervorragenden Kontakte zur Justiz, und nicht nur diese, dazu benutzt, seinen Spezis gewisse Schwierigkeiten zu ersparen. Auch dem vergleichsweise harmlosen Gähnmaul, der in Zeiten existentieller Nöte sein Talent mißbraucht hatte, um Figuren zu schnitzen und zu präparieren, die als Originale von Veit Wagner, Pedro Millán und sogar Tilman Riemenschneider auf den Markt gelangt waren und sich dort auch prächtig behauptet hatten. Handwerklich gesehen eine Großtat, aber leider nicht rechtens. Zudem: Keine Behauptung währt ewig. Ein Kölner Auktionator enttarnte eine entzückende niederländische Alabastermadonna, die auf Anfang 15. Jahrhundert datiert worden war, als Fälschung, und irgendein kriminalistischer Ehrgeizling verfolgte die Spur des Objekts bis zu Gähnmaul zurück. Für Hufeland war es freilich eine Kleinigkeit gewesen, den »Irrtum« aufzuklären und den Bildhauer aus dem Morast böser Verdächtigungen zu ziehen. Und um die Freundschaft auf die Spitze zu treiben, hatte er Gähnmaul auch noch geholfen, dessen finanzielle Unpäßlichkeiten zu bereinigen. Durfte ein solcher Dienst vergessen werden? Von Rad und Wiese zu schweigen, die sich mehr hatten zuschulden kommen lassen als notorisches Übertreten von Geschwindigkeitsbegrenzungen. Die drei Herren konnten gar nicht anders, als unter Protest einen freundschaftlichen Gegendienst anzutreten. Sosehr die Vorstellung sie auch ekelte. Mit einem toten Mädchen wurden irre Triebtäter, korrupte, abartige Politiker und die Sklavenhalter der Pornoindustrie assoziiert, wie man so sagte: Bestien in Menschengestalt. Und als solche wollten sie nun wahrlich nicht gelten.

Hufeland befand sich nach dem ersten Schrecken wieder in der Laune des Spielers. Er hatte von der Inhaftierung Vavras erfahren, auch von dessen wilder Geschichte, die niemand glauben wollte. Die untersuchenden Beamten waren unglücklich mit ihrem Fang. Aus Vavra war nichts herauszuholen. Er bestand darauf, ein Geldschein sei an allem schuld. Der Mann gab im doppelten Sinn nichts her. Doch Hufeland fragte sich: Warum nicht Vavra nehmen?

Er hatte in Erfahrung gebracht, an welch hospitalitärem Ort man den Untersuchungshäftling untergebracht hatte, und schickte nun Wiese in der Rolle des Anwaltes Grisebach los. Grisebach sollte Vavra zu einem Geständnis drängen. Auch wenn unsensible Polizisten den Häftling nicht mürbe bekamen, so war er vielleicht in der nachdrücklichen Umarmung eines charmanten Advokaten bereit, sich ein nie begangenes Verbrechen einreden zu lassen.

Wer hatte nicht Angst vor sich selbst, Angst davor, etwas getan zu haben, an das man sich nicht mehr erinnern konnte? Wenn Vavra seinem Anwalt einmal gestand, er hätte das Mädchen entführt, würde er dies auch vor der Polizei aussagen. Und dann wäre der Hungertod des Mädchens durchaus plausibel.

Natürlich weigerte sich Wiese anfänglich, fand die Idee verrückt, brüllte Hufeland an, er sei geisteskrank. Hufeland lächelte milde, als könne er mit einem solchen Vorwurf durchaus leben, klopfte dem Jüngeren beruhigend auf die Schulter und meinte, die Sache würde schon glattgehen, Vavra weich werden, formbar, sich seine dunkle Seite eingestehen.

Vavra tat dann noch viel mehr. Er verriet, wo er die Entführte versteckt halte. Er gab der gar nicht vollzogenen Tat einen Tatort.

Um nun Fiktion und Wahrheit anzugleichen, eigentlich aber, um seinem Übermut einen weiteren Ausdruck zu verleihen, arrangierte Hufeland die Überführung der Leiche in die Taubenhofgasse. Gähnmaul wußte von den vielen leerstehenden Wohnungen in jenem Haus, in dem bis vor kurzem einer seiner Freunde, ein verkrachter Antiquitätenhändler, gelebt hatte, zwar nicht in Haus Nummer 3, sondern im Nebengebäude, aber auf solche Kleinigkeiten würde es wohl nicht ankommen. Wenn man einige deutliche Spuren legte, würde die Polizei schon ins richtige Gebäude finden.

Der Nichtwiener mag sich fragen: Wie ist das möglich? Wie kann einer sich als Anwalt ausgeben, in die mit Hafträumen ausgestattete Abteilung eines Spitals marschieren und dann auch gleich in die Zelle eines so wichtigen Verdächtigen, dort getrost seine Arbeit verrichten und wieder von der Bühne verschwinden, als hätte er nie existiert? Nun, wenn einer sich als Dr. Irgendwas ausgibt und dabei nicht aussieht wie ein Bademeister, kann er alles. Nicht wie ein Bademeister auszusehen – das ist die Schwierigkeit, an der so viele scheitern. Nicht aber Wiese, und das, obwohl sein Körperbau dem bademeisterlichen Klischee in idealer Weise entsprach. Aber man nahm ihm den Rechtsanwalt ab, so wie man ihm den Psychoanalytiker abnahm, der er ja wirklich war.

Die Wiener Bürokratie ist ein Chaos, in der ein Titel und eine diesem Titel gemäße Physiognomie und Etikette eine ordnende Größe darstellen, an die man sich halten, an der man sich tatsächlich festhalten kann, während der Boden unter einem schwingt. Auch wenn die wienerische Titelkultur anderswo belächelt wird – woran wollte man sich sonst orientieren? An nie erlernten demokratischen Spielregeln? An Uniformen, wo solche doch heutzutage kaum noch getragen werden? Und wenn, dann sehen sie nach nichts aus. Woran sollten die Menschen einen Anlaß für Achtung oder Verachtung bemessen? Am bloßen Gesicht des Gegenübers? An seinen geputzten Schuhen? Gesichter und geputzte Schuhe kann ein jeder haben. Vielleicht glauben die Deutschen, geputzte Schuhe könnten eine Gesellschaft zusammenhalten. In Österreich denkt das niemand.

In derselben Nacht brachten Rad, Wiese und Gähnmaul die Leiche in die Taubenhofgasse. Ihnen war, als bewegten sie sich mit um den Hals gelegter Schlinge. Gähnmaul besaß die Schlüssel des jüngst verstorbenen Antiquitätenhändlers, dessen mit Altwaren vollgestopfte Wohnung im Parterre des hinteren Hauses lag. Allerdings entschieden sie sich dann für die darunterliegende Kellerwohnung, die dem Händler einst als Lager gedient hatte und für die Gähnmaul ebenfalls einen Schlüssel besaß. Das Risiko, entdeckt zu werden, war gering. Die ganze Taubenhofgasse, eigentlich der ganze Bezirk befand sich nach neun Uhr in einer dorfähnlichen Narkose. Mochte diese Metropole irgendwo nächtens pulsieren, hier tat sie es nicht. Hier schliefen sogar die Querulanten.

Sosehr man sich auf die Wirkung von Titeln verlassen kann, so unsicher ist die Einhaltung kriminaltaktischer Richtlinien. Gut möglich, daß Vavra, hätte man ihn nach dem Besuch des angeblichen Anwalts Dr. Grisebach einer scharfen Befragung unterzogen, die Taubenhofgasse erwähnt und sich vielleicht auch tatsächlich der Entführung bezichtigt hätte. Um keine Möglichkeit auszulassen. Die Möglichkeit, ein Verbrecher zu sein. Doch zum Unglück der Lukasrunde ging zur selben Zeit, da Wiese Vavra bearbeitete, eine Weisung an die Vernehmungsorgane. Es hieß schlicht: Vavra fallenlassen. Womit gemeint war, daß sich Vavra für die Täterrolle als unattraktiv erwiesen hätte. Und in jeder Hinsicht unglaubwürdig sei. Und daß es verrückt gewesen wäre, selbstmörderisch, mit einer solchen Person an die Presse, an die Öffentlichkeit zu treten. »Fallenlassen« bedeutete allerdings keine sofortige Freilassung.

Und dann wurde Sarah gefunden. Im Zuge der Entrümpelung des Kellers waren Arbeiter auf die Leiche gestoßen. Eine derart dramatische Wendung des Falls bedurfte zweifellos einer ebenso dramatischen Lösung. Die Ostbandenlösung war nun zwingender denn je. Neben der finanziellen Dimension ergab sich gerüchteweise auch eine politische. Die Person Vavra brauchte da nicht einmal mehr als Notnagel zu dienen. Der Mann besetzte eine aus Steuermitteln subventionierte und aus Platz- und Sicherheitsgründen in einem Spital eingerichtete Gefängniszelle. Seine Entlassung war eine Frage der Vernunft. Und wer wollte nicht vernünftig sein. Also katalogisierte man Vavra unter Ausschuß, was bedeutete, daß er noch eine gewisse Zeit in Haft blieb, um jeglichen Übermut abzubauen. Danach würde man ihn unbürokratisch auf die Straße setzen, wo er selbst weitersehen sollte.

Hufeland, der davon erfuhr, wollte sich nun nicht darauf verlassen, daß Vavra – froh über seine Entlassung, froh, noch alle Zähne im Maul zu haben – die Angelegenheit auf sich beruhen ließ und nicht weiter darüber nachdenken wollte, warum man die Leiche Sarah Hafners tatsächlich in der Taubenhofgasse aufgefunden hatte. Gut, es war die Regel, daß Leute wie Vavra sich ins Vergessen flüchteten. So war der Mittelstand nun mal. Dort, wo das mittelständische Gedächtnis sich befinden sollte, war eine ausgehobene Grube. Aber was, wenn Vavra die berüchtigte Ausnahme war, sich einbildete, zu allem Unglück nun auch noch die Wahrheit erfahren zu müssen? Hufeland wollte vorsorgen, diesmal aber wieder auf Professionisten vertrauen. Ein Vertrauen, das enttäuscht wurde. Denn als Vavra freikam, da sollten sich die Katecheten seiner annehmen, ihn daran erinnern, daß die Suche nach Gewißheit eine Sünde sei. Doch die drei Herren verpatzten ihren Auftrag, wobei die Umstände im dunkeln blieben.

Im übrigen mußte sich Hufeland darauf verlassen, daß die Sache einschlief. Und auf seiten der Behörden tat sie das ja auch.

So in etwa beschrieb Wiese die Vorfälle. Seinen Freund Aston Martin steuernd, bestand er darauf, ein wahrer Psychoanalytiker zu sein, den man zur Darstellung eines Juristen gezwungen hatte. Er faßte Vavra kurz am Arm und sagte: »Sie sind nicht der einzige.«

»Wie meinen Sie das?«

»Ich hatte soeben ein sehr unerfreuliches Telefongespräch.«

»Telefonieren ist gefährlich, ist mir aufgefallen.«

»Ein Mensch mit verstellter Stimme hat behauptet, er wüßte Bescheid. Ich hab' mir zunächst gedacht: *Sie* schon wieder. Aber dann würden Sie sich ja kaum die Mühe machen, meinen Wagen zu bedrohen. Es muß also noch jemanden geben. Er hat verlangt, daß wir uns in der Taubenhofgasse treffen, in der Wohnung, die über dem Keller liegt. Eine unmögliche Situation. Ich hab' ja gewußt, daß etwas schiefgehen wird. Und jetzt hat sich also einer gefunden, dem es beliebt, mich zu erpressen. Einer findet sich immer. Und wie ist es mit Ihnen, Vavra, was wollen Sie herausschlagen?«

Vavra überlegte. Was sollte er mit dieser angeblichen Wahrheit anfangen, jetzt, wo sie wie ein erlegtes Tier zu seinen Füßen lag, erlegt, aber nicht ausgenommen, dickhäutig, unmöglich mit zwei Menschenarmen in die Höhe zu stemmen? Was konnte man mit einem solchen Kadaver anfangen, mitten in der Steppe oder wo man sich da befand, auf jeden Fall weitab eines fleischverarbeitenden Betriebes, ohne Werkzeug, nun, mit einem Mal, auch ohne Hunger?

»Ich will dabeisein. Das reicht fürs erste«, sagte Vavra.

Wiese nickte. Es war ihm nur noch wichtig, daß sein Wagen keinen Schaden nahm. Mit einer Form von Fetischismus hatte dies seiner Meinung nach überhaupt nichts zu tun. Wer wollte schließlich tatenlos zusehen, wie man seinen Tizian zerkratzte? Und daß ein Aston Martin DB 2 mit prächtigem Reihensechszylinder aus dem Jahre einundfünfzig einem Tizian gleichzusetzen war, stand für Wiese außer Frage. Die Möglichkeit, ein wahres Kunstwerk auch zu benutzen, gerade darin zeigte sich die Überlegenheit des 20. Jahrhunderts. Die eigentliche moderne Kunst bestand nicht in Bildern, Skulpturen, in Sprachexperimenten oder Filmen, die sogenannte Avantgarde war bloß ein Skelettrest. In wirklich moderner Kunst lebte man, darauf saß man, machte es sich vor ihr gemütlich, vor dem Fernsehapparat, der Stereoanlage, und am allerbesten war es, sich in die moderne Kunst hineinzusetzen und durch die Gegend zu fahren, welche solcherart Teil der Kunst wurde, in der Art eines Hintergrundes.

Wiese parkte den Wagen gegenüber dem Schlüsseldienst, der also noch immer existierte, allerdings zu den Vorkommnissen in dieser Gasse in keiner Weise beigetragen hatte.

»Der schlechteste Ort, um sich zu verabreden«, sagte Wiese, als er nun mit Vavra durch den offenen Hauseingang trat, an dem soeben eine neue Gegensprechanlage installiert wurde. Dennoch: Ein Gedanke Wieses wirkte wie ein

Sedativ: daß seinem Wagen nun nichts mehr geschehen konnte. – Daß selbiger Wagen wenig später von einer beträchtlichen Dachlawine getroffen wurde, woraus eine verbeulte Motorhaube resultierte, brauchte Joachim Wiese nicht mehr zu erfahren.

Die Tür der Parterrewohnung war unversperrt. Im Vorraum stapelten sich verdreckte Kartons, zwischen denen sich Wiese hindurchzwängte. Vavra blieb in seinem Schatten. Im nicht minder verstaubten und vollgeräumten Wohnzimmer starrten beide auf das merkwürdige Objekt aus verrostetem Draht, welches auf dem Konzertflügel stand und das den Charakter einer Falle hatte. Eine Falle wofür, für wen? Eine Falle für einfältige Mäuse oder einfältige Gedanken?

Aus der Küche drangen zwei kurze, unmittelbar aufeinanderfolgende Geräusche einer kreiselnden Bewegung. Vielleicht die nach unten gedrückte und wieder aufwärts rotierende Scheibe eines Aschenbechers. Danach, eindeutiger, das Klirren eines in die Spüle gestellten Glases. Wer auch immer sich in der Küche befand, hielt es nicht für nötig, dies zu verheimlichen. Wiese blickte mit müden Augen in die Richtung des Klangs, schritt dann aber durch zwei kabinettartige Räume in einen größeren, in dem eine überraschende Leere die Luft auch nicht besser machte. Ein großer, heller Fleck auf dem Parkettboden, beinahe quadratisch, deutete die Stelle an, an der sich einst ein Doppelbett befunden hatte. In diesem Bereich stand als einziges Objekt ein Schaukelstuhl, altdeutsch, massiv, aber so massiv nun auch wieder nicht, um stumm zu bleiben, als jetzt Wiese seinen schweren Körper in dem Möbel unterbrachte und eine Zeitung entfaltete, als sei dies der ruhigste Tag in seinem Leben. Gewissermaßen würde er es auch werden.

Vavra war auf die andere Seite des Zimmers gewechselt und sah durch das vor Dreck beinahe blinde Fenster auf einen Hof hinaus, kleiner als jener, durch den sie gekommen waren, und der einzig eine Teppichklopfstange beherbergte. Von der metallenen Latte baumelte an einem Strick etwas, das Vavra nicht erkennen konnte. Ein totes Huhn vielleicht, oder eine Ratte von der Größe eines Huhns. Da war ein Schwanz, was aber auch genausogut Teil des Strikkes oder ein herabhängendes Bein sein konnte. Der Anblick erschien ihm symptomatisch für sein Schicksal: Tatsächlich konnte er nicht sagen, was er da eigentlich sah. Er fühlte sich unwohl. Bereute, mitgekommen zu sein. Was ging ihn diese Geschichte noch an, die nun in einer lächerlichen Erpressung der Erpresser, in einem Folgeverbrechen münden würde? Was hatte er hier verloren? Er wandte sich um, wollte weg. Das Knarren des Stuhls besaß die Klangfarbe brechender Äste, übertönte die Schritte Vavras, aber auch die Schritte der Person, die nun ins Zimmer trat, während Vavra halb hinter der schräg in den Raum weisenden Tür zu stehen kam, in der Erkenntnis erstarrte, daß es für eine Verabschiedung zu spät sei. Er befand sich also im Rücken der eingetretenen, kleinwüchsigen Gestalt, die einen violettstichig-dunkelbraunen Ledermantel trug, auf dem Kopf eine schwarze Baskenmütze. Das Fell auf den Stiefeln glänzte.

Wiese hob seinen Kopf, als sei er eben erwacht. Aber es war kein sanftes Erwachen. Seine Lider sprangen auf wie gebrochene Schalen, dahinter unruhige Augen.

»Was tust du hier?« fragte Wiese.

»Die Sache aus der Welt schaffen.« Es war die von vielen Unmäßigkeiten geschundene, aber trotzdem kraftvolle Stimme eines älteren Mannes.

»Wie soll ich das verstehen?«

Wiese versuchte sich mitsamt der noch immer auf seinem Schoß ausgebreiteten Zeitung zu erheben. Sein Gegenüber machte einen Schritt auf ihn zu und fuhr den linken Arm aus. Vavra konnte nicht sehen, ob der Mantelträger Wiese anfaßte, auf jeden Fall blieb der Analytiker in seinem Sessel. Als hätte ihn der bescheidene Versuch einer Bewegung derart angestrengt, kam sein Atem schwer.

»Wir hätten das nie tun dürfen«, sagte der kleine Mann, nahm auch die zweite Hand aus der Tasche seines Mantels und trat hinter Wiese. Etwas blitzte auf. Größer als ein Schlüsselanhänger. Länglicher als ein Zigarettenetui. Vavra hatte keine Zeit für einen zweiten Blick. Denn um der Gefahr zu entgehen, entdeckt zu werden, trat er einen Schritt zurück, so daß er vollständig hinter der Tür verschwand.

»Heiliger ...«, stöhnte Wiese. Was nun folgte, war eine Aneinanderreihung von Geräuschen, die Vavra so schwer einordnen konnte wie das Objekt, das von der Teppichstange baumelte. Das Reißen einer Naht, ein kurzes Gurgeln, ein umgestürztes Glas. Danach wieder brechende Äste. Vavra vernahm Schritte, die sich aus dem Raum bewegten. Als er von fern das Rauschen eines Wasserhahns vernahm, vermutete er den Mann, von dem er bloß den ledernen Rücken kannte, in der Küche, weshalb er es wagte, hinter der Tür hervorzusehen. Der Anblick, der sich ihm bot, war wenigstens eindeutig. Wieses Hals klaffte wie eine weit geöffnete Blüte. Beachtliche Mengen von Blut hatten sich über Kleidung, Zeitung und Boden verteilt. Das Ganze wirkte arrangiert, vor allem, weil Wiese noch immer die Zeitung hielt, der Stuhl noch immer leicht schaukelte und der Kopf so weit zurückhing, als sollte das nun bedeutungslos gewordene Gesicht vollends hinter der Schnittwunde zurücktreten. Wie üblich: Das Bild der Wirklichkeit mutete grotesk an. Als handle es sich um einen miserablen Film, der weder über die Ausstattung noch die Schauspieler verfügte, um glaubwürdige Szenen anzubieten. Oder um ein Suchbild: Wie viele Fehler entdecken Sie auf diesem Bild? Die Wirklichkeit scheint stets mit Fehlern gespickt.

Vavra war erstaunt. Übel aber wurde ihm nicht. Nicht angesichts von Blut und Fleisch, das so künstlich wirkte. Auch der Tod als solcher schreckte ihn wenig. Wiese würde nie wieder einen englischen Sportwagen fahren. Darin bestand genaugenommen sein Tod.

Als Vavra hörte, wie die Eingangstür ins Schloß fiel, fuhr er zusammen, beruhigte sich aber sogleich. Der Mörder hatte die Wohnung verlassen. Und Vavra wollte es ihm gleichtun. Wartete noch ein wenig, um nicht etwa dem aus unerfindlichen Gründen zurückeilenden Mann in die Arme zu rennen. Warf einen Blick in die Küche, wo noch immer das Wasser lief. Das Messer lag im Abtropfständer. Doch was auch immer der Mann abgewaschen hatte, das Messer war es nicht gewesen.

Vavra ging zurück zum Klavier, wo er sich noch einmal in der Betrachtung der verschlungenen Lebendfalle verlor. Er war irritiert, er begriff nicht, wie es möglich war, im von außen unzugänglichen Zentrum der Konstruktion den Köder zu plazieren. Nur eine Maus selbst hätte zu diesem Platz vordringen können, eine Köder legende Maus.

Stimmen, die vom Gang her kamen, holten Vavra aus seinen Überlegungen. Er ging hinter einem Schrank in Deckung. Ein Geschrei schwoll an, entfernte sich aber gleichzeitig. Vavra verließ die Wohnung. Als er den Hof erreichte, saßen Kinder im Schnee, wie kleine Mönche in Anoraks, in sich gekauert, wie es schien, meditierend, auf ein Heiligtum konzentriert, das in ihren Schößen lag. Playstation.

Er trat hinaus in die Taubenhofgasse. Von der Favoritenstraße her bog soeben ein Mann um die Ecke, ein gedrungener Kerl in Natojacke, welcher Vavra erkannt hätte, hätte er ihn von vorne gesehen.

Dieser Mann, der aus einem Taxi gestiegen war, hatte während der Fahrt jene Mappe studiert, die den Fall Hafner dokumentierte. Darin befanden sich auch mehrere Fotografien Vavras. Es wäre wohl ein Glück gewesen, wären sich Vavra und Cerny bereits in diesem Moment begegnet. Doch marschierte Vavra in die andere Richtung. Ein wenig hatte er das Gefühl, nun könnte ein neues Leben beginnen, auch wenn das alte nicht ohne Unklarheiten geendet hatte. Freilich wäre ihm lieber gewesen, wenn dieses neue Leben zu einer freundlicheren Jahreszeit seinen Anfang genommen hätte. Um so mehr, als ein festes Quartier nicht inkludiert schien. Aber die Angelegenheit war ohnedies noch nicht abgeschlossen. Denn als Vavra auf der Wiedner Hauptstraße durch die Fensterscheibe der Konditorei Aida sah, entdeckte er einen kleinen, runzeligen Mann, der den unverkennbaren, violett schimmernden Ledermantel trug und hastig, aber mit widerwilligem Gesichtsausdruck eine Torte verschlang.

Vavra hätte einfach weitergehen können. Er war kein Freund der Aida-Lokale, dieser Konditoreien mit dem Flair von Miederboutiquen. Und er war dem Unbekannten keineswegs gram, Wiese ermordet zu haben. Dennoch trat er ein, stellte sich an einen Stehtisch, bestellte Kaffee und ein Baiser und beobachtete den anderen, der gerade ein zweites Tortenstück mit nervöser Hast zerteilte und sich in den Mund stopfte. Nachdem er auch noch eine Zimtschnecke hinuntergewürgt hatte, schien wie mit einem Schlag alle Erregung von ihm abgefallen. Er lehnte sich zurück, öffnete seinen Mantel, steckte sich eine Zigarette an, wirkte zufrieden, als habe er endlich eine Arbeit abgeschlossen, als sei auch der Freßakt Teil der Tötung gewesen. Nach einer zweiten Zigarette erhob er sich und verließ das Lokal. Vavra folgte ihm, empfand dies nun als folgerichtig. Er hätte nie das Aida betreten sollen, so wie er auch nie den beschrifteten Zwanzig-Schilling-Schein hätte annehmen dürfen. Das sind die Mißgeschicke, die sich nicht ausradieren lassen. Wir leben in den Fußstapfen unserer Fehler.

Der andere bummelte in Richtung Innenstadt, sah in Auslagen, stellte sich gegenüber der Technischen Universität an eine Würstelbude, trank ein Bier. Dann begab er sich in jene Passage, die wie ein voller Magen unter dem Karlsplatz rumort. Der geruhsame Gang des kleinen Mannes wirkte hier unten befremdlich, als spaziere er durch einen Park. Die Penner und Junkies standen herum wie schlampig aufgestellte, ausgebleichte Plastikmännchen. Playmobil von gestern. Während die berufstätigen Passanten durch die Anlage rasten, als gelte es, den Ausstieg aus der Hölle zu finden.

Im Bereich des unter der Ringstraße gelegenen Rondeaus erstand Wieses Mörder zwei Krapfen, jene in Schmalz gebackenen, faustgroßen, im Idealfall mit einer marmeladenen Füllung ausgestatteten Mehlspeisen, die im Lukas unter der Bezeichnung *Jungfrauenherzen* angeboten wurden. Der Mann schien in die alte Anspannung zu verfallen. Es sah aus, als wollte er die Hefeteigkörper totbeißen, schluckte kranichartig. Dabei ging er auf und ab, sah mehrmals auf die Uhr, putzte mit hektischen Bewegungen Staubzucker von seinem Ledermantel, betrat ein Buchgeschäft, nahm Bücher von den Stapeln, blätterte so heftig darin, daß ein Verkäufer ihn ermahnte. Vavra stand vor der Auslage und spähte über die Biographien von Bruno Kreisky sowie einer Dame, die bloß Sissi, und eines Herrn, der bloß Che zu heißen schien, hinweg in das Innere. Er konnte nicht erkennen, nach welchen Büchern der andere griff, aber darum ging es wohl auch nicht. Der Mörder Wieses war sicher nicht der Mann, der jetzt noch nach einer Lebenshilfe suchte. Wieder sah er auf die Uhr, verließ das Geschäft und versorgte sich mit weiteren Krapfen, die er in der üblichen Art verschlang, während er in eine Telefonzelle trat, sich den Hörer zwischen linkes Ohr und Schulter klemmte und auf die Tasten hämmerte. Vavra begab sich in die durch eine Scheibe abgetrennte benachbarte Kabine, konnte aber nur noch ein aufgeregtes »Jetzt sofort! Es muß sein.« verstehen. Er folgte dem anderen hinauf zur Straßenbahnstation, die dem Entree des Hotels Bristol vorgelagert war. Die Kälte zog einen an der Haut. Zwischen gelblich verfärbten Schneehaufen traten die Wartenden auf der Stelle. Vavra sah quer hinüber zu jenem massiven Bürogebäude, von dessen oberster Etage aus einst Oskar Kokoschka die Staatsoper gemalt hatte, bunt und fröhlich, in diesem nachexpressionistisch kulinarischen Stil, der so ideal zur Zweiten Republik paßte. Der Staatsoper ging es wie den meisten Prominenten, sie sah lang nicht so gut aus wie auf den vielen Fotos und Porträts.

Der andere stieg in eine Straßenbahn. Vavra plazierte sich einige Reihen hinter ihm, blickte aus dem Fenster und vermißte den Nervenkitzel, den man sich zu einer Verfolgung dachte. Die Repräsentationsgebäude der Ringstraße lagen hinter einem Schleier, vermittelten den Eindruck riesiger Modelle aus bemaltem Karton, dürftig verleimt, als würden sich ganze Teile aus der Fassade lösen. Vor dem Parlament waren Demonstranten aufgezogen, ein elendes Häuflein, dessen Transparente sich verknotet hatten. Ein paar Mütter mit ihren Kindern, ein paar Senioren, wenig Männer, kein einziges Megaphon. Wer nahm sich heute noch die Zeit, unbezahlten Tätigkeiten nachzugehen? Drei Polizisten standen auf der Rampe, lächelten gütig. Angesichts der traurigen Schar wirkte das Hohe Haus imposant, kompakter als die anderen Kulissen. Daß sich darin vielgeschmähte Menschen befanden und ungehörte Reden hielten, war schwer vorstellbar. Hinter diesen Mauern wollte man eher den Dachverband der Wiener Tanzschulen vermuten.

Vorbei am Rathausplatz fuhr die Straßenbahn auf die Josefstädter Straße. Auf Höhe des gleichnamigen Theaters stand ein bekannter Schauspieler in erschreckend undramatischer Leibhaftigkeit. Hinter ihm, hinter Glas, ein Plakat, auf dem man ihn auch wirklich erkannte.

Am Josef-Matthias-Hauer-Platz stieg der andere aus. Vavra tat es ihm gleich. Half dann aber einer Frau, ihren Kinderwagen in die Straßenbahn zu hieven. Sie sah ihn entgeistert an, geradezu feindselig. Die Aversion gegen Personen, die sich mit ihren plärrenden Kleinkindern auf die Straße wagten, war eine Normalität, die zu durchbrechen auch von den Betroffenen selbst mit Skepsis quittiert wurde. Nicht zuletzt Vavra fragte sich, was ihn zu einer solchen Freundlichkeit getrieben hatte, schüttelte den Kopf wie über einen absurden Gedanken. Die Strafe folgte auf dem Fuß, denn als er sich nach dem anderen umsah, war dieser verschwunden.

Vavra war weniger enttäuscht als hilflos. Er besaß jetzt die Freiheit, hinzugehen, wo er wollte. Das war nun wahrlich zuviel an Freiheit, das war die Freiheit, dem nächstbesten in die Fresse zu schlagen, dem hinkenden Greis ein Bein zu stellen oder in die gegenüberliegende Bankfiliale zu treten und zu behaupten, man trage unter seiner Jacke eine Bombe – das war die Freiheit, die man vielleicht einfordern konnte, wenn man Surrealist war und sich Freiheit freiwillig und in erträglichen Dosen einverleibte. Vavra jedoch brauchte keine bürgerliche Kultur zu überwinden, diese hatte quasi ihn überwunden, ihm jede Möglichkeit genommen, sich Sorgen zu machen. Da gab es nichts zu verlieren. Das war eine Freiheit, die an einen leeren Magen erinnerte.

Und als er nun den zwergenhaften Mann in seinem Ledermantel aus der Bank treten und über die Straße in Richtung auf das Kaffeehaus Hummel sich zubewegen sah, da war das für ihn wie ein trockenes Stück Brot. Nicht das Schlechteste, ist der Hunger groß genug. Mit dem Essen kommt freilich die Unfreiheit, sprich der Appetit, weshalb Vavra jetzt die Lust packte, den anderen einzuholen, an der Schulter zu fassen, ihn zu sich zu drehen und höflich um Aufklärung zu bitten, warum der gute Wiese, alias Grisebach, hatte sterben müssen.

Vavra näherte sich von der Seite. Der andere stand vor dem Eingang des Kaffeehauses. Und zog nun – als Vavra nur noch wenige Schritte entfernt war – aus der Innentasche seines Mantels eine Pistole, ein schweres, silberfarbenes, gepflegt anmutendes Gerät, das in optischer Hinsicht zu dem kleinen Mann nicht passen wollte, mit dessen Handhabung er jedoch überaus vertraut schien. Es lag eine große Sicherheit darin, wie er den Schußarm ausstreckte und das Ziel anvisierte. Dabei erinnerte er vielmehr an einen Sportschützen als an einen Todesschützen. Einen Moment dachte Vavra, daß ihn der andere also doch bemerkt hatte und mittels dieser Waffe einem klärenden Gespräch entgehen wollte.

Vavra blieb stehen. Ein erster Schuß wurde gelöst. Menschen schrien, ließen sich zu Boden fallen. Ein zweiter Schuß erstickte jedes andere Geräusch. Es war tatsächlich so, als breite sich mit der Detonation Stille aus. Nicht wenige Personen fühlten sich tödlich getroffen, erschauerten angesichts der Kälte in sich. Daß diese vom Boden her kam, vergaßen die meisten. Auch Vavra meinte, eines der beiden Projektile habe ihn durchdrungen, konstatierte aber gleichzeitig, daß der Schütze ihm bloß sein Profil zugewandt hatte, ebenso das Profil der Waffe, die also auf jemand anderes gerichtet sein mußte und aus der nun weitere vier, fünf Kugeln abgefeuert wurden. Vavra sah einen Mann nach hinten stürzen. Er hätte nicht einmal sagen können, ob er alt oder jung war. Aber tot würde er wohl sein.

Sein Mörder steckte die Waffe zurück, grub die Hände in die Manteltaschen und marschierte – nun wieder mit der Ruhe eines Müßiggängers – in Richtung Florianigasse. Dabei passierte er den Toten, ohne einen Blick auf diesen zu werfen.

Nachdem die Stille eine viertel Minute lang wie ein Löschblatt über dem Platz gelegen war, erhoben sich die Leute, krochen hinter Verstecken hervor, liefen aus den Geschäften, ein Geschrei hob an, ein Gefühl der Begeisterung, an der Wirklichkeit teilgenommen und sie dennoch überlebt zu haben. Hände zeigten in verschiedene Richtungen. Erste Diskussionen über Zahl, Aussehen der Attentäter, ihren Fluchtweg, ihr Fluchtfahrzeug entbrannten. Die Divergenzen waren nur natürlich. In der Regel ist die Ankündigung eines solchen Verbrechens dürftig, welcher Täter schreit schon: Hoppla, jetzt komm' ich! Der potentielle Zeuge erweist sich zumeist als unvorbereitet. Ehe er seine Beobachtungen aufnimmt, ist das eigentliche Delikt auch schon wieder Vergangenheit. Schüsse – verständlich, daß die Leute zunächst einmal an sich selbst denken, Schutz suchen, die Augen schließen, sich unter ihren Mänteln verbergen, ihr nacktes Leben zu retten versuchen, bevor sie endlich, sich in Sicherheit wiegend, ihre Köpfe heben, die Augen aufreißen, endlich bereit, alles aufzunehmen, was ihnen zweckdienlich erscheint: fahrende Autos, Motorräder, sich schließende Türen, dahineilende Passanten, Menschen, die gerade ihre Köpfe heben, die Augen aufreißen. Immer wieder wird der Bürger zur Wachsamkeit angehalten. Und er ist wachsam. Aber nicht so verrückt, sich in eine Schußlinie zu stellen, um den Täter besser sehen zu können.

Der Tote selbst blieb bei alldem merkwürdig unbeachtet, also auch unbedankt, sollte erst mit dem Einzug der Polizei an Bedeutung gewinnen, indem er durch die Sicherung des Tatorts dem Zugriff der Menge entzogen wurde. Im Moment aber konnte sich jedermann den Leichnam anschauen, ein Toter eben, sorgfältig liquidiert, kein Anblick für Kinder, aber auch nichts, was man nicht schon kannte.

Vavra war tatsächlich der einzige gewesen, der den Täter gesehen hatte, ihn noch immer sah, wie er jetzt die Albertgasse entlangging, ein kleiner, älterer Herr, ein wenig merkwürdig in seinem Ledermantel, aber nicht merkwürdig genug, daß sich jemand an ihn erinnern würde. Vavra folgte ihm auf der gegenüberliegenden Straßenseite, überzeugt, der andere werde sich hin und wieder nach einem eventuellen Verfolger umsehen. Doch der Mann blieb die Ruhe selbst.

In der Lederergasse stellte er sich an eine leere Autobushaltestelle. Vavra verlangsamte seinen Schritt. Konnte aber nicht verhindern, ebenfalls an der Station zu stehen zu kommen, eine ganze Weile zu warten, allein mit diesem Mann, der eine Waffe unter seinem Mantel trug. Plötzlich stand Vavra der Schweiß auf der Stirn. Das Unbehagen, das er verspürte, war von einem Gefühl der Peinlichkeit unterlegt. Die Haltestelle war wie die einsame Insel, auf die sie beide gespült worden waren, zwei Männer, die man einander nicht vorgestellt hatte, auf einem winzigen Strand nebeneinanderstehend, Hände in den Taschen, Blick aufs

Meer, eine Witzblattsituation. Vavra sah die Fassade aufwärts, hinauf in den Himmel, hinüber zur Ampel, vermied aber, in die Richtung zu schauen, aus welcher der Bus kommen würde. Denn dort stand ja der andere, dem er nicht ins Gesicht sehen wollte, aus der Befürchtung heraus, er würde auf eine unmögliche Weise auf sich aufmerksam machen, etwa in einen Lachkrampf verfallen. Es war das gleiche Gefühl wie damals bei seinem ersten kleinen Rendezvous, die eigene Gesichtsmuskulatur nicht im Zaum halten zu können, willenlos Grimassen zu schneiden. Darin bestand seine Angst: sterben zu müssen, nicht so sehr, weil er sich verriet, sondern indem sein Auftreten als ungehörig empfunden wurde. Tod durch schlechtes Benehmen.

Doch Vavra hielt durch. Und als er endlich in den Bus stieg, empfand er die Befreiung derart, als brauche er nicht länger auf blutigen Zehenspitzen zu stehen. Wagte es sogar, sich direkt hinter den anderen zu setzen und in seinen Nacken zu schauen. Der Schädel war leicht nach vorn gerichtet. Der Mann drohte einzunicken. Woran sich nichts änderte, als der Klang von Sirenen anschwoll und die Fahrgäste begeistert ihre Hälse reckten. Sie lauschten der Verkündigung der Metropole, die in den Polizeisirenen ihren deutlichsten und bekanntesten Ausdruck fand: ein Symbol der Rasanz, des Hetzens und Gehetztwerdens, des allgemeinen Gehetztseins, da ja gerade die Benutzer von Sirenen sich stets am falschen Ort zu befinden schienen.

9 | Ein Buch klärt auf

Else Resele setzte sich ans Steuer, unterließ es aber, den Wagen zu starten, drehte das Innenraumlicht an und lehnte den Kopf gegen die Stütze, während sie ihn gleichzeitig ihrem Beifahrer zuwandte, der gerade ein eigentümliches, hellbeiges Gerät in der Hand hielt, möglicherweise eine Taschenlampe oder eine elektrische Zahnbürste, ein Diktiergerät, das war schwer zu sagen, es konnte alles mögliche sein. Er schien gar nicht zu bemerken, daß er den kleinen Apparat aus seiner Tasche herausgezogen hatte und nun wie einen Rosenkranz in der Hand wiegte. Sie vermied es, ihn danach zu fragen. Cerny konnte ausgesprochen empfindlich sein. Ohnehin war er in schlechter Stimmung. Rads Geschichte war ein lächerlicher Bluff gewesen, und es war albern, ein Wort davon geglaubt zu haben. Die beiden Lukas' mochten skurrile Leute sein, kleine Gewerbetreibende eben, die, seit sie denken konnten, in ihrer Arbeit wie in einem einzigen philosophischen Gedanken steckten, der sie völlig in Beschlag nahm. Ein Gedanke, über dem sie ein wenig komisch geworden waren. Doch daß die Konditoreichefin mittels der Magie von Torten Teile der Wiener Gesellschaft beherrschte und ihr Gatte zur reinen Beschau Frauen und Kinder entführte, war äußerst unwahrscheinlich.

Else nahm – mehr aus Verlegenheit als aus Interesse – das Buch zur Hand, das Wiese verfaßt hatte. Sie blätterte darin, gelangweilt. Ihr Analytiker war tot. Aber zur Trauer reichte es beim besten Willen nicht. Daß sie nervös war, hatte andere Gründe. Ihre Nervosität galt dem grüblerischen, stämmigen Mann an ihrer Seite, den sie anfangs für unkompliziert gehalten hatte, der ihr aber keineswegs schlechter gefiel, bloß weil es sich als schwierig herausgestellt hatte, ihn anzufassen. Das war nur dann ein Unglück, wenn es dabei blieb. Es war eine schöne Vorstellung, diesen Mann, worin auch immer sein Problem bestand, zu heilen. Und indem sie ihm helfen würde, eine Sexualität abseits von Berührungsängsten zu entwickeln, hoffte sie – als handle es sich um eine Frage von Energieausgleich –, ihre eigene Obsession könnte auf ein taugliches Maß schrumpfen.

Das war natürlich bezeichnend. Kaum war ein Analytiker tot, glaubten seine Patienten, sie könnten ihr Schicksal selbst in die Hand nehmen und sich ohne weiteres von ihren Neurosen verabschieden. Als gehe mit dem Ableben des Analytikers eine Art Amnestie einher.

Else Resele konnte gar nicht anders: Sie mußte an Heirat denken. Eine innere Stimme bestand darauf, daß Cerny einer von den Männern sei, die sich fürs Leben eignen. Weshalb Else nicht umhinkam, auch an ihren, wie sie ihn nannte, »blinden Fisch« in der Schweiz zu denken. Sollte sie alle Prinzipien über Bord werfen, einmal nicht auf den Tod des Gatten warten und es mit Scheidung versuchen? Anton Resele machte zwar einen durchaus kränklichen Eindruck, wie in Alkohol eingelegt, aber was bedeutete das schon. Ähnlich wie Ingrid Liepold glaubte auch Else, daß gewisse Menschen in boshafter Absicht ihr Alter zu einer widernatürlichen Dauer strecken konnten, gerade jene, die von Jugend an mittels einer angegriffenen Gesundheit ihre Umwelt hinters Licht führten. Ihre früh verstorbenen Gatten hingegen waren sämtlich kerngesunde, vor Kraft strotzende Sportsleute gewesen, die mit ebendieser Kraft in diverse gefährliche Sportarten hineingaloppiert waren und in der Folge aus dem Leben.

Während sie sich dem Gedanken an eine sechste Ehe hingab, fiel ihr Blick auf eine Abbildung in Wieses Buch, die sie nun doch interessierte.

»Ich wußte gar nicht, daß er mit bürgerlichem Namen Jünger heißt«, sagte sie, mehr zu sich selbst.

Cerny hob den Kopf, als sei er eben erwacht. Etwas Entscheidendes war geschehen, ohne daß er hätte sagen können, worin es eigentlich bestand. Und als er nun den Thermomaten in seiner Hand vorfand, glaubte er, in diesem Umstand das Entscheidende erkennen zu müssen. Weshalb er sich nicht weiter seinem Trieb widersetzte und mit gespielter Gelassenheit das Gerät benutzte. Mit Freude nahm er eine leicht erhöhte Temperatur zur Kenntnis, die ihm – goldene Mitte – am liebsten war. Dann ließ er den Apparat wieder in seine Tasche gleiten und war bereit, sich dem Staunen seiner Nachbarin auszusetzen. Diese war aber noch immer, trotz der Signaltöne aus dem Meßgerät, in das Buch vertieft. Was ihn weniger erfreute als enttäuschte.

»Was meinten Sie?« fragte Cerny.

»In Wieses Buch ist eine Skulptur von unserem verehrten Gähnmaul abgebildet.« Sie tippte auf ein Schwarzweißfoto. Eine von Gähnmauls typischen schlanken Figurinen, die man für eine verbogene Schraube hätte halten mögen. Der Titel *Hungerblume* rechtfertigte den Abdruck. Else erklärte, sie habe sich schon gefragt, ob jemand tatsächlich Gähnmaul heißen könne. Ein Künstlername eben. Eigentlich heiße er Jünger.

Cerny riß ihr das Buch aus der Hand, betrachtete nur kurz das Bild, fuhr dann mit dem Finger über die Bildunterschrift, die mit einer Klammer endete, in die der bürgerliche Name des Künstlers gesetzt war.

»Jünger«, sagte er, wie man sagt: Jessasmaria. »Zurück zu Gähnmaul. Schnell.«

Else ließ sich nicht hetzen. Paßte ihren Fahrstil der Witterung an. Währenddessen erzählte ihr Cerny, wie ihm bei der Betrachtung von Wieses Leiche der gestreckte, auf das Bild des soeben verstorbenen Dichters Ernst Jünger weisende Finger aufgefallen war und er sich diesen Wink nicht hatte erklären können. Natürlich konnte es ein absurder Zufall sein, daß die Gliedmaße an dieser Stelle zum Liegen gekommen war, gerade als der Tod in Wiese eingebrochen war. Zu berücksichtigen war aber auch das altbekannte Muster, daß Verbrechensopfer – ehrgeizig, unversöhnlich, nachtragend – im Moment des Sterbens um einen letzten Hinweis ringen, von dem sie sich wünschen, er möge eine postume Würdigung erfahren. Davon lebte nicht nur die Kriminalliteratur, sondern auch die Kriminalistik. Wie oft von Experten behauptet wurde: Eine Leiche spreche. Nicht bloß durch augenscheinliche Verletzungen und Spuren der Verwesung, sondern eben auch durch gewollte Zeichen.

Solcherart wäre auch die Aussage zu verstehen, das Gesicht des Mörders spiegle sich in den Augen seines Opfers und sei in der hinteren Augenkammer wie ein Negativ festgehalten, das man nur noch zu entwickeln brauche.

(In diesem Zusammenhang muß die Behauptung des legendären Gendarmerie-Chefarztes L. Ziegler erwähnt werden, daß eine beträchtliche Anzahl von Mordopfern, die ihren Täter gekannt hatten oder zumindest seiner ansichtig geworden waren, unbewußt eine Nachahmung der Gesichtszüge des Mörders im eigenen Antlitz vollzogen hätten, eine reflexartige Mimese in der instinktiven Hoffnung, der Angreifer würde sein Spiegelbild verschonen. Durch den Eintritt des Todes und das Erschlaffen der Muskeln werde das Ergebnis zwar zu einem Großteil zunichte gemacht, bleibe aber doch in Ansätzen erhalten und könne also für den genauen Beobachter und kundigen Physiognomen durchaus eine Hilfe darstellen.)

Ob Joachim Wiese einen Anflug der Gähnmaulschen Mimik im toten Gesicht getragen hatte, konnte Cerny nicht sagen. Aber seinen Finger hatte er benutzt. Sein Fingerzeig hatte ihn sozusagen überlebt.

Die Parkplatzsuche war von den üblichen Schwierigkeiten gekennzeichnet. Cerny, unbelehrbar, bestand auf Improvisation. Resele, standhaft, hielt nichts von zweiter Spur und verbotenen Einfahrten. Kein Einsatz konnte so dringend sein, daß sie ihren Wagen den Methoden barbarischer Abschleppdienste ausliefern wollte.

Als die beiden endlich vor dem Haus in der Stumpergasse standen, läutete Cerny nicht bei Gähnmaul, sondern bei anderen Parteien. Da er sich aber nicht als Polizist zu erkennen geben wollte, um einen Aufruhr im Stiegenhaus zu vermeiden, war niemand bereit zu öffnen. Es war dunkel, die Bevölkerung hatte sich hinter Gardinen verschanzt. Wer sich jetzt noch auf der Straße befand, der war selbst schuld. Also auch jener Passant, der sich nun dem Haus näherte, unsicher, ängstlich angesichts der zwei Gestalten, die vor der Tür standen. Er wußte nicht so recht, ob er noch einmal um den Block marschieren sollte, ließ sich jedoch von der gepflegt aussehenden Dame blenden, zückte seinen Schlüssel, besaß dann aber doch nicht die Nerven, aufzusperren. Ein ganzes langes Stiegenhaus lag vor ihm. Und was bedeutete schon gepflegt. Legionen von Meuchelmörderinnen hatten gepflegt ausgesehen.

»Wir sind Freunde vom alten Gähnmaul«, säuselte Else, »wollen ihn überraschen. Sie sind doch so freundlich und lassen uns mit hineinkommen, nicht wahr?«

Der Mann nickte heftig, erfreut über die Erkenntnis, daß

ein weißer Skianzug und eine verbeulte Natojacke gut zu dem Künstler im letzten Stock passen könnten. Kein Grund allerdings, seinen Rücken feilzubieten, weshalb er den beiden den Vortritt ließ. Gleich zu Anfang des Gangs befand sich ein Postkasten, auf den er sich stürzte, umständlich sein Fach öffnete, die Post aber nicht herauszog, sondern in dem Wust von Werbeprospekten wie in einer Kartei stöberte. Erst nachdem die hausfremden Personen in den Aufzug gestiegen waren, kam der Angsthase wieder zur Ruhe.

Während der schleppenden Fahrt lächelte Else Cerny an, sagte unvermutet »Danke«, wie man sagt: Wir sollten heiraten.

Cerny hatte keine Ahnung, wofür sie sich bedankte, sagte jedoch »Gerne«. Nicht daß er heiraten wollte. Er wollte höflich sein. Immerhin, Else Resele war die Person, zu der er gerne höflich war.

Als das Paar den Aufzug verließ, war das so, als käme es aus einer gelungenen Pause. Stieg die wenigen Stufen zu Gähnmauls Atelier hinauf. Cerny schlug mehrmals gegen das auf die Metalltür aufgemalte Gesicht. Doch niemand öffnete.

»Scheint ausgeflogen zu sein. Oder auch nicht«, sagte Cerny.

»Dann treten Sie eben die Tür ein. Die hängt ohnehin nur mehr sehr traurig in den Angeln.«

Cerny verdrehte die Augen. Wie üblich tat sie es ihm gleich. Dann nahm sie selbst einen kleinen Anlauf. Tatsächlich flog die Tür mit einem Stück des Mauerwerks aus dem Rahmen.

»Manchmal geht es eben leicht«, sagte sie.

»Manchmal geht es *zu* leicht«, sagte er.

Durch den dunklen Vorraum traten sie in das hell erleuchtete Atelier. Eduard Rad saß noch immer in der Mitte des Sofas. Seine Pfeife aber hatte er abgelegt. Nicht nur die. Er machte keineswegs den Eindruck, in Frieden geschieden zu sein. Die beiden Projektile waren in lebenswichtige Organe seines Körpers eingedrungen. Cerny betrachtete Rads Gesicht, das jetzt noch breiter wirkte. Vielleicht des aufgerissenen Mundes wegen. Es mag gewagt klingen, aber er wies nicht den klassisch geweiteten Mund eines Ermordeten auf, sondern den einer verschlafenen, gelangweilten Person, welche gähnt und damit nicht aufhören kann. Dazu die passende Augenpartie. Zwei schmale Schlitze.

Es mußte wohl eine ungeheure Anstrengung bedeutet haben, diese Grimasse eines Gähnenden, eines Gähnmauls, eines Spottgesichts, in die postmortale Gesichtslandschaft hinüberzuretten. Möglicherweise hatte also auch Rad sich um einen Hinweis bemüht, sich dabei jedoch nicht – wie Wiese – auf den Geburtsnamen des Bildhauers, sondern auf seinen Künstlernamen bezogen.

Allerdings waren solche Überlegungen müßig, da im Nebenzimmer Gähnmaul stand und auch gar nicht den Eindruck machte, gewalttätige Handlungen leugnen zu wollen. Er hielt eine Pistole in der Hand, wie es schien, jene, die Rad unter seinem Jackett getragen hatte. In seiner Pranke wirkte die Waffe zierlich, unecht. Er selbst jedoch vermittelte Entschlossenheit, Freude. Vermittelte den Eindruck eines Mannes, der in eine Runde ging, von welcher er als einziger wußte, wie sie ausgehen würde.

10 | Frau mit Sonnenbrille

Als sie aus dem Bus stiegen, war sich Klaus Vavra sicher, daß ihn der andere nicht bemerkt hatte, nicht bemerken konnte, derart vertieft, den Blick zum Boden gerichtet, drängte Wieses Mörder sich an den Leuten vorbei, die die große Einkaufsstraße belagerten. In der Menge verlor Vavra den Mann mehrmals aus den Augen. War aber unbesorgt, er hing an ihm wie an einem Strick, immer wieder leuchtete der Ledermantel auf. Vavra wähnte sich in einem Film, in dem die Kamera ständig zwischen den beiden Akteuren hin und her pendelte und die Möglichkeit, daß der Verfolger den Verfolgten verlor, bloß vortäuschte. Die Geräusche der Stadt und ihrer Menschen wurden zurückgedrängt, die Stimmen verschmolzen zu einem konstanten dumpfen Ton, nur noch der Atem, die Schritte der beiden Männer waren überdeutlich zu hören, als kreisten Mikrofone um ihre Körper.

Aus dem Menschenfluß bogen sie in die relative Leere der Stumpergasse ein. Vavra hielt sich auf der gegenüberliegenden Seite. Als der andere in einem Haus verschwand, blieb Vavra kurz stehen, betrachtete das Gebäude, trat dann über die Straße und vor das wieder verschlossene Haustor, studierte die Namensschilder auf der Gegensprechanlage. Auch ihm fiel der Name Gähnmaul zunächst nur seiner Besonderheit wegen auf. Doch dann meinte er sich zu erinnern, daß Wiese einen Mann aus der Lukasrunde erwähnt hatte, Gähnmann, Gähnmarsch, vielleicht aber eben auch Gähnmaul, jener, der über die leerstehenden Wohnungen in der Taubenhofgasse Bescheid gewußt, also gewissermaßen seinen, Vavras, Vorschlag aufgegriffen hatte.

Vavra scheute sich, zu läuten und hinaufzusteigen. Solange er dem anderen bloß nachschlich, blieb bei aller Gebundenheit doch eine Distanz. Und diese aufzugeben, war er noch nicht bereit. Er ging zurück auf die andere Seite der Straße, trat in ein kleines, türkisches Lokal und wählte einen Fensterplatz, von dem aus er einen guten Blick auf das Haus besaß. Er wollte abwarten. Bestellte ein Glas Rotwein und Zigaretten. Beobachtete die Menschen, die in das Haus gingen oder es verließen. Eine dunkelblaue Limousine schoß in eine Lücke, und ein klobiger Kerl entstieg dem Wagen. Vavra dachte, ihn schon einmal gesehen zu haben, erinnerte sich vage, das Gesicht aus dem Fernsehen zu kennen. Bezweifelte jedoch, daß man solche Leute in natura wiedererkannte, wenn ihr Grinsen oder ihre bemühte Ernsthaftigkeit von ihnen abgefallen war. Und selbst wenn, es war noch kein Verbrechen, im Fernsehen gewesen zu sein und es eilig zu haben. Wenig später bemerkte er ein Paar, das längere Zeit vor dem Tor stand und die Namensschilder studierte. Die großgewachsene Frau trug einen weißen Skianzug, wirkte trotz schneebedeckter Straße deplaziert, vor allem neben diesem Mann, der nicht aussah, als würde er sich je auf eine Skipiste verirren. Vavra drehte sich zu dem Kellner und bestellte Kaffee. Als er wieder hinaussah, waren die beiden verschwunden. Die Zeit streckte sich. Er dachte daran, wie sehr sie sich erst strecken würde, wenn diese Sache vorbei war. Er meinte den Alltag, nicht den Tod, den er sich nicht als gestreckt, sondern nur als Punkt vorstellen konnte, welcher nach innen wuchs. Einmal glaubte er, Wieses Mörder sei wieder aus dem Haus gekommen. Eine kleine Gestalt, das Profil von einer Kapuze verdeckt. Doch Vavra blieb sitzen. Auch wenn die Person nicht hinkte, hatte der Gang etwas Invalides, paßte nicht zu dem Mann, der Messer und Pistole so geschickt einzusetzen verstanden hatte und welcher möglicherweise Gähnmaul hieß.

Im anbrechenden Dunkel, welches das kümmerliche Tageslicht zu ersticken begann, erkannte Vavra erneut das ungleiche Paar, Skianzug und Natojacke, wie es das Haus verließ und die Gasse hinuntermarschierte. Vielleicht hatte die Frau den Mann überzeugt, daß Kitzbühel der schönere Ort sei.

Vavra nahm ein Magazin zur Hand, blätterte darin, so, daß er über den Blattrand hinweg den Hauseingang im Blick behielt, der nun im gedämpften Licht einen hübschen Hintergrund für ein städtisches Krippenspiel abgegeben hätte. Aber Weihnachten war längst vorbei, und eine von den vielen höhnischen inneren Stimmen Vavras prognostizierte, daß es ein nächstes Weihnachten für ihn nicht geben würde. Die Gosse würde ihn verschlucken. Soll sie ruhig, sagte er sich. Ein, zwei Stunden vergingen. Wieder sah er die alpine Schönheit im weißen Skianzug. Manche Leute waren eben in Bewegung. Der Natojackenträger neben ihr war nur noch ein getarnter Schritt in der Dunkelheit. Dazu ein zweiter Mann, der umständlich das Tor aufschloß.

Minuten später erweckte eine andere Frau seine Aufmerksamkeit. Ein Umstand, der ihm weh tat – dieser Überfluß. Sie betrat das Lokal. Vavra erkannte sie, auch wenn er ihr nie persönlich begegnet war. Er erkannte sie wie den Saftfleck auf dem Tischtuch. Damals, im Wohnzimmer Liepolds, hatte er in der Zeitung ihr Bild gesehen. Darauf hatte sie eine Sonnenbrille getragen. Eine solche trug sie auch jetzt. Was trotz Jahreszeit und fortgeschrittener Stunde nicht weiter auffiel. Sie entsprach diesem unterkühlten Typus, dem man in jeder Situation eine Sonnenbrille zugestand, weil nicht modische Gründe den Ausschlag gaben, sondern quasi hygienische – ein Atemschutz für die Augen. Sie war die Art Frau, die immer ein wenig nach eleganter Witwe aussah, welche soeben ein Imperium übernommen hatte. Sie war die Art Frau, von der behauptet wurde, sie kastriere Manager, auch wenn sie bloß die Pfründewirtschaft behob.

Sie setzte sich, blickte auf die Uhr. Bestellte, ohne den Kellner anzusehen. Sie saß sehr aufrecht. Wie solche Frauen eben sitzen, dachte Vavra, als hätten sie einen Panzer unter der Bluse. Er überlegte. Vielleicht war es Birgitta Hafner selbst gewesen, die die Entführung initiiert hatte. War so etwas möglich? Die eigene Tochter? Daß Männer ihre verhaßten Frauen entführen ließen und umgekehrt, Söhne und Töchter ihre Brüder oder Schwestern, Schwiegersöhne ihre Schwiegerväter usw., war nichts Neues – aber das eigene halbwüchsige Kind? Er stand auf, setzte sich an ihren Tisch. Der Kellner kam angerannt, forderte ihn auf, die Dame nicht weiter zu belästigen. Vavra sagte »Taubenhofgasse«, und Frau Hafner gab dem Kellner zu verstehen, daß er ihr nicht das Leben zu retten brauche und sich entfernen dürfe.

Sie stützte ihren seitlich geneigten Kopf auf den gestreckten Zeigefinger auf, ohne ihre gerade Haltung aufzugeben, und fragte: »Und?«

Vavra machte keine großen Umstände, erzählte seine Geschichte, schilderte, wie ein beschrifteter Zwanzig-Schilling-Schein ihn dazu verführt hatte, eine ihm unbekannte Telefonnummer zu wählen. Er verschwieg seinen wahren Antrieb, erklärte seine Handlung als unmotiviert. Wenn der Abend lang sei, komme man eben hin und wieder auf solch unsinnige Ideen. Wie habe er ahnen können, in derartige Turbulenzen zu geraten? Er beschrieb seine Verhaftung, die Verhöre, die Unzufriedenheit der Beamten und wie man ihn schließlich entlassen, geradezu ausgesetzt hatte, wie es ihm später gelungen war, den vermeintlichen Anwalt Grisebach aufzustöbern, der sich als der Psychoanalytiker Joachim Wiese entpuppt und eine unglaubwürdige Version der Geschehnisse geliefert hatte. Und kaum hatte er mit Grisebach/Wiese über einen Bezugspunkt verfügt, war selbiger mit einem tödlichen Schnitt aus dem Geschehen genommen worden. Also hatte er sich an Wieses Henker angehängt, um auch noch dessen Steigerung vom Mörder zum Doppelmörder miterleben zu dürfen, und war ihm bis hierher in die Stumpergasse gefolgt.

»Die Stumpergasse, das scheint mir der Ort des letzten Aktes zu sein«, weissagte Vavra.

»Gehen Sie nach Hause«, riet ihm Frau Hafner.

»Wohin, bitte?«

»Es hat etwas Lächerliches, wenn die Leute meinen, sie könnten den Dingen auf den Grund gehen, indem sie die Oberfläche abgrasen.«

»Liebe Frau Hafner, es geht mir nicht um Erlösung. Sagen wir, ich habe einfach sehr viel Zeit. Ein Luxus, wie behauptet wird. Zeit genug, um Oberflächen abzugrasen.«

»Gut. Wenn Sie meinen, Sie hätten ein Anrecht auf Erklärung, dann kommen Sie eben mit. Gähnmaul hat mich angerufen. Er will mir etwas mitteilen. Etwas Erleuchtendes, wie er sagte.«

»Gähnmaul!« rief Vavra aus. »Sehr wahrscheinlich ist das unser Doppelmörderchen.«

»Lassen wir uns erleuchten«, meinte die Frau hinter der Sonnenbrille.

11 | Finale mortale

»Reinspaziert!« forderte Gähnmaul, dessen Gestalt sich im Gegenlicht als ein schlanker, dunkler Fleck abzeichnete. Hafner und Vavra stiegen über die herausgebrochene Tür und traten durch das Wurmloch von einem Gang hinein in den Atelierraum.

Der violett schimmernde Ledermantel lag über einem Sockel. Gähnmaul schien vergnügt. Auch jetzt erinnerte er an einen Sportschützen, wie er dastand, ein schräg in den Boden gerammter Wegweiser, Kopf und Körper ein wenig nach hinten geneigt, die linke Hand in der Tasche, die Spitze des rechten Fußes nach innen gedreht, die waffenführende Hand locker gestreckt – der Mann gleichzeitig gelassen und konzentriert. »Da bist du ja endlich«, sagte er zu Birgitta Hafner, »und wer ist das Mitbringsel?«

»Vavra. Der Mann vom Telefon«, stellte sich Vavra selbst vor, »und Zeuge der beiden bezaubernden Kapitalverbrechen, die Sie heute begangen haben.«

»Zeuge? Na gut, irgendwie gehören Sie auch dazu. Als Mann vom Telefon, meine ich.«

Gähnmaul machte Vavra mit Cerny und Resele bekannt. Hafner war den beiden ja bereits begegnet. Man hätte meinen können, einer beliebigen Abendgesellschaft beizuwohnen, wäre da nicht die Waffe gewesen, die sich wie ein Taktstock zu den verhaltenen Begrüßungen bewegte. Und hätte, nicht zu vergessen, Eduard Rad noch unter den Lebenden geweilt. So jedoch saß er auf dem Sofa, stumm, in die Ewigkeit hineingähnend, und vermittelte den Eindruck einer ungehobelten Person, deren Zustand beschämend war.

»Also bitte die Herrschaften, setzt euch«, sagte Gähnmaul und zeigte mit seiner Waffe auf den Toten. »Da ist noch Platz genug. Das ist ein guter Platz.«

Cerny und Vavra teilten sich die Aufgabe, die Flanken des nun endgültig zur Legende erstarrten Fechtmeisters abzudecken. Die Damen wollten sich auf den Sitzlehnen plazieren. Doch Gähnmaul befahl ihnen, sich neben die Männer zu setzen, wofür eigentlich kaum Raum war. Schultern und Arme wurden nach vorn gerichtet, Hände umfaßten Kniegelenke. Es sah aus, als gruppiere man sich zu einem letzten Foto. Cerny sah hinüber zu Vavra. Ihre Blicke trafen sich. In diesem Moment war ihnen nicht nur gemein, daß sie gegen denselben leblosen Körper gepreßt wurden. Was Vavra und Cerny wirklich verband, war der Umstand, daß sie beide rapide gealtert, tatsächlich von einem Augenblick zum anderen zu Greisen mutiert waren, ebenso die beiden Damen, nicht aber die Leiche, die jetzt den Eindruck des Lebendigen, Gesunden, den Eindruck eines großen Kindes vermittelte, das sich – eine unglaubwürdige, grausige Grimasse vorspiegelnd – bloß totstellte. Auch der Bildhauer hatte sich nicht verändert, vielmehr glichen nun alle ihm. Jeder der vier konnte es an den eigenen Händen erkennen, die faltig, mit dunklen Flecken gesprenkelt, die Finger krumm, arachnoid, zittrige Knie umklammerten: Nicht nur die anderen, auch man selbst war vergreist. Doch das Erstaunen hielt sich in Grenzen. Es war wie in einem Traum, wo zwar unnatürliche Veränderungen konstatiert, aber doch hingenommen werden, sehr bald wieder vergessen sind, Normalität. Gleich der Eröffnung, man leide unter einer gewissen hormonalen Störung, die einen aber nicht umbringen würde. Die nicht. Weshalb sich die vier wieder auf den Bildhauer konzentrierten, welcher sich hingesetzt und die Waffe auf den Tisch gelegt hatte, um nun in aller Ruhe jene Pfeife zu stopfen, die Eduard Rad nicht mehr stopfen konnte. Ebendiesen Rad stieß Cerny mit dem Ellenbogen wie einen alten Kumpel an und wollte von Gähnmaul wissen, warum der Mann hatte sterben müssen.

»Er hat sich schuldig gemacht. Wie auch Wiese, wie auch Hufeland. Wie ich selbst. Und vor allem wie unsere verehrte Frau Hafner, dieses Miststück von einer Mutter. Das Kind aus der Taubenhofgasse war nicht Sarah.«

»Was für ein Unsinn«, sagte Birgitta Hafner.

Gähnmaul ließ sich aber nicht beirren und erklärte, Sarah sei bereits einige Wochen vor der fingierten Entführung gestorben. Faktisch gesehen an ihrer Nahrungsverweigerung und einer daraus resultierenden unregelmäßigen Herztätigkeit, in Wirklichkeit an einer durchaus begründeten Mutterverweigerung und daraus resultierenden radikalen Abnabelung – einer nur mittels des Todes vollziehbaren Trennung.

Von Anfang an sei Birgitta Hafner um eine Skandalvermeidung bemüht gewesen. Als der Gewichtsverlust ihrer Tochter merklich zu werden drohte, habe sie das Mädchen aus der Schule genommen, unter dem Vorwand, es seien Attentatsdrohungen gegen die Familie eingegangen. So gesehen war schon damals ein solider Grundstein zur späteren Vortäuschung einer Entführung gelegt worden.

Ausgerechnet Hufeland und Wiese – Dick und Doof des psychologischen Kriminalfilms, wie Gähnmaul sie eigenartigerweise betitelte – waren als Freunde der Familie damit beauftragt worden, das Mädchen von seiner selbstmörderischen Nulldiät abzubringen. Wiese war mit der Nonchalance eines müßiggängerischen Naturwissenschaftlers an die Sache herangegangen, palavernd, auf die Heilkraft der Anekdote bauend, tatsächlich hin und wieder das Mädchen ins Lukas schleppend, tatsächlich hin und wieder in der Vergangenheit wühlend wie in einem Erdbeerfeld, freundlich, unterhaltsam, ein fetter, gemütlicher Adjutant auf dem Weg in den Hungertod. Hufeland hingegen hatte es mit Autorität versucht, wortreich die möglichen Szenarien ausgemalt, von harten, therapeutischen Eingriffen bis zur Zwangsernährung. Im Grunde war er ein Zeigefingervirtuose, der sich um die Sache nicht weiter kümmerte. Sowenig wie die vielbeschäftigte Mama, die von den Zicken ihrer Tochter nichts hören wollte und den Anblick einer in ihre lächerliche Pubertät verstrickten Göre die meiste Zeit mied. Was dank diverser Auslandsreisen und der Größe des Purkersdorfer Domizils nicht weiter schwierig war. Eigentlich eine alltägliche Geschichte buddenbrookschen Ausmaßes. Den Hausarzt hielt man aus der Sache heraus, waren doch Hufeland und Wiese beide gelernte Mediziner – nun, wer war nicht alles gelernter Mediziner. Man konnte manchmal meinen, das halbe Land. Und die andere Hälfte Apotheker, so versiert waren die Bürger in heilkünstlerischen Fragen.

Zwar wurden die Leute dabei nicht gesünder, aber dafür älter. Einige wurden auch das nicht. Sarah Hafner starb, und zwar durchaus gewollt. Medizinisch gesehen infolge so unglücklicher wie logischer Umstände, poetisch gesehen wie von einem Blitz, den sie, seit langem auf freiem Feld stehend, sehnlichst erwartet hatte.

Über die Gefühle der Mutter, die man in Singapur erreichte – was niemand ihr vorhalten kann: in Singapur sein, während die Tochter »überraschend« stirbt –, konnte Gähnmaul nur spekulieren, war jedoch überzeugt, daß der Schmerz ein sozusagen affektiver gewesen war und bald von der Sorge überlagert wurde, der Tod der Tochter könnte zum Gegenstand einer peinlichen, einer geschäfts- und rufschädigenden Untersuchung werden. Die Familiengruft nahe des Bodensees kam also kaum in Frage. Nicht daß man Sarah einfach auf die Müllkippe geworfen hätte, sie erhielt ein Grab in durchaus bester Lage, bloß abseits der Gepflogenheiten, etwa wie man die Hauskatze begräbt, also keineswegs bei Nacht und Nebel, aber eben ohne bürokratischen Aufwand, auch nicht weniger liebevoll, doch aus diversen einsichtigen Gründen auf das obligatorische Kreuz verzichtend. Der Herr würde sie aufnehmen oder nicht, daran konnte kein Kreuz etwas ändern. Frau Hafner war nicht weniger pragmatisch und aufgeklärt als religiös.

Die Beerdigung fand an einem der letzten warmen Tage statt, am Rande eines Waldstückes, das zu einer Hafnerschen Besitzung gehörte. Unter ausschließlicher Teilnahme der Mutter und der Herren der Lukasrunde. Hufeland hatte die Freunde Rad, Wiese und Gähnmaul informiert, hatte sie in die Sache hineingezogen wie in einen Käfig. Die Herren waren schockiert gewesen, so ein Tod sei ja keine Kleinigkeit, die Situation alles andere als korrekt, was – die Herren ahnten es – weitere Unkorrektheiten nach sich ziehen mußte. Das koreanische Hausmädchen, welches Sarah tot in ihrem Bett aufgefunden und sofort Hufeland benachrichtigt hatte, wurde mit einer Abfindung, die ihren Mund lebenslänglich verschloß, nach Korea zurückgeschickt. Natürlich hielt die Hausherrin weitere Angestellte aus der Sache heraus, weshalb Gähnmaul, der – soweit stimmte Wieses Geschichte – in Hufelands Schuld stand, nun von diesem genötigt wurde, das Grab zu schaufeln. Gähnmaul verabscheute diese Arbeit, gerade darum, weil er nicht in aller Heimlichkeit grub, also dem Schändlichen ein angemessenes Bild verlieh, sondern im Sonnenschein eines lieblichen, für die Jahreszeit beklemmend milden Tages sich koboldhaft in den Boden hineinarbeitete, mehr einen schrägen Tunnel als ein Grab schaufelte, in einer fiebrigen, einzig auf die Tiefe gerichteten Wildheit, als wollte er unter die Erde flüchten. Hufeland mußte ihn bald aus dem Loch zerren, in das der Sarg problemlos hinabrutschte.

Gähnmaul wollte augenblicklich den Schauplatz verlassen. Aber als Bildhauer, als Kraftmensch mit seinen Steinmetzhänden und einer vergleichsweise gesunden Lunge, war er als einziger prädestiniert, das Grab auch zuzuschütten. Das war seine Arbeit, aus der Hufeland ihn nicht entlassen konnte. Gähnmaul schaufelte mit Tränen in den Augen. Tränen der Wut. Die anderen Herren standen daneben, würdevoll, die gekreuzten Hände auf den Unterleibern ruhend, wie Fußballer, die angesichts eines Strafstoßes eine Mauer bilden. Die Mutter befand sich weiter hinten, uneinsichtig hinter großer Sonnenbrille, in einem schwarzen Hosenanzug – wenn man so will, ein Schiedsrichter am Rande des Feldes.

Auch wenn kaum jemand sich zuletzt für die widerspenstige und unzugängliche Fünfzehnjährige interessiert hatte, irgendwann würde ihre ständige Absenz auffallen: ein Geburtstag, der zu feiern war, Familienfeste, wohlerzogene Schulfreundinnen, die nach Sarah sehen wollten, dann all die Gäste des Hauses, Persönlichkeiten, die häufig bei Hafners verkehrten und sich hin und wieder nach der Tochter erkundigten. Unwahrscheinlich zwar, daß ein schrecklicher Verdacht sich auftat, aber in einem Land, dessen Bürokratie trotz mahnender Worte der Experten sich internationalen Standards versperrte, also in der Hauptsache weder von Computern gesteuert noch von Interessengruppen dominiert, sondern schlichtweg von den göttlichen Größen Zufall und Irrtum bestimmt wurde, waren auch die Mächtigen und Einflußreichen nicht davor gefeit, ein Opfer des Rechtsstaates zu werden. Was sie in Verkennung der Tatsachen dann als Verschwörung begriffen. In einem solchen

Land also war es angeraten, sich weniger auf die allgemeine Schlamperei zu verlassen, als sie zu fürchten. Und auf Nummer Sicher zu gehen, soweit dies möglich war. Weshalb die Idee einer fingierten Entführung sich aufdrängte und Birgitta Hafner ihren Freund Hufeland beauftragte, die Sache in die Hand zu nehmen.

Das tote Mädchen, das man dann in der Taubenhofgasse gefunden hatte, war irgendeines von den rechtlosen Geschöpfen gewesen, die man sich auf dieser Welt – besaß man die Kontakte – ohne große Schwierigkeiten besorgen konnte. Hufeland war, Gott bewahre, kein Mörder. Als er das Mädchen übernahm, war es bereits tot gewesen, verhungert wie bestellt. Es gab Menschen, die verscherbelten geradezu ihre Kinder, in jeder Form, zu allen Zwecken. Tatsächlich besaß die Tote eine große Ähnlichkeit mit der Hafnertochter – Zwillingsleichen. Sie wurde in ein Kleid Sarahs gepackt und in einem Stammersdorfer Weinkeller abgelegt. Wiese, wieder einmal in der Rolle des Rechtsanwaltes Grisebach, seiner liebsten Zweitpersönlichkeit, kontaktierte daraufhin ein von Hufeland ausgewähltes ehemaliges Hufelandopfer namens Wedekind, einen gerade erst entlassenen Kleinkriminellen, der wenig bis nichts zu verlieren hatte und sich gegen Bezahlung bereit erklärte, die Anrufe, die eine Entführung vorspiegeln sollten, zu tätigen. Grisebach notierte die Hafnersche Geheimnummer auf einem Zwanzig-Schilling-Schein, welchen er auch noch ein wenig verzierte. Den Schein wollte er später, zusammen mit der schlechteren Hälfte eines Brillantenpaares, an Wedekind aushändigen. Doch als er dann in der Dunkelheit einer Donaukanalbrücke den bekritzelten Geldschein nicht fand, gab er die Nummer mündlich weiter. Tage danach befand sich der beschriftete Zwanziger, dessen »Bemalung« Wiese längst vergessen hatte, unter jenen Scheinen, mit denen er in der Bäckerei Lukas seine Rechnung bezahlte. Und solcherart begann sich Konfusion in dieser an sich einfachen Geschichte auszubreiten. Denn eigentlich hatte die Lukasrunde geplant, Wedekind, der ja bloß einen gewissen Grisebach kannte, ans Messer zu liefern. Die Polizei war verständigt, eine Fangschaltung gelegt, die Leiche des Mädchens mit DNA-Fragmenten Wedekinds versehen worden, alles schien seinen geordneten Lauf zu nehmen, da tappte, eine halbe Stunde bevor Wedekind seinen – dann sinnlosen – Anruf tätigte, der Nahrungsmittelchemiker Klaus Vavra in die Falle, in die er nicht gehörte, und wurde durchaus fachgerecht in die Obhut von Verhörspezialisten überführt, wo er aber die in ihn gesetzten Erwartungen nicht erfüllen konnte. Weshalb Hufeland aus der Not eine Tugend zu machen versuchte, Wedekind aus dem Spiel nahm und Anwalt Grisebach zu Vavra schickte, um dessen Schuldbewußtsein zu erwecken – denn jeder Verhaftete verfügt naturgemäß über ein solches. Und wie es schien, hatte Grisebach Überzeugungsarbeit geleistet und Vavra zur Tatortfindung motivieren können. Weshalb man die Leiche infolge jenes Hufelandschen Übermuts in die Taubenhofgasse transferierte.

Aber in der Geschichte steckte bereits der Wurm, ebenjener österreichische Mangel an bürokratischer Einschätzbarkeit. Eine Anordnung, die aus dem Ministerium wie aus dem Nichts an die zuständigen Beamten ergangen war, diktierte die Einstellung des Verhörs. Wogegen Hufeland, ohne allzusehr auf sich aufmerksam zu machen, nichts unternehmen konnte. Er wollte keine Dummheit begehen. Beging sie aber dennoch, indem er die drei Katecheten engagierte, die den eben entlassenen Vavra dazu bekehren sollten, gegen seine Entlassung zu protestieren und mit aller Vehemenz auf seiner Schuld zu bestehen.

Dummheiten schleichen sich natürlich immer ein. Und zwar an allen Fronten. Das Durcheinander war gefährlich, aber eben doch ein Durcheinander, unübersichtlich, bei aller Dramatik langfristig träge, ein Durcheinander, das in Vergessenheit geraten würde. So Hufelands Vermutung. Allerdings: Was nur ungenau eingeschätzt werden kann, das ist der Wahnsinn des einzelnen. Dem Bildhauer Gähnmaul war ganz offensichtlich zuviel zugemutet worden. Der Geist der Rache streckte sich in ihm zu beträchtlicher Entschlossenheit. Man hatte ihn gezwungen, die Rolle des Totengräbers zu übernehmen. Also wollte er diese Rolle auch zu Ende spielen. Am Grab Sarahs hatte er noch gemeint, daß es das beste wäre, wenn sie alle, wie sie da standen, sich dazulegen würden. Und das war genau die Idee, an deren Verwirklichung er dann ging. Die Idee einer radikalen und umfassenden Sühne von Schuld. Denn nur eine völlige Eliminierung der Beteiligten – logischerweise stand er dabei am Ende der Reihe – erschien ihm als angebracht, um dem Geschehenen gerecht zu werden. Er hatte sich zum Richter ernannt, welcher seine Urteile auch selbst ausführte. Richter und Scharfrichter in Personalunion. Hufeland, Wiese und Rad hatte er bereits abgehakt. Jetzt kam der Rest. Dabei war es keineswegs so, daß er den Polizisten Cerny, dessen vermeintliche Assistentin Resele sowie Klaus Vavra zu den Beteiligten zählte. Daß sie hier saßen, zusammen mit dem toten Rad und der noch nicht toten Birgitta Hafner, war Folge einer Dynamik, für die Gähnmaul nichts konnte und die ihn auch nicht kümmerte. Jetzt gehörten sie eben dazu. Unschuldige gab es sowieso nicht. Soviel war für Gähnmaul sicher.

Der Bildhauer nahm die erkaltete Pfeife aus dem Mund, legte sie neben die Waffe. »Sie sehen doch ein, daß ich gar nicht anders konnte.«

»Krank«, kommentierte Hafner.

Gähnmaul grinste. Es war seine Sache, zu entscheiden, wer oder was hier krank war. Und das, obwohl seine Entfernung zur abgelegten Waffe beinahe gleich groß war wie die der anderen. Doch die anderen waren alt geworden, und sehr viel langsamer, als sie es ohnehin gewesen waren. Gähnmaul hingegen trug sein Alter schon zu lange in den Knochen, als daß er es gespürt hätte.

»Ich frage mich«, sagte Cerny, »warum bloß hat uns Rad seine verrückte Geschichte aufgetischt?«

»Und ich frage mich«, sagte Vavra, »warum mir Wiese seine verrückte Geschichte aufgetischt hat.«

»Altes Prinzip der Lukasrunde«, erläuterte Gähnmaul. »Wenn die Wahrheit sich gefährlich nähert – dann Verrücktheiten auftischen, solcherart die verrückte Wahrheit abdecken, sie in den Schatten stellen. Das ist wie in der politischen Debatte, wo die Kontrahenten sich nie begangener, ungeheuerlichster Verbrechen bezichtigen, welche folglich auch nicht bewiesen werden können, während man über die tatsächlichen, die beweisbaren Verbrechen schweigt.«

Er stand auf, nahm den Lauf der Waffe in die linke Hand, so daß einen Moment das Geräusch, welches auf der Glasplatte des Tisches entstanden war, wie ein einziger schneller Einstich sämtliche Gehörgänge miteinander verband, faßte dann den Griff mit seiner Rechten und schob das Werkzeug in die Innentasche seiner Jacke. Aus derselben Tasche zog er ein Kuvert und plazierte es genau an jener Stelle, wo die Pistole gelegen hatte.

»Für dich, Birgitta«, sagte er und verließ den Raum durch den niedrigen Gang.

Man erhob sich nicht gleich. Auch wenn Gähnmaul auf diesbezügliche Anordnungen verzichtet hatte, schien es sich von selbst zu verstehen, nicht sofort aufzuspringen, um die Verfolgung aufzunehmen oder ähnlich Rabiates zu versuchen. Was keine Frage des Alters war. An ihren greisenhaften Zustand dachten die vier Personen schon nicht mehr. Doch fehlte ihnen der Ehrgeiz, Gähnmaul wovon auch immer abzuhalten.

Als erste rührte sich die Glasindustrielle, wechselte auf die Sitzlehne, wo sie sichtlich gelangweilt die Beine übereinanderschlug, einen Spiegel aus ihrer Tasche zog und in diesem ihre Sonnenbrille betrachtete, welche ja glücklicherweise nicht gealtert war. Auch Else Resele erhob sich, sah sich suchend um und betrat schließlich das Nebenzimmer, einen bis zur Decke mit Zeichnungen und Fotos tapezierten Raum. Im einzelnen handelte es sich um Aktdarstellungen, konventionelle wie abstrahierte, mit dünnem Stift oder mit in teigiges Schwarz getauchten Fingern gefertigte, dazwischen Standfotos aus *Die Caine war ihr Schicksal*, woraus sich ein Mosaik ergab, ein erstaunlich konkretes Bild von Jagdfliegern vor dem Hintergrund eines Himmels, der sich von Wand zu Wand änderte. In einem Lavoir, das wie ein Weihwasserbecken aus der Wand herausstand, wusch sich Else Hände und Gesicht.

Cerny und Vavra gingen gleichzeitig in die Höhe und gaben sich die Hand, wie Männer das in ihrer Ratlosigkeit immer wieder tun. Cerny erklärte sich als Polizist. Vavra brauchte sich nicht zu erklären. Die beiden Männer standen verlegen zwischen Leiche und Tisch, wie Opernsänger, die auf ihren Einsatz warten und währenddessen um einen Ausdruck angestrengter Nachdenklichkeit bemüht sind. Cerny kramte in seiner Tasche.

»Zigarette?« fragte Vavra, erleichtert darüber, daß es etwas zu fragen gab.

Cerny schüttelte den Kopf. Gerne hätte er seine Temperatur festgestellt, griff aber statt dessen nach dem Umschlag, den Gähnmaul zurückgelassen hatte. Drähte oder ähnlich Verdächtiges waren nicht zu spüren. Bloß Papier, kaum mehr als eine gefaltete Seite. Eigentlich ein wichtiges Beweisstück, was auch immer darin geschrieben stand. Aber sein Auftrag war kein kriminaltechnischer, bestand nicht darin, Entwicklungen aufzuhalten, Kollegen zu begünstigen, sondern einen Bericht an Frau Steinbeck zu verfassen. Weshalb er der Adressatin das Kuvert hinhielt. »Gehört Ihnen.«

Birgitta Hafner schob die Brille am Steg ein Stück abwärts und sah über das Gestell hinweg auf das Kuvert.

»Öffnen Sie es nicht«, warnte die von ihrer Waschung zurückgekehrte Resele.

»Und warum nicht?« Hafner zog Cerny den Umschlag aus der Hand. Sie hielt ihn zwischen Zeige- und Mittelfinger in die Höhe, als fordere sie jemanden auf, ihr Feuer zu geben.

»Aberglaube, wenn Sie so wollen«, erklärte Resele und trocknete ihre Hände in einem Geschirrtuch. »Für nicht wenige Leute war das ein schlechter, ein tödlicher Tag. An einem solchen Tag sollte man keine Kuverts öffnen. An einem solchen Tag sollte man nicht einmal mehr in den Postkasten schauen.«

Indem sie die beiden Finger hin und her bewegte, ließ Birgitta Hafner das Kuvert flattern. Deutete ein höhnisches Lächeln an. »Und wie soll ich mir das denken? Wenn ich die Nachricht erst morgen lese, dann wird es eine bessere sein?«

»Ich sagte ja bereits, es ist ein Aberglaube.« Else Resele war nicht wiederzuerkennen, wirkte verkrampft, tatsächlich ängstlich. Jetzt nicht bloß greisenhaft, sondern sterbenskrank.

»Unsinn«, meinte die Hafner, fuhr mit einem scharfen Nagel ihres kleinen Fingers in die Rille und schlitzte das Papier in einem einzigen tödlichen Schnitt von einer Seite zur anderen auf.

Aus der Entfernung sah es beinahe hübsch aus, wie ein verspäteter Silvestergruß, als das Atelier explodierte und in die Wiener Nacht hinausflog. Zur Freude war freilich kein Anlaß, die warnende Stimme der Else Resele ungehört geblieben, die Opferzahl beträchtlich.

Im selben Moment, da Hafner das Kuvert geöffnet hatte, war eine Sondereinheit der Wiener Polizei, von einem anonymen Hinweis aufgeschreckt, in die darunterliegende Wohnung gestürmt, in der sich jedoch nicht die erwarteten Drogenkuriere, sondern ein beträchtliches Sprengstofflager befand. Auch wenn die politisch Verantwortlichen sich mit Schweigen bedeckten und damit vertrösteten, Untersuchungsergebnisse abwarten zu wollen, deren Verlautbarung sich dann hartnäckig in die Länge zog, lag die Vermutung nahe, daß die Beamten in eine Sprengfalle geraten waren. Erste interne Spekulationen darüber, daß die im darüberliegenden Atelier des nicht unbedeutenden Skulpteurs O. A. H. Gähnmaul, bürgerlich Hans Jünger, anwesenden und infolge der Explosion getöteten Personen die Explosion zu verantworten hatten, wurden rasch als absurd abgetan. Wenngleich sich die Frage stellte, was die brisante Kombination der sterblichen Überreste der Personen Hafner, Vavra, Cerny, Resele und Rad in Gähnmauls Atelier zu bedeuten habe, um so mehr, als der Bildhauer sich nicht unter den Leichen befand, sondern Tage später erschossen, und zwar so professionell wie von eigener Hand, in der Scheune eines aufgelassenen Bauernhofes aufgefunden wurde.

»Unangenehm«, sagte einer der untersuchenden Beamten und traf damit den Punkt. Soweit es nur irgend ging, wurde die Presse im unklaren gelassen, da man meinte, sie würde auf detaillierte Informationen kaum mit der nötigen Selbstbeherrschung reagieren. Schlimm genug, daß ausgerechnet am Tag dieser Katastrophe der bekannte Psychologe und inspirierende Geist so mancher Herrenrunde, Professor Herbart Hufeland, sowie sein Kollege, der Analytiker Wiese, bei mysteriösen Mordanschlägen ums Leben gekommen waren. Ein schwarzer Tag für Wien, der noch einige Zeit in den buntesten Farben beschrieben werden sollte. Dennoch, die Linie der Ermittlungen gab der Minister vor, indem er – en passant, versteht sich – erklärte, er wolle lieber nicht wissen, was alles hinter dieser Affäre stecke.

Daß Birgitta Hafner sich in Gähnmauls Atelier befunden hatte, wurde mit ihrer rührigen Sammlertätigkeit erklärt. Wie auch die Anwesenheit der anderen Personen, welche aber namenlos blieben. Überhaupt hielt sich die Presse erstaunlich zurück. Nicht mit Bildberichten, nicht mit Vermutungen die Sprengfalle betreffend, nicht mit Vorwürfen gegen die Polizeiführung. Aber man verzichtete vollständig darauf, die Achse Hufeland-Hafner zu erwähnen. Unmöglich, sich vorzustellen, daß kein Journalist über deren Freundschaft Bescheid wußte und keiner von ihnen sich an die Entführung der Hafnertochter erinnerte. Handelte es sich also um eine simple, eine ehrenvolle Rücksichtnahme gegen die Hinterbliebenen? War das möglich? War die Presse lange nicht so mitleidlos, wie alle Nörgler dachten?

Die Industrielle Hafner wurde ohne großes Aufheben – die Akten wackelten unauffällig, die Experten von Christie's sondierten schon mal die bedeutende Sammlung alter Gläser – in der Familiengruft beigesetzt, neben ihrer angeblichen Tochter, und war recht schnell vergessen. Denn welcher Wirtschaftstreibende schillert schon über seinen Tod hinaus?

Cernys und Vavras Ableben blieb gleichsam unbemerkt, die Verwandtschaft desinteressiert. Auch wenn die Explosion enorm gewesen war, das Verschwinden dieser Personen glich dem eines Tropfens, der in die Erde versickert.

Aus der Schweiz kam Anton Resele angereist, um seine tote Gemahlin auf dem Friedhof Heiligenstadt im Grab ihrer Eltern unterzubringen. Seine Trauer ging tief, tiefer als er sich das hätte vorstellen können. Mit einem Mal schien ihm die Schweiz keine Lösung mehr zu sein. Er blieb in Wien, wie man in einem Faß bleibt, um darin zu ertrinken.

Gähnmaul, dem postume Beachtung berufsmäßig zustand, wurde unter einer gewissen feuilletonistischen Anteilnahme zu Grabe getragen. Natürlich vermutete man allgemein, er sei zusammen mit seinen Arbeiten gen Himmel gefahren. Freunde und Kollegen fanden, ein solcher Tod stünde ihm ausgezeichnet zu Gesicht.

Worüber freilich nicht spekuliert werden konnte, war die Frage, was geschehen wäre, hätte Birgitta Hafner darauf verzichtet, den Brief zu öffnen. Eine Frage, die keinen vernünftigen Menschen zu interessieren braucht.

Eine Frage, die durchaus zu interessierten vermochte, war jene nach dem Schicksal Eduard Rads, genauer gesagt nach dem Verbleib seiner Leiche. Der Name Rad tauchte in keinem der Untersuchungsberichte der Polizei auf. Niemand sprach von seinem Tod. Seine Familie, mehr irritiert als verzweifelt, gab eine Vermißtenmeldung auf. Das war es auch schon. Gut möglich, daß die Polizei die Leiche verschwinden ließ, nachdem man in Teilen seines zerfetzten Körpers Projektile entdeckt hatte, was die Annahme zuließ, daß – noch vor dem eigentlichen Desaster – der Abend im Gähnmaulschen Atelier einen unglücklichen Verlauf genommen hatte. Worüber man offensichtlich lieber den Mantel des Schweigens breiten wollte. Um so mehr, da Rads Kontakt zu Hufeland ein allgemein bekannter war. Aber war das ein ausreichender Grund, die Fechtlegende so völlig unerwähnt zu lassen? Faktum: Der gute Rad schien niemandem wirklich abzugehen. Ein Umstand, der ein bezeichnendes Licht auf das Niveau zwischenmenschlicher Beziehungen im Wien vor der Jahrtausendwende wirft. Menschen verschwanden, als hätten sie nie existiert. Sogar ehemalige Staatsmeister.

Epilog

Frühling in Wien. Eine erste sogenannte Hitzewelle. Nach dem Winter konnte man endlich über etwas Neues stöhnen. Dennoch trieb es die Leute auf die Straße, zumindest jene, die froh waren, ihre Sommergarderobe ausführen zu können. Ein Volk von Blinden, hätte man meinen können. Oder von Albinos. Kaum einer, der keine schwarzen Gläser vor den Augen hatte.

Nicht alle waren freiwillig auf der Straße. Auch nicht der Mann mit der verbeulten Hose und dem karierten Hemd unter einer Lederjacke, von der ein Laie nicht sagen konnte, ob sie schäbig oder teuer oder beides war. Nun, sie war schäbig. Der Mann führte seit mehr als zwei Monaten ein obdachloses Leben, hatte unter Brücken geschlafen, in Abbruchhäusern, Kanalschächten, in Kartons, eingewickelt in Zeitungspapier. War sich der Ironie bewußt gewesen, nicht selten von verführerischen Immobilienannoncen umhüllt zu sein.

Männerheime hatte er gemieden, ebenso U-Bahn-Stationen. Er hielt sich versteckt. Ohne sagen zu können, vor wem er sich verbarg. Es war ihm unmöglich, zu durchschauen, in welche Sache genau er eigentlich geraten war. Unerfreulich war sie in jedem Fall.

Auch wenn er einen Namen hatte, der einen bedeutungsvollen Klang besaß, so war er bloß ein kleines Rädchen. Er war nie etwas anderes gewesen. Mit seinem berühmten Namensvetter Wedekind verband ihn nur die Tatsache, einmal für dieselbe Firma gearbeitet zu haben wie der berühmte Dramatiker, freilich nicht als Reklamechef des

Gewürzmittelherstellers, sondern als österreichischer Gast- und Hilfsarbeiter im baden-württembergischen Singen. Auch wenn er also gar nicht für die Reklame, sondern bloß für die Reinigung des Betriebsgeländes zuständig gewesen war, hatte ihn eine abfällige (und wohl auch unberechtigte) Äußerung über die tatsächliche Zusammensetzung der Geschmacksverstärker der klassischen Maggi-Würze seinen Job gekostet. Das war dann auch sein letzter legaler gewesen.

Zurück in Wien stieg er bei einem Freund ein, der einen Autohandel abseits konventioneller Praktiken betrieb. Doch auch hier fiel es ihm schwer, sich mit den Produkten zu identifizieren. Obwohl gelernter Kfz-Mechaniker, bereitete ihm die Verfremdung der Vehikel wenig Freude. Eine erste Festnahme und Verurteilung befreite ihn von der ungeliebten Tätigkeit. Das Gefängnis erlebte er abseits kolportierter Gewalttätigkeiten als einen Ort der Besinnung. Wenn auch nicht in der Art einer kriminalpolitischen Läuterung, so doch als Ruhepause, als innere wie äußere Einkehr. Von Urlaub zu sprechen wäre natürlich zynisch gewesen, der Gefängnisalltag war von gleichermaßen klösterlicher wie betriebswirtschaftlicher Strenge. Dennoch, er schätzte die Verhältnisse. Im Gefängnis kam er wieder zu Atem. Und den braucht ja nun ein jeder Mensch, der – ohne Erbe und ähnliche Vergünstigungen – sich durchs Leben beißen muß.

Was folgte, war die unspektakuläre Laufbahn eines Kleinkriminellen, einer von denen, die Cerny als verfolgungsunwürdige Personen kategorisiert hätte – Scheckbetrug in vernachlässigbaren Größen, Banknotenfälschung als Farce, Diebstahl von Kunstwerken, die für die Allgemeinheit von geringer Bedeutung waren; schließlich gab es in dieser Stadt mehr Jugendstil, als man sich ansehen konnte. Seine Brandlegungen dienten ausschließlich dem Versicherungsbetrug und erfolgten unter Berücksichtigung maximaler Sicherheitsvorkehrungen. Der von ihm in alte Flaschen abgefüllte billige Wein fand sehr wohl ein zufriedenes Publikum. Bei seinen nächtlichen Einbrüchen unterließ er vermeidbare Verwüstungen. Selbst seine Anstrengungen in der Quacksalberei hatten zu keinem wirklichen Schaden geführt. Auch ein zweiter und dritter Knastbesuch brachten ihn nicht um den Verstand. Ein Leben in Routine. Kaum wirkliche Aufregungen. Er konnte zufrieden sein, war es auch. Dann aber der Knick, der ja die meisten von uns in der Blüte ihrer Jahre ereilt. In der Unterwelt gärte es. Wie überall zeigte die Demokratie ihre Schwächen. Konzentrationen allerorts. Kleine Gewerbetreibende waren schlecht gelitten, wurden unsanft bedrängt, sich in den Dienst großer Organisationen zu stellen.

Unser Mann aber, wohl geschädigt aus seiner Zeit bei Maggi, liebte das selbständige Arbeiten, war so naiv zu glauben, er könne bescheiden, unauffällig, am Rande des Geschehens sein Auskommen finden, für sich und jene wunderbare Frau, die er, der Junggesellenidylle müde, demnächst ehelichen wollte. Angebote, einer der bestehenden Organisationen beizutreten, lehnte er freundlich ab. Aber so freundlich konnte er gar nicht sein. Das war nicht die Zeit, da Sekundärtugenden viel zählten. Zwei Tage vor der Hochzeit kam die Polizei durch seine Tür. Er war es nicht gewohnt, wie ein Schwerverbrecher behandelt zu werden, sein Verhältnis zur Exekutive war im Grunde herzlich. Er gehörte zu den Leuten, die stets mit jener gewaltfreien Akkuratesse behandelt worden waren, die hiesigen Beamten von linken wie rechten Nihilisten so gerne abgesprochen wird. Doch jetzt lag der Fall anders. Man beschuldigte ihn, am Einbruch in ein Innenstadtapartement beteiligt gewesen zu sein, in dessen Folge der Wohnungsbesitzer, ein ungarischer Geschäftsmann, erschlagen worden war. Als Komplizen hatte man die Herren Ozegovic und Grigoriadis festgenommen. Nicht nur, daß Wedekind die beiden nicht kannte, hätte den Ermittlern bekannt sein dürfen, sondern auch, daß er – ging er einmal nicht solo zu Werke – sich ausschließlich rein österreichischen Gemeinschaften anschloß. Keineswegs aus einem Ressentiment heraus, sondern aus Prinzip. So wie übrigens auch Ozegovic und Grigoriadis, die bisher ebensowenig voneinander gehört hatten wie von Wedekind und niemals außerhalb der eigenen ethnischen Gruppe auch nur Karten spielten. Dennoch waren die Beweise auf eine ausgesprochen lächerliche Weise erdrückend. Es sah geradeso aus, als hätten die Herren Verbrecher am Tatort biwakiert. Der Prozeß ging so sauber vonstatten wie der Schnitt mit einer verdreckten, aber allemal scharfen Klinge durch einen Blütenstengel. Die Verteidigung zeichnete sich durch jene vornehme Zurückhaltung aus, mit der man nicht gerade berühmt wird. Aber das war ja auch nicht der Prozeß, um berühmt zu werden. Einbruch mit einem in keiner Weise mysteriösen Totschlagdelikt. Nichts, was irgendeine Woge verursacht hätte. Die Figur des Ungarn blieb konsequent verschwommen. Von den Verurteilten kam Wedekind zwar am besten davon, aber das half ihm wenig. Er wußte ja, daß seine Verlobte nicht warten würde. Tat sie auch nicht. Einer der Gründe, daß Wedekind im Gefängnis nicht so recht glücklich wurde. Zudem wurde er gemieden, sogar angefeindet. Es hatte sich herumgesprochen, daß er das Verbrechen kaum begangen haben konnte. Das machte ihn verdächtig, verlieh ihm den Anschein des Undurchsichtigen, des Unreinen. Auch unter Häftlingen galt: Niemand landet grundlos im Gefängnis. Da aber Wedekind das ihm zur Last gelegte

Verbrechen nicht begangen zu haben schien, vermutete man, daß er aus Gründen hier einsaß, die dunkel, schlammig und virulent waren, möglicherweise sogar okkultisch verseucht, und von denen man lieber keine Ahnung haben wollte. Ein interessantes Phänomen: Ganz im Unterschied zum Rest der Gesellschaft war Berufsverbrechern der Okkultismus zuwider.

Die Jahre vergingen, schleppten sich dahin, Kriechtiere, die immer gerade noch die andere Seite des Weges erreichten, das Gehäuse an den nächsten abgaben und dann verendeten. Die innere Einkehr wich der Fadesse. Wedekind vereinsamte, schrieb dennoch keine Autobiographie. Als markantesten Ausdruck all dieser Jahre bekam er einen Bauch und Haare auf dem Rücken, als wären sie von seinem Hinterkopf abgewandert. Noch immer war er unbeliebt. Aber man ließ ihn in Frieden. Und er ließ sich nichts zuschulden kommen. Die Leitung war froh, ihn vorzeitig loszuwerden. Der Direktor brachte es auf den Punkt: Leute wie Wedekind beeinträchtigen das gute Klima.

Aber er sollte nicht unwissend aus der Haft scheiden. Wenige Wochen vor seiner Entlassung fand sich ein Mithäftling, ehemaliger Kellner im Churchill, welcher Wedekind über die geheimen Hintergründe seiner Verurteilung aufklärte. Der ungarische Kaufmann – wie nicht wenige Ungarn, die nach Wien kommen, vom Geist der Machtergreifung erfüllt – hatte geglaubt, er könnte das madjarisierte Territorium handstreichartig vergrößern. Wie der Mann sich das auch vorgestellt hatte, zu einfach auf jeden Fall. Denn der Ehrenvorsitzende einer der alteingesessenen Organisationen – in welcher man sich die Ungarn gerne unter habsburgischer Knebelung wünschte –, ein gewisser Herbart Hufeland, zeigte sich auf seine bekannte Art geradlinig und erklärte Appelle an die Vernunft für unangebracht. Die Ungarn seien leider Gottes vom amerikanischen Modell infiziert, weswegen er zu einer direkten Problembeseitigung raten müsse.

Nicht daß Hufeland das Sagen hatte, schließlich war er ja nur so eine Art Alterspräsident aus dem quasi oberweltlichen Milieu. Aber man hörte gerne auf den Meister der forensischen Psychologie. Und verzichtete also diesmal auf die üblichen Verhandlungsangebote, auf den ganzen Jointventure- und Fusionskram. Drei angeheuerte Spezialisten, pikanter- und idealerweise die Leibwächter des Ungarn, zogen selbigen für alle Zeit aus dem Verkehr, und zwar auf die angeordnete plumpe Weise: durch Schädelzertrümmerung.

Was man nun in Wien gar nicht schätzte, das war das häßliche Wort Bandenkrieg, welches einen balkanesischen Klang besitzt. Zudem war der Geschäftsmann mit der halben Regierung seines Landes befreundet gewesen, inoffizielle diplomatische Drohgebärden mußten befürchtet werden. Hufeland war um Ruhe bemüht, unten wie oben. Weshalb ein paar Idioten benötigt wurden, die dem tragischen Vorfall eine kleinkriminell-harmlose Note verliehen. Wedekind stand am Ende einer schwarzen Liste, in die Hufeland Einsicht nahm. Auf der Liste, weil renitent. An deren Ende, weil unbedeutend. Und ebendarum bestens geeignet.

Natürlich konnte sich jeder, der ein wenig Sachkenntnis besaß, vorstellen, daß kein läppischer Einbruch und tadelloser Totschlag das Ende des Ungarn verschuldet hatten, aber es ergab dennoch ein hübscheres Bild. Auch wenn Verschwörungstheorien in den Köpfen kreisten, die Presse hielt still. In Budapest wurde zwar gemurrt – aber mit Bedacht, muß fairerweise gesagt werden. Wie meinte ein ungarischer Politiker: Wer im Spiel bleiben will, der muß auch hin und wieder ein guter Verlierer sein. So sind die Ungarn.

Wedekind war nicht unglücklich, das Gefängnis verlassen zu können. Doch das Leben, das ihn erwartete, bot wenig Aussichten. Die Zeiten waren nicht unbedingt besser geworden. Selbständig arbeitete nur noch der Abschaum, Verzweifelte, Süchtige, Irre. Und daß keine der Organisationen ihn jetzt noch aufnehmen würde, wußte er ja. Schon gar nicht dachte er an Rache. Die nach Vergeltung dürstenden Ein-Mann-Kommandos der Wirklichkeit endeten stets tragisch. Er mußte sich zunächst einmal ruhig verhalten. Wovon man bekanntermaßen nicht leben kann. Eine entfernte Verwandte, die vier Doggen im Haus und Wasser in den Beinen hatte, nahm ihn auf. Dafür mußte er den halben Tag mit den Kälbern durch die Gegend ziehen, bei jeder Temperatur. Was aber besser war, als mit der Alten im Zimmer zu hocken.

Am Rande des Dornbacher Friedhofs traf er den Hans Adam Gigerer, den man unergründlicherweise *den Siebenten* nannte und mit dem Wedekind in besseren Zeiten ein paar Kooperationen eingegangen war. Dem Siebenten schien es bestens zu gehen, er trug einen zitronengelben Kaschmirmantel und hatte sein graues Haar mit einer Schleife von ebensolcher Farbe zu einem Zopf gebunden. Ein modischer Ausdruck dafür, daß er in die mittlere Führungsebene des herrschenden Syndikats aufgestiegen war, wo man einen Hang zum Vulgär-Exzentrischen besaß, Schmetterlingsbroschen und Knebelbärte trug und in Gourmettempeln verkehrte. Ganz oben dagegen gab man sich zurückhaltender, verzichtete auf Eskapaden und snobistisches Gehabe, trug graue Westen unter den grauen Jacken und speiste in den Wirtshäusern der Vorstadt.

Wenn der Siebente früher gelacht hatte, hatten seine Kollegen gesagt: Ui, der Blauschimmel. Jetzt blitzten die weißen Zähne wie Krachmandeln auf, zwischen denen ein Schlagbaum von einer Zigarre steckte. Sein Grinsen schien im Jochbein festzustecken. Soeben hatte er einen alten Freund auf den letzten Weg begleitet.

Wedekind kondolierte.

»Reizende Hunderln«, sagte Gigerer und grinste die Doggen an.

Wedekind gab unumwunden zu, wie es mit ihm stand. Die Rolle Hufelands ließ er dabei wohlweislich unerwähnt. Es war besser, diesen Namen nicht einmal zu denken.

Gigerer war in Geberlaune, bekundete Mitleid, na ja, Wedekind habe sich unklug verhalten, habe gebüßt. Die einzige Buße, die niemals ende, sei der Tod. Vielsagend blickte er hinter sich, wo die Trauergesellschaft stand. Das einzige Schwarze waren die Limousinen. Bei der Kleidung dominierten gelbe und tiefrote Farbtöne. Ein blühendes Blumenbeet im Winter. Der Siebente notierte sich Wedekinds Telefonnummer auf der Rückseite einer Todesanzeige, die wie die Einladung zu einer Konfettiparty gestaltet war. Und versprach, er würde sich darum kümmern, daß Wedekind wieder einer ordentlichen Beschäftigung nachgehen könne.

Woran Wedekind nicht glauben mochte. Doch zwei Wochen später meldete sich ein Anwalt Grisebach, der ein Geschäft vorschlug. Ein einziger Anruf sei zu tätigen, welcher aus taktischen Gründen von einer unbeteiligten Person durchgeführt werden müsse. Ein Klacks, der gut bezahlt werde.

Wedekind ließ sich nur ungerne auf eine Sache ein, die, gelinde gesagt, einen üblen Geruch besaß. Auch wenn sein Beitrag nur ein verbaler sein sollte, so ging es immerhin um

Entführung. Kapitalverbrechen waren nie seine Sache gewesen. Außerdem würde er die beiden Brillantringe, die man ihm versprochen hatte, selbst absetzen müssen. Recht bedeutungsloses Diebesgut, wie er befürchtete. Aber ihm blieb keine andere Wahl, wollte er sein Leben nicht weiter als Hundesitter fristen. Er war überzeugt, daß die Organisation hinter dem Auftrag stand, ihm also eine zweite Chance gab, es folglich kaum opportun war, abzulehnen oder auch nur Fragen zu stellen. Niemand brauchte ihn ernsthaft für einen derartigen Anruf. Das Ganze sollte wohl eine Prüfung darstellen. Wenn er parierte, war ihm vielleicht beschieden, demnächst einer geregelten und weniger dubiosen Tätigkeit nachgehen zu dürfen.

Er traf sich mit Grisebach, einem gemütlichen, dicken Menschen, der untypisch für das Milieu war. Aber der immer stärkere Einbruch der Ober- in die Unterwelt entsprach wohl dem Zug der Zeit. Wedekind erhielt seine Anordnungen und einen Brillantring, der kaum seine Zehntausend wert sein konnte.

Tags darauf trat er im Hinterzimmer des Café Gabriel in die enge hölzerne Telefonzelle, die zwischen den beiden Reihen von verstaubten Queues stand, welche die Pfändung des Billardtisches überlebt hatten. Wer hier telefonierte, bekam einen Schlüssel und wurde in Ruhe gelassen. Zum vereinbarten Zeitpunkt wählte Wedekind die Nummer, doch noch bevor er sein Sprüchlein loswerden wollte, knurrte irgendein Mensch durch die Leitung: »Zu spät«, dann wurde der Hörer aufgelegt. Wedekind sah auf seine Uhr. War sich keiner Schuld bewußt. Stand hilflos in der Zelle. Überlegte, ob er es nochmals versuchen sollte. Entschied sich dagegen. Etwas war schiefgelaufen. Oder war vollkommen richtig gelaufen und würde sich nun wie eine rasende Walze auf ihn zubewegen. Von einem Ende der Buße konnte wohl keine Rede sein. Als er das Lokal verlassen wollte, kamen zwei ehemalige Kollegen zur Tür herein, Kollegen, nicht Freunde, die nun aber darauf bestanden, das Wiedersehen zu feiern. Wedekind erklärte, er sei in Eile.

»Aber Wedekinderl, net wirklich«, sagte der mit dem Schmirgelgesicht und half Wedekind auf einen Sessel, so wie man einen Korken in die Flasche dreht. Drei Biere wurden bestellt. Als Wedekind nach dem Henkel fassen wollte, legte der andere die Hand auf die Öffnung des Glases, so daß der Schaum wegspritzte, und sagte im Ton eines Pädagogen: »Zeit lassen.«

Wedekind nickte. Die beiden Männer lächelten sich zu wie ein Turniertanzpärchen. Dann faßten sie nach ihren Gläsern. Ihre Augäpfel bewegten sich in gleichmäßigem Takt. Sie hatten nicht Wedekinds Zeit, weshalb sie ihre Biere in wenigen, raschen Zügen verabschiedeten. Dann erhoben sie sich und sahen zum Wirt, der seinen Schädel in die leere Spüle hielt, um derart zu bekunden, daß er ja gar nichts gesehen haben konnte.

Schmirgelgesicht beugte sich zu Wedekind: »Göl, Wedekinderl, du bleibst no a bisserl.«

Wieder nickte Wedekind. Nachdem die beiden gegangen waren, trank er sein Bier, bestellte ein neues. Die Freiheit nahm er sich. Jegliche Aufregung war verflogen. Er saß da und wartete, gedankenlos, sich einzig dem Genuß und der betäubenden Wirkung des Gerstensaftes hingebend. Natürlich: auch Zeit, die man läßt, vergeht. Nacht für Nacht wurde es zwei Uhr. Selbst in dieser Nacht. Etwas legte sich schwer auf seinen Nacken. Er erwachte aus einem angenehmen, leichten Traum, der wie ein leeres Buch gewesen war. Der Wirt stand an seiner Seite, zuckte mit den Schultern und erklärte, daß er jetzt das Lokal schließen müsse.

Als Wedekind die Alxingergasse hinunterging, fiel ihm der Geländewagen auf. Darin saßen Schmirgelgesicht und Partner. Das Panzerfaustartige ihrer Visagen schien aufgeweicht. Es war ihnen unerklärlich, daß Wedekind nicht verhaftet worden war. Ihr Befehl hatte gelautet, ihn in das Wirtshaus zurückzudrängen und seine Festnahme abzuwarten. Ihr Befehl lautete aber nicht, die Sache selbst in die Hand zu nehmen und den Kerl an der nächsten Polizeistation abzuliefern. Sie fühlten sich wie zwei Soldaten in der Wüste, die auf ein Zeichen aus dem Hauptquartier hoffen.

Wedekind blieb stehen, sah zu ihnen hinein. Gerne wären sie nach draußen gekommen, um ihm ins Gesicht zu steigen. Doch selbständige Entscheidungen standen den beiden nun einmal nicht zu. Mit wütenden Handbewegungen deuteten sie ihm an, daß er weitergehen solle.

Es schien Wedekind, als hätte man ihn vergessen. Er sank zurück in den Alltag der Hunde. Über den Fall Sarah Hafner las er hin und wieder, wollte sich aber lieber nicht vorstellen, daß sein versuchter Anruf mit dieser Sache zu tun hatte. Er wollte sich gar nichts vorstellen.

Als er Gigerer das nächste Mal sah, war das vor dem Tor des Neustifter Friedhofs. Der Siebente – in geradezu dezentem Golddocker, wären da nicht Lederhandschuhe von rokokoscher Raffinesse gewesen – befand sich in Begleitung einer Witwe, die er stützen mußte, nicht der Trauer, sondern des schlammigen Bodens wegen. An Wedekind sah er vorbei. Minuten später kam er zurück, diesmal alleine, fuhr einer der Doggen zärtlich über den Kopf und setzte sich zu Wedekind auf die Bank.

»Ich hab' auch vier Kinder«, sagte Gigerer, zog an seiner Zigarette, als wäre das der erste ruhige Moment an diesem Tag.

»Deutsche Doggen?«

»Du, das wär' vernünftiger.«

Wedekind war sich nicht sicher, wie das zu verstehen sei. Beließ es dabei. Man schwieg ein wenig vor sich hin, wie nur Männer aus Wien schweigen können, ohne jeden Hintergedanken. Der Siebente erhob sich.

»Auf solche Hunderln aufpassen, du, das ist nicht übel. Das ist nicht das Schlechteste, was einem passieren kann. Du, halt dich im Hintergrund, versprich mir das.«

Nichts anderes hatte Wedekind vorgehabt.

Doch dann kam der Tag, da Wedekind meinte, er sei noch nicht weit genug nach hinten gerückt. Flankiert von seinen vier breitköpfigen Rüden stand er in vormittäglicher Kälte und hatte soeben eine Zeitung erstanden. Ohne auf die schreiende Titelseite zu achten, schlug er das Blatt auf, wo nicht minder geschrien wurde. *Mord! Mord!* stand da in großen Lettern und besaß auf den ersten Blick die Färbung einer Jubelmeldung, etwa wie *Tor! Tor!*, was der Sache beinahe ebenso nahe gekommen wäre. Darunter ein Foto, darauf ein weißhaariger, stämmiger Mann, derart weißhaarig und vollbärtig, daß sich das Faktum eines wissenschaftlich tätigen Menschen bereits aus dem Optischen ergab. Den Kopf nur leicht vorgeneigt, übernahm er soeben den Glückwunsch eines sein Gesicht verkrampft ins Freundliche wendenden Bundespräsidenten, der, obwohl den Kopf naturgemäß aufrecht haltend, etwas von einem schlaksigen Lakaien besaß. Daneben ein kleineres Foto, derselbe weißhaarige Mann, so aufgenommen, daß seine berühmte Stirn voll zur Geltung kam, von der ja behauptet wurde, sie besitze Leuchtkraft. Diese war nun allerdings erloschen. Der Mann war auf offener Straße hingerichtet worden, laut Kommentar eine Unsitte, die in letzter Zeit überhandnahm, ein übles Nebenprodukt der Wiener Weltstadtwerdung, schlimm genug, doch war diesmal nicht irgendein dubioser ausländischer Geschäftsmann das Opfer, sondern ein ehrenvolles Mitglied der Wiener Gesellschaft – Herbart Hufeland.

Wedekinds Freude währte nicht lange, da er auf der gegenüberliegenden Seite auf die Abbildung des ebenfalls unsanft aus dem Leben geschiedenen Joachim Wiese stieß, unverkennbar jener gemütliche, dicke Mensch, der sich Grisebach genannt hatte. Befreundet seien sie gewesen, der Grandseigneur der Gerichtssaaldramaturgie und der wesentlich jüngere Wiese, der es verstanden habe, das Phänomen der Eßstörungen abseits der bekannten Wehleidigkeit zu behandeln. Daß die beiden nur kurz hintereinander Gewaltverbrechen zum Opfer gefallen waren, könne einfach kein Zufall sein. – Das fand auch Wedekind. Und war keineswegs durch den Umstand zu beruhigen, daß das sogenannte Gesetz der Serie in Wien gewütet hatte, derart, daß eine beträchtliche Massenkarambolage und eine aufgebrochene baubehördliche Ungereimtheit ins Kleingedruckte abgerutscht waren. Denn noch am selben Abend dieses unheilvollen Tages hatte das vermeintliche Gesetz mit aller Wucht zugeschlagen. Ein Waffenlager war explodiert und mit diesem das Gähnmaulsche Atelier. Ein Ereignis, das aufgrund der hohen Opferzahl, der als gegeben angenommenen polizeilichen Unbedarftheit und Fotografien von apokalyptischer Bannkraft die ersten Seiten der Zeitung füllte. Merkwürdigerweise wurde zwar erwähnt, daß sich unter jenen Personen, die im Bildhaueratelier ihr Ende gefunden hatten, auch die von der Presse als Glasbaronin bezeichnete Birgitta Hafner befand, doch mit keinem Wort darauf verwiesen, daß es sich um dieselbe deutsche Industriechefin handelte, deren Tochter entführt worden und schließlich in einem Kellerloch im vierten Bezirk verhungert war. Dennoch: Es war Wedekind nicht länger vergönnt, die Entführung der Sarah Hafner von sich wegzudenken, aus dem Kreis herauszudenken, in den Grisebach ihn hineingezogen hatte, und zwar auf Anordnung Hufelands – das stand für Wedekind nun fest. Es ergab sich für ihn ein undurchschaubares Gespinst, aber ein Gespinst eben, das nach seiner Überzeugung keinen Zufällen und unglücklichen Fügungen zu verdanken war. Ein Gespinst, in dem er selbst sich verhangen hatte, unscheinbar, mag sein, wenig mehr als ein fliegendes Insekt oder eine Fußnote. Aber unscheinbar genug? Es gab nun einmal diese Affären, die mit der allergrößten Sorgfalt zu einem Nichts pulverisiert wurden, wo selbst noch das kleinste Flankerl in den Sack wanderte. Wer sich eine derartige Mühe gegeben hatte, die großen Köpfe aus dem Weg zu räumen, würde wohl kaum die geringe Mühe scheuen, den geringsten aller Mitwisser vom Platz zu fegen. Und wenn Wedekind bisher all den Ereignissen erstaunlich ruhig begegnet war, vielleicht auch, da er nicht mehr als einen weiteren Gefängnisaufenthalt befürchtet hatte, so erfaßte ihn nun eine Panik, die sich seiner mit ausdauerndem Griff bemächtigte. Er wurde zum Gejagten, nicht ahnend, daß er sich selbst jagte, daß ihn sein Schicksal nicht einholen, er vielmehr in selbiges hineinrennen würde wie in einen Mähdrescher.

An diesem Tag, da die Hitze sich wie ein überbreiter Hintern auf der Stadt niedergelassen hatte, so daß die berechtigte Angst umging, das könnte bereits der Sommer gewesen sein, bewegte sich Wedekind am Kärntner Ring entlang. Während er nächtens rattengleich in den dunklen Winkeln der Stadt verschwand, versuchte er den Tag über inmitten der Menge zu überleben. Doch als er nun vor dem Hotel Imperial zu stehen kam, begriff er, daß er den um die Ecke des nächsten Gebäudes liegenden Schwarzenbergplatz nicht mehr erreichen würde, daß seine Flucht hier zu Ende war. Er fühlte es. Er wußte es. Punkt. – Man kann auch sagen, daß Wedekind den Verstand verloren hatte und ein spitzbübischer Anwalt seines angegriffenen Geistes diesen Verlust auf dramatische Weise anzeigen wollte.

In jedem Fall stand er vor einer unsichtbaren Mauer, die wie alles Unsichtbare jedem Angriff widerstanden hatte. Zurückzugehen war ebenso unmöglich, denn Wedekind hatte den Begriff der Flucht so eng gesehen, daß er in all den Wochen sich kein einziges Mal umgewandt hatte, keine Straße wieder zurückgegangen war. Es lag jetzt zwei Monate zurück, daß er in eisiger Kälte eben auf jenem Schwarzenbergplatz gestanden hatte und aus einer von Schreckensmeldungen aufgeblähten Zeitung vom Tod Hufelands, Wieses und Hafners erfahren hatte. Und noch am Schwarzenbergplatz, der in gewisser Weise den ins Zentrum vorgerückten Eingangsbereich des Zentralfriedhofes darstellt, hatte er sich zur Flucht entschlossen. Seine vier Hunderln hatte er einer verdutzten, aber nicht unwilligen älteren Dame anvertraut, die nur kurz in Nachdenklichkeit verharrt war, dann jedoch das Unergründliche, aber keineswegs Abartige der Situation angenommen und die vier ebenso willigen Tiere hinüber zur Karlskirche geführt hatte. Wedekind aber war den Rennweg hinaufmarschiert, die lange Startbahn seiner Reise. Wobei er wie selbstverständlich innerhalb der Stadtgrenzen blieb. Sich aus Wien hinauszustehlen, war eine Unart, die sich Wirtschaftsverbrecher erlaubten, aber kein Mensch, dem noch ein bißchen Anstand die Knochen zusammenhielt.

Er erreichte die Ränder im Osten und Norden, durchquerte jenen Wiener Haupttümpel, den man Lobau nennt, und gelangte nach Neu-Eßling genauso wie nach Stammersdorf. Wedekind lief durch Gassen, die offiziell gar nicht existierten und die vergessene Namen wie Hendlkramerweg trugen. Oder aber sie stellten geringe Bruchteile von bekannten Straßen dar, zum Beispiel existierte ein kurzes Stück namens Ein-Zwanzigstel-Währingerstraße, weitab der eigentlichen Währingerstraße. Er sah Wohnsiedlungen, die er im Abendlicht und aus der Ferne als unvergleichlich schön empfand, schwebend, glühend, Raumstationen. Er kam an unzähligen Baustellen vorbei, die in dieser Gegend – wie man sagt: jenseits der Donau – den Eindruck vermittelten, Bauwerke an sich zu sein. Und der Vorwurf, nichts würde hier fertig werden, also unangebracht war, denn ums Fertigwerden ging es ja gar nicht.

Nach eineinhalb Monaten überquerte er bei Floridsdorf die Donau, gelangte also zurück ins Diesseits, das an dieser Stelle Heiligenstadt hieß, um – einen Bogen über Grinzing nach Döbling schlagend – seinen Weg auf der noblen, aber, wie er meinte, gefährlicheren Westflanke fortzusetzen.

Gegen Ende dieser Flucht gelangte Wedekind auch in eine Gasse, die in jene Stiege mündete, die bei aller Materialität eine primär literarische Berühmtheit besaß, also weniger ein fußgängerisches Verbindungsstück darstellte, sondern ein von fiktiven Personen belebtes Bauwerk, das von den meisten realen Wienern gemieden wurde, wie man eine Geschichte meidet, die einen nichts angeht. Nicht wenige waren sogar überrascht, wenn sie erfuhren, daß dieser Ort tatsächlich existierte und nicht bloß zwischen den Buchdeckeln eines auf so wunderbar ermüdende Weise brillanten Buches.

Etwa um die Mittagszeit, als die Sonne den letzten Rest von Kälte rasierte, erreichte Wedekind ebenjene Strudlhofgasse. Er hatte die Nacht in einem der Schächte unterhalb der Volksoper verbracht. Bis in die Morgenstunden war in der Oper geprobt worden. Nirgends anders auf der Welt wird derart gnadenlos geprobt, keineswegs, um einen höchsten Grad an Perfektion zu erreichen, sondern um die Entnervung aller Beteiligten voranzutreiben, da nur in absoluter Entnervung die Opernkunst einen Ausdruck findet, der ihrem hysterischen Wesen entspricht.

Die Gesangstimmen, gewaltig dank purer Verzweiflung, begleitet von einem durch und durch disziplinierten Orchester, hatten Wedekind den dringend benötigten Schlaf geraubt. Frühmorgens brach er auf. Stellte nun fest, daß er nicht alleine war. In den zahlreichen Nischen lagen Menschen, schnarchend, vor sich hin fluchend, in Schach-, Karten- und mysteriöse Knochen- und Knotenspiele vertieft. Auch Mütter mit Kindern, zudem Jugendliche, die kaum von den wolfsartigen Hunden zu unterscheiden waren, an denen sie lehnten. Hin und wieder fanden sich Straßenhändler, die Weißweine, Schubertbüsten und handbemalte Boulevardzeitungen anboten. Erstaunlich, daß sämtliche Gänge beleuchtet waren. Die Luft freilich hätte besser sein können. Sehr wahrscheinlich, daß man Touristen hierherführte, denn in einigen Nischen lagen Männer, die ihre Köpfe auf Zithern, Geigen und sogenannten Quetschen gebettet hatten.

Hinunter hatte Wedekind leicht gefunden. In der Toilettenanlage der volksoperischen U-Bahn-Station war er durch eine Tür getreten, die dadurch auffiel, daß sie sich nicht mit der schematischen Darstellung eines männlichen Wesens begnügte, sondern die gesamte Fläche mit kleinen Männchen ausgefüllt war, mit den schwarzen Silhouetten magrittescher Melonenträger. Allerdings schimmerte bei jeder dritten Figur ein gelblicher Ton durch das Schwarz. Ein cineastisch-populärer Hinweis dafür, daß es hinter dieser Tür eher hinunter- als hinaufgehen würde. Was dann auch der Fall war.

Solcherart war er in einen Bereich gelangt, der sich am Morgen als ein wahres Labyrinth herausstellte. Obwohl Schilder, ähnlich den Wegzeichen auf Bäumen, die Abzweigungen markierten, irrte Wedekind zwei, drei Stunden umher und erhielt auf die gelegentliche Frage nach einem Ausgang keine oder unverständliche Antworten.

Ausgerechnet an einer der engsten Stellen hatte sich eine Frau von unglaublichen Ausmaßen niedergelassen. Ob sie stand oder saß, konnte er nicht sagen. Ihre Körpermasse lag unter einem hellen Sommerkleid oder Nachthemd. Ihre Augen waren geschlossen. Ein merkwürdiger Geruch ging von ihr aus, unpassend – die Frische von Schnittlauch. Wedekind versuchte, sich an ihr vorbeizudrängen. Gerade als er ihre Körpermitte erreicht hatte, atmete sie – wie nach einer langen Pause – kräftig ein und drückte mit irgendeinem Teil ihres Fleisches Wedekind an die gegenüberliegende Wand. Mag sein, daß er sich mit einem Ruck hätte befreien können. Aber in gewisser Weise genoß er diesen Zustand. War allerdings peinlich berührt, als er nun von der anderen Seite einen Mann auf sich zukommen sah, welcher für unterirdische Verhältnisse ungewöhnlich gut gekleidet war, einen dunkelgrünen Anzug trug, eine Krawatte mit volkstümlicher Musterung, das dunkle Haar mit einem breitzahnigen Kamm penibel nach hinten frisiert. Auch er hatte ein Zupfinstrument unter den Arm geklemmt. Wedekind glaubte in dem Mann einen nicht unbedeutenden ehemaligen Flügelstürmer einer nicht unbedeutenden Fußballmannschaft zu erkennen, einen Spieler, der Anfang der neunziger Jahre seine beste Zeit gehabt hatte, um dann, wegen eines einzigen Eigentors – das ihm als gewollt, als bösartig angelastet wurde –, für immer aus der Mannschaft genommen zu werden. Ein damaliges Mitglied des Präsidiums hatte von Häresie gesprochen. Ein schönes Wort, das für einige Zeit wieder in Mode gekommen war.

Dieser Mann, wenn es wirklich derselbe war, befand sich nun ebenfalls auf Höhe der weiblichen Ausdehnung, freilich an deren Rand, lächelte Wedekind zu und sagte: »Sie sind fremd hier, nicht wahr? Kommen Sie.«

Wedekind löste sich aus der wohligen Bedrängnis wie aus einem gelatinösen Cockpit und folgte dem anderen. Durch die Gänge hallten bereits sich behindernde Versionen des Harry-Lime-Themas. Wedekind verkniff sich die Frage, ob der andere jener in Vergessenheit geratene Fußballer sei. Woran er übrigens gut tat. Denn es handelte sich bloß um eine Ähnlichkeit, unter welcher der Zitherspieler beträchtlich litt. Und bei aller Freundlichkeit neigte er gelegentlich zu Wutanfällen, im Zuge derer er gerne einen Hirschfänger aus dem Resonanzkasten seiner Zither holte. Den Herrn Wedekind aber geleitete er durch ein Kellergewölbe und eine Krankenanstalt hinaus auf die Lazarettgasse, wünschte noch einen schönen Tag und war auch schon wieder verschwunden. Ein komischer Heiliger, wie man so sagt. Eine von diesen Gestalten, die immer nur, und immer nur kurz, in fremden Geschichten aufzutauchen pflegen und die eine eigene Geschichte, wenn überhaupt, eben bloß durch eine ungeliebte Ähnlichkeit vortäuschen.

Als nun Wedekind in jene Gasse, an deren Ende sich die quasi literarische Stiege befand, einbog, fiel ihm ein Gebäude auf, dessen zur Währingerstraße weisender, schmaler äußerer Trakt sich vom Rest unterschied, indem er baufällig war, noch baufälliger als der Komplex an sich. Die Zierteile waren aus der Fassade gebrochen, Mauerwerk blätterte ab, und die Fenster sahen aus, als würden sie demnächst aus ihren Rahmen fallen. Die Gläser waren blind vom Dreck. Über dem Hauptportal wies ein Schriftzug das Gebäude als Physikalisches Institut der Universität Wien aus. Bei dessen desolater Flanke handelte es sich um die Abteilung Theoretische Physik und das Mathematische Seminar.

Die letzte Nacht und das vormittägliche Herumirren hatten Wedekind derart erschöpft, daß er sich jetzt entschloß, in diesem vernachlässigten Nebentrakt, der koketterweise den Eindruck vermittelte, weniger von einem Gesetz als einer Vermutung zusammengehalten zu werden, einen Unterschlupf zu suchen, um sich ausnahmsweise einem Mittagsschlaf hinzugeben.

Das Tor zur Theoretischen Physik befand sich in einem vergleichsweise intakten Zustand, ein Eindruck, der noch dadurch bestärkt wurde, daß es verschlossen war. Wedekind zögerte kurz, dann machte er ein paar Schritte und betrat das Gebäude durch den Haupteingang. In der Halle, die das Flair einer ehemals mondänen, nun etwas schäbigen Lungenheilanstalt besaß, standen einige Studenten herum, deren vom Denken eingefallene Gesichter und schulterlose Haltung gut in ein Sanatorium gepaßt hätten. Wedekind stieg einige Stufen hinab und trat hinaus auf den Hof, der sich als Baustelle erwies, auf der – ganz im Einklang mit einem hiesigen Vorurteil – kein einziger Arbeiter zu sehen war. Die Rückseite der Theoretischen Physik war frisch geweißt. Die Scheiben hatte man auf so vorbildliche Weise gereinigt, daß sich schwer eine dunkle Seite der Wissenschaft denken ließ. Dort aber, wo Wedekind den Hintereingang vermutete, klaffte eine mit Gitter abgesperrte Baugrube. Er begab sich zurück in die Halle, wobei er übersah, daß er denselben Weg, den er gekommen war – so kurz dieser auch sein mochte –, nun zurückging, wodurch er das geheiligte Prinzip, auf dieser Flucht niemals umzukehren und keine Stelle zweimal zu betreten, durchbrach. – Nach seiner Anschauung wurde mittels einer solchen Wiederholung eine jede Flucht ad absurdum geführt, war dann eben keine Flucht mehr, sondern irgend etwas Undefinierbares, Unförmiges, eine Fluchtentartung. Da er jedoch seinen Fehler nicht bemerkte und auch niemand anderer ihn hätte bemerken können, blieb selbiger bedeutungslos.

Wedekind passierte also zum zweiten Mal jenen kühlen, dunklen Ort, der mit einer schweren Gedenktafel daran erinnerte, daß dieses Gebäude unter der Regierung einer Apostolischen Majestät erbaut worden war. Auf den seitlichen Gängen grasten die angehenden Physikerköpfe, ehrgeizige Lämmer, die einen besonders verwegenen und zugleich stilbildenden Konstruktionsbereich des Richtigen und Falschen belebten. Wedekind fürchtete, als Fremdling aufzufallen, ging die Treppe hinauf, trat durch die Flügeltür des II. Physikalischen Instituts und stieg weiter hinauf in den letzten Stock, wo sich kein einziger Mensch befand und er also ruhig ein wenig ungeschäftig herumstehen und durchatmen konnte. Eine Tür stand offen, durch die Wedekind in einen leeren, fensterlosen, theaterartigen Vorlesungssaal sehen konnte, der in einem schwachen, plüschigen Licht lag. Ein mäßiges Dröhnen fuhr wie eine Brise vom Podium aufwärts. Wedekind legte sich in der letzten Reihe auf den Boden, bedeckte Oberkörper und Kopf mit seiner Lederjacke und fiel in einen Schlaf, der wie eine Schuhschachtel war, in die man für eine Weile sein Hirn legen konnte.

Es war eine kräftige Männerstimme, die nach mehr als einer Stunde den Deckel hob und Wedekind aus seinem Schlaf holte. Einen Moment dachte er, seine Flucht sei praktisch zu Ende. Denn er wähnte seine Verfolger im Saal. Wagte nicht, sich zu rühren, hielt den Kopf unter der Jacke und sah in das Dunkel hinein wie in ein blendendes Licht. Er vernahm das aufdringliche Geräusch von Kreide, die über eine Tafel fährt. Die Stimme assistierte der Kreide, rezitierte mathematische Formeln mit einer Getragenheit, als handle es sich um allerletzte Wahrheiten. Feststehende Kleinode, die zusammen einen Körper ergaben, der von der mathematischen Gemeinschaft als elegant, vornehm, tugendhaft, lieblich, überwältigend oder einfach sexy empfunden wurde – manche meinten, Mathematiker seien Bauern, die eben nichts anderes kennen würden.

Für Wedekind aber besaß der Vortrag zunächst einen bedrohlichen Klang, so als erkläre hier jemand, wodurch er, Wedekind, sich schuldig gemacht habe und weshalb die Strafe so rigoros ausfallen müsse. Daß er kein Wort verstand, bestätigte ihn in seinen Befürchtungen. Denn die einer Tötung voranstehenden Erklärungen von Auftragsmördern waren in den seltensten Fällen für einen einfachen Menschen nachvollziehbar. Killer tendierten zu verstiegenen Formulierungen, psychologischen und philosophischen Ausritten, religiösen Exkursen, biographischen Anmerkungen, zu breitwandigen lyrischen Klagen, in jedem Fall zu ewig langen Vorreden. So ein Prolog konnte das Opfer – mehr als die Angst vor dem Tod – um den Verstand bringen. Hellhörig wurde Wedekind erst in dem Augenblick, als der Vortragende begann, von seiner Frau zu erzählen, einer rührenden, bescheidenen, fleißigen, durch und durch unmathematischen, aber mit Esprit ausgestatteten Person, die immer wieder mit haushälterischer Beiläufigkeit den Kern eines Problems erkenne, wie man einen fehlenden Knopf erkennt, und die mit famosem Instinkt Rätsel lösen würde, nicht wie man Nüsse knackt, sondern wie man die Haut von Tomaten abzieht, die zuvor blanchiert wurden.

Nun entsprach es aber einem uralten Klischee, daß Berufsverbrecher niemals von ihren Frauen erzählten, sondern immer nur von ihren Müttern, die zumeist weise, streng und selbst im hohen Norden auf eine italienische Weise rundlich und lautstark waren und die dem Verbrechen eine darwinistische wie religiöse Note abgewannen.

Daß aber an dieser Stelle die Person der Ehefrau herausgestellt wurde, mußte Wedekind irritieren. Hätte er nur ein wenig Ahnung von der Welt der Berufsmathematiker gehabt, hätte er gewußt, daß die männlichen Moderatoren dieser Zunft mit Vorliebe ihre im Nichts und der Ewigkeit gepflückten Abstraktionen in die reale Welt übertrugen, also den umgekehrten Weg der Kunst gingen. Dabei verwiesen sie gerne auf Gott, welchen sie sich als Physiker dachten, den die Mathematik auf die Idee gebracht hatte, vor allen Anfang eine Formel zu stellen, irgend so ein einfaches Ding aus fünf, sechs Zeichen, einen mathematischen Satz, mit dem man den Urknall genauso wie den Flug einer Stubenfliege erklären konnte. Und eben mindestens so gerne machten sie auf ihre Ehefrauen aufmerksam, wobei die hochgebildeten Herren den Begriff des Hausverstandes tatsächlich darauf bezogen, daß der Verstand ihrer Frauen primär im Häuslichen begründet lag. Indem diese Frauen Böden schrubbten, Kinder badeten, Unkraut jäteten und Küchen bedienten – und indem sie hin und wieder Bemerkungen von durchtriebener Logik von sich gaben –, schienen sie die kompliziertesten mathematischen Vorgänge in scheinbarer Ahnungslosigkeit, sozusagen von hintenherum zu lösen. Die beschürzten Ehefrauen liefen arbeitenderweise in die Lösungen gewisser Probleme geradezu hinein. Weshalb sie von ihren Gatten eindringlich beobachtet wurden, welche in dieser Betrachtung eine persönliche Idylle erkannten – die Verbindung von Theorie und Praxis.

Der Mann am Podium beschrieb mit einem hörbaren

Schmunzeln, wie er seine Frau beim Einräumen des Geschirrspülers beobachtet habe und wie er, nachdem das Gerät zur Gänze gefüllt gewesen war, herantrat, die beiden Reihen eingehend betrachtete und zu seinem größten Erstaunen feststellen konnte, daß das mit Teegeschirr, Teilen des Dessertservices und kleinen Suppenschalen bestückte obere Gitter exakt der geometrischen Form einer sogenannten Elliotschen Vermöglichung entsprach, während die untere Ebene – wo in schöner Ordnung zwei Größen von Tellern aufgereiht waren und ein in acht Quadrate gespaltener und mit einem brückenartigen Henkel ausgestatteter und mit Besteck gefüllter Behälter aufragte – mit einer der Variablen eines Dominoriffs übereinstimmte. Bekanntermaßen eignen sich Riffe und Vermöglichungen hervorragend zur Untersuchung paralleler Phänomene. Und geradeso, als wollte seine Frau dies beweisen, drängte sie den Gatten zur Seite und nahm – um noch etwas Platz zu schaffen – Umschichtungen vor, allerdings nur jeweils innerhalb einer Ebene. Woraus sich in der Folge zwei Lücken pro Gitter ergaben, Lücken, welche exakt perplexen Spalten glichen. Und da hätte sie umschichten können bis in alle Ewigkeit, mehr als diese zwei beziehungsweise vier Spalten hätten nicht entstehen können, da vollständige Riffe und vollständige Vermöglichungen im Zuge von Umschichtungsprozessen immer nur zwei imaginäre Einsen bildeten, was dadurch bewiesen wurde, daß Riffe ausnahmslos wie Vermöglichungen reagierten und umgekehrt. Eine Erkenntnis, die im ersten Moment nur sich selbst zu dienen schien. Hätten nicht gewiefte Köpfe herausgefunden, daß gewisse Riffe sich genauso verhielten wie gewisse Aktienmärkte. Die Berechnung von Riffen stellte jedoch einen langwierigen und gegen Computerunterstützung immunen Vorgang dar, ganz im Unterschied zu den kompliziert anmutenden, aber für geübte Zahlenkünstler simplen Vermöglichungen. Auch wenn diese in keiner Weise an Aktienmärkte erinnerten – und das war der für den Laien schwerverständliche paradoxe Aspekt der Geschichte –, so konnte man die Ausmaße, Entwicklungen, die Härten und Lücken eines Riffs auf eine Vermöglichung umlegen und Zahlen errechnen, die dann Schlüsse auf die Entwicklung von Wertpapieren zuließen, welche angeblich eine überaus wohlgestalte mathematische Figur besaßen. Das war alles genauso kompliziert, wie es klang, steckte zudem in den Kinderschuhen, wurde jedoch aus verständlichen Gründen als eines der hoffnungsvollsten Felder angewandter Mathematik gesehen.

Nicht daß Wedekind den Reiz vermöglichter Riffe erkannte. Allerdings begriff er, daß dies nicht die Rede irgendeines seiner Verfolger sein konnte. Er zog sich die Jacke wie ein Pflaster vom Gesicht, starrte hinauf zur Decke, minutenlang, erhob sich schließlich, wollte aus dem Saal treten, erkannte aber diesmal gerade noch den drohenden Fehler einer Wiederholung, mathematisch gesehen einer Auflösung, weshalb er den Weg durchs Auditorium wählte. Als er nun die schütter besetzten Reihen hinabstieg, vernahm er plötzlich einen Ruf, der nur ihm selbst gelten konnte.

»Graham!« Nicht englisch ausgesprochen, sondern eingedeutscht, wie das bekannte Vollkornbrot. Das war sein Vorname, den nur wenige kannten. Auch war ihm die Stimme vertraut. Er wandte sich nach rechts. Zwischen zwei Jünglingen saß eine von diesen Frauen, die, auch wenn sie gar nicht rauchen, aussehen, als hätten sie eine Kippe im Mundwinkel. Vielleicht weil sie einseitig lächeln. Die Frau trug etwas in der Art einer Schlangenhaut. Wedekind erkannte sie nicht, die einst Geliebte, welche nicht hatte warten wollen, bis er wieder aus dem Gefängnis gekommen war. Dabei hatte sie, obwohl ein Jahrzehnt vor ihm geboren, die Jahre weit besser überstanden, jene Ingrid Liepold, die nicht nur in den Bann der Entkleidungskunst geraten war, sondern auch der Physik und der Mathematik, zudem gerne unter jungen Leuten war, auch gerne in der Nähe des nicht mehr ganz so jungen, aber durchaus flotten Genies auf dem Podium.

Wedekind war in Panik, sein Erinnerungsvermögen versagte. Ingrid Liepold jedoch hatte keine Sekunde gezweifelt, daß es sich bei der leicht vergammelten Gestalt um Graham Wedekind handelte, auch wenn sie ihn nie ungepflegt gesehen hatte, das war nicht seine Art gewesen. Seine Art war es gewesen, durchschnittlich und langweilig zu sein, Krimineller hin oder her. Vielleicht erkannte sie das einzig Markante an ihm, sein Kinn, obwohl ein Bart es verdeckte. Sein Wurmfortsatz im Gesicht, wie sie oft gesagt hatte. Oder seine Art, beim Gehen die Schultern heftig mitzubewegen, weshalb sein Gang maschinell anmutete. Sie hatte ihn geliebt, allerdings ohne große Begeisterung. Seine Bescheidenheit war ihr beizeiten auf die Nerven gefallen, seine Zurückhaltung, seine Unart, ihr in jeder Hinsicht den Vortritt zu lassen – aus Faulheit, so ihre Vermutung. Gutmütig waren Männer immer nur dann, wenn sie zu bequem waren, um etwas anderes als gutmütig zu sein. Gerne hatte er sie reden lassen. Aber sie war überzeugt gewesen, daß er nicht zuhörte, daß solche Männer nur Beziehungen eingingen, um eben eine Stimme als Stimme um sich zu haben, natürlich auch, um nicht alleine vor dem Fernseher sitzen zu müssen, Männer, die nach einiger Zeit begannen, ihre Frau »Mama« zu rufen. Und ab dann auch keinen Sex mehr haben wollten, nicht mit einer Frau, die sie für ihre Mutter hielten. Dennoch: Sie wäre bereit gewesen, ihn zu heiraten. Hin und wieder tat sie derartiges, wie man hin und wieder ins Museum geht. Doch das Gefängnis kam dazwischen. Worüber Ingrid Liepold dann doch nicht unglücklich gewesen war. Sie hatte das Gefühl gehabt, entkommen zu sein. (Wem sie freilich nicht entkommen war, das war ihre Mutter.)

Gut, es hatte ihr leid getan, als man ihn verurteilte. Nicht daß sie wußte, wofür. Irgendein Schnitzer eben. Einmal schickte sie ihm eine Karte: Kopf hoch, oder so ähnlich. Das war es dann gewesen. Abgehakt. Dennoch, nach all den Jahren hatte sie ihn sofort wiedererkannt. Konnte aber genausowenig ahnen, inwieweit sie und Graham in dieselbe Geschichte verstrickt waren und daß der Zufall ihres Zusammentreffens sich ein wenig gewollt ausnahm. Aber das tun Zufälle ja meistens.

Natürlich hatte Liepold von den Morden und der Explosion gehört. Daß ein gewisser Vavra sich unter den Opfern befunden hatte, war jedoch nirgends erwähnt worden. Und so konnte sie nicht wissen, wie knapp sie dem Tod entkommen war. Denn eigentlich hatte sie damals beschlossen gehabt, sich an den weder auf äußerliche noch charakterliche, sondern auf dubiose Weise attraktiven Vavra anzuhängen und ihn nicht mehr aus den Augen zu lassen, ihn, den sie ja als ihr Publikum empfand. Sie wollte dieses Publikum fesseln, und zwar rund um die Uhr. Gerade die Umstände jener aufregenden Nacht, in welcher Magister Holt durch die Tür gekommen war, hatten Liepold für Vavra begeistert. Der belanglose Spießer war ihr mit einem Mal als rätselhafte Figur erschienen und solcherart vom kleinen zum großen Publikum mutiert. Doch hatten die Geschehnisse auch dazu geführt, daß Liepold morgens nicht rechtzeitig aus dem Bett gelangt war, Vavras Auszug verpaßt und ihn nie wieder zu Gesicht bekommen hatte.

Auf die Weise war Ingrid Liepold aus der Geschichte herausgefallen, wodurch ihr das Schicksal Else Reseles erspart geblieben war. Resele, der es gelungen war, an Cerny klebenzubleiben. Bis in den Tod hinein.

Ebenso ahnungslos stieg Liepold nun kurz in die Geschichte wieder ein, indem sie mit ihrer dunklen Stimme »Graham!« gesagt hatte, woraufhin Wedekind erstarrt war, sozusagen vom Schrecken tiefgefroren, während auch der Vortragende sich unterbrach und begeistert hinauf zu Liepold sah, dann, schon weniger begeistert, zu dem Mann, der Graham hieß und der die Aufmerksamkeit einer solchen Frau doch wohl kaum verdiente.

»Was wollen Sie?« schnauzte er in Richtung des Störenfrieds, den jetzt die innere Hitze aus der Starre löste. Wedekind nahm die letzten Stufen in einem Sprung und sprintete los in Erwartung einer Kugel, die ihn einholen und niederstrecken würde. Auch als er längst durch eine rückwärtige Tür hinaus auf den Gang gelangt war, spürte er noch immer das Projektil in seinem Rücken, wie man eine Hand spürt, die in fingerbreiter Distanz verbleibt. Nur indem er die eingebildete Kugel ernstnahm, würde sie ihn nicht erreichen.

Die Räume, durch die er jetzt stolperte, gebärdeten sich expressionistisch, sich verengende Gänge, ein kreiselndes Treppenhaus. Schatten und scharfkantige Lichtkörper sprangen ihm vor die Beine. Er meinte, die Kugel in seinem Rücken würde grinsen, wie eine Frau, die sich über einen unförmigen Männerhintern amüsiert.

Die Frau, die dann wirklich auftauchte, kam ihm allerdings von vorn entgegen und war sicher nicht an der humorigen Gestalt einer männlichen Sitzfläche interessiert. Ihr reichte die humorige Visage, der sie gerade eben gegenübergesessen hatte, die des Vorstands für angewandte Mathematik, Professor Hübner, ein rühriger, älterer Herr, berühmt für seine moderate Notengebung, die Geduld in Person. Mit jener Geduld und aller Rücksicht, die er Laien gerne angedeihen ließ, hatte er der Frau erklärt, daß ihre Erkenntnis bezüglich der Berechnung fallender Blätter so hochinteressant wie falsch sei. Nicht daß er das Wort »falsch« in den Mund genommen hatte, vielmehr hatte er sehr allgemein von Schwierigkeiten gesprochen, an denen bereits größte Kaliber gescheitert seien, und daß man sogar annehmen dürfe, daß fallende Blätter im Rahmen bekannter Gesetzmäßigkeiten sich anarchisch verhielten.

Ohne diesen freundlichen Herrn gleich als Idioten abzustempeln: Sein mathematischer Verstand reichte bei weitem nicht aus, um zu begreifen, daß die Dame, die er soeben gönnerhaft niedergelächelt hatte, ein epochales Werk geschaffen hatte, ein Werk, an dessen Ende eine Formel stand, die den erschütternden Vorteil besaß, ausgezeichnet zu funktionieren. Mittels deren man tatsächlich den Landeplatz eines jeden fallenden Papiers voraussagen konnte. Schon richtig, daß die Dame nicht imstande war, ihre Formel mit mathematischen Mitteln zu beweisen, aber schließlich befand man sich nicht auf dem Platz rein abstrakter Spielereien, sondern mitten in einer von Schwerkraft bestimmten Wirklichkeit. Darum war sie ja zu Hübner gegangen, der dem Angewandten verpflichtet war und der eigentlich nur eines der vielen Papiere, die sich auf seinem Tisch stapelten, zu Boden hätte segeln lassen müssen, um sich von der Brauchbarkeit der simplen Formel zu überzeugen. Mit der vermuteten Anarchie fallender Blätter wäre es dann vorbei gewesen. War es eigentlich schon seit mehr als zwanzig Jahren. Damals hatte Paula Genz das Paulasche Gesetz aufgestellt. War aber jetzt erst in einem Zeitungsartikel auf die Besonderheit sozusagen *frei* fallender Blätter aufmerksam geworden, höchst erstaunt, daß offiziell noch niemand auf eine passende Lösung gestoßen war.

Noch immer lebte sie in Innsbruck, wohin sie nach dem Tod ihres mörderischen Gatten gezogen war. Ja, Paula! Und wo sie, wieder als Buchhalterin arbeitend, ein geruhsames Leben führte. Irgendein Teufel mußte in sie gefahren sein, nach Wien zu reisen, in dem naiven Glauben, einer wie Hübner besitze die richtige Mischung aus Kompetenz und Toleranz, um die Tragweite ihrer mathematischen Leistung, deren immense Bedeutung sie so lange nicht erkannt hatte, zu würdigen.

»Nette Idee«, sagte Hübner abschließend, meinte damit aber kaum die Formel, deren Idee ihm ja verborgen blieb. Vielmehr wollte er ausdrücken, daß es eine nette Idee gewesen sei, nach Wien zu kommen und ihm eine halbe Stunde seiner beamteten Zeit zu versüßen. Denn Paula war in ihren Fünfzigern zu einer überaus attraktiven Erscheinung gereift. So weit reichte Hübners analytischer Blick.

Zum Essen war sie jedoch nicht in die Landeshauptstadt gekommen. Weshalb sie eine entsprechende Einladung des Professors ausschlug, aus seinem Büro trat, und, als sie nun den Gang entlangschritt, jenem Graham Wedekind begegnete, der – obwohl er keine Kugel mehr hinter sich spürte – noch immer rannte.

Wedekind traf nun bereits zum zweiten Mal in kurzer Zeit auf eine Person, mit der er unwissentlich mittels dieser Geschichte verbunden war, wenngleich Paula bloß als anekdotische Figur, als Pausenfüller ihrer ehemaligen Freundin Else Resele gedient hatte. Jene Paula, die das Messer gehalten hatte, in welches ihr mörderischer Gatte wie in ein Spiegelbild seines eigenen Vorhabens hineingestürzt war.

Der sich verfolgt fühlende Wedekind meinte jedoch, in

dieser Frau eine weitere Konkretisierung seines zumeist unsichtbaren Gegners erkennen zu müssen. Und da er – vielleicht weil in beträchtlicher Bewegung – zur Kapitulation nicht gewillt war, rammte er Paula Genz, deren unvorbereiteter Körper auf das Geländer zuflog und dieses beinahe überwunden hätte. Aber sie fing sich gerade noch, konstatierte die unerfreuliche Eigenart dieses Ortes, wechselte den Trakt, verließ eiligst das Gebäude wie auch die Stadt und fuhr zurück nach Innsbruck, wo ihr – geborgen in der Sonntagsmathematik – ein langes Leben beschieden sein sollte.

Wedekind beruhigte sich erst, als er den Ausgang auf der Seite der Boltzmanngasse erreichte und in dem engen Raum zwischen Tür und Treppenhaus vor einem bauchhohen, dunkelgelben und mit dem schneckenartigen Emblem der hiesigen Post versehenen Kasten stehenblieb, auf dem »Mathematik« stand, von Hand geschrieben, ohne Liebe für kalligraphische Feinheiten. Zudem war vergessen worden, den Postschlüssel aus dem Schloß zu ziehen.

Wie die meisten Menschen verband Wedekind mit der Mathematik keineswegs die Freuden geistiger Abenteuer, empfand sie weniger als kolossal denn als gnomenhaft, aber hochgiftig. Und aus einer plötzlichen, gegen die Mathematik gerichteten Laune zog er den Schlüssel ab und schob ihn in eine Tasche seiner Jacke. Wo er dann auch später entdeckt wurde, der Schlüssel, und zu einigen Vermutungen Anlaß gab. Doch ins Schloß seiner Bestimmung fand er nicht mehr zurück.

Wedekind trat hinaus auf die Boltzmanngasse, überquerte die Straße und bog wieder – auf höherer Nummer, solcherart also eine Wiederholung vermeidend – zurück in jene Gasse, die in die berühmte Stiege mündete. Und die allein schon dadurch eine besondere Note besaß, daß sie nach einem Mann benannt war, der den Namen einer Mehlspeise trug, Freiherr von Strudel. Doch Wedekind erkannte bloß die eine architektonische Qualität, den Umstand, daß eine Stiege – kam man von der richtigen Seite – abwärts führte.

Als er den von der Wand eingefaßten Brunnen passierte, dort, wo eine Gedenktafel einen ewigen Punkt zu markieren versuchte, einen Punkt, von dem aus man die gesamte Welt begreifen konnte, und zwar alles in der Welt als bloße Abwandlung des Wienerischen, dort also wollte Wedekind soeben die letzten Stufen nehmen, als ihm ein Mann entgegenkam, der einen Pudelmischling an der Leine führte. Der Hundeausführer besaß die Gestalt eines Trinkers, der das Trinken so weit im Griff hatte, daß es ihn zwar umbringen würde, jedoch nicht wie ein irrer Schlächter jemanden umbringt, sondern wie ein gutmütiger Quacksalber, der auf die Wirkung seiner Medikamente vertraut. Der Mann trug eine kurze Stoffhose. Gehörte wohl zu denen, die mit der Eröffnung der Bäder am zweiten Mai – obwohl sie selbst nie ein Bad besuchten – in ihre kurzen Hosen hinein- und so schnell nicht wieder heraussstiegen. Er hatte dünne Beinchen, dünne Ärmchen, eine Fallgrube von einem Brustkorb, Haut wie feuchte Pappe und einen beträchtlichen sogenannten Bierbauch, einen wahren Knödel, der als der zentrale Ort dieses Menschen erschien, nicht weil dieser Mensch dumm war, sondern sich ehrlicherweise zwischen Geist und Körper entschieden hatte. Die schöne Wirkung dieses Bauches war auch darin begründet, daß der Mann ein von der Wölbung gestrafftes Leibchen trug, auf dem in blaßgrünen Lettern stand: *Diesen herrlichen Körper hat Haselberger Wein gebaut.* Wie zuvor, angesichts der in den Postkasten eingeschlossenen Mathematik, hielt Wedekind kurz inne, las den Aufdruck und betrachtete den herrlichen

Körper, man darf sagen: begeistert. Begeistert ob des Umstandes, daß Wahrheit und Lüge hier einmal nicht bloß nebeneinander lagen, sondern tatsächlich eine Einheit bildeten.

Es war eine Woche her, daß Wedekind dieser beglückenden Einheit hatte ansichtig werden dürfen. Ein kurzes Glück. Nun stand er vor dem Hotel Imperial, in unmittelbarer Nähe zum Schwarzenbergplatz. Und so gesehen war Wedekind also beinahe an seinem Ausgangspunkt, quasi seinem Rücken angekommen. Die wenigen Schritte, die noch fehlten, ergaben jenen Raum, der nicht zu begehen war. Der Raum, in dem das Irreale sich selbst in Schach hielt.

Der minimale Spielraum, der Wedekind geblieben war, bestand darin, sich ins Foyer des Hotels Imperial zu begeben, um dort ein markantes Zeichen seiner Verzweiflung als überdeutlichen Schlußpunkt zu setzen. Sicher nicht, wie später allgemein vermutet wurde, da das Imperial neben dem Hotel Sacher die luxuriöseste Herberge vor Ort war und ein dementsprechendes Publikum anzog. Ein Publikum, das auf den Rest der Welt mit Verachtung blickte, während der Rest der Welt auch nicht gerade freundlich über diese Leute dachte und Wedekind eben einer aus diesem Rest war, ein gewaltiger Rest, dem als einzige politische Überzeugung grenzenloser Neid nachgesagt wurde. – Nein, das Imperial stand zufälligerweise an diesem Schnittpunkt. Hätte sich ein schäbiges Wirtshaus angeboten, wäre Wedekind halt in ein schäbiges Wirtshaus hineinmarschiert.

Natürlich registrierte der Portier den offensichtlich verwahrlosten Mann, welcher jedoch mit solcherlei Selbstverständlichkeit durch den Eingang trat, daß der Türsteher nicht wagte, ihn aufzuhalten. Woraus ihm kein Vorwurf zu machen ist. Für das Personal großer Hotels gehört der Auftritt ungepflegter Gestalten zum täglichen Brot, seitdem manche vermögende, durchaus splendide Persönlichkeiten sich darin gefallen, den Unterprivilegierten jetzt auch noch ihre Ausstrahlung streitig zu machen. Eine amerikanische Krankheit, die nach Europa geschwappt ist und der wohl nur die in Klassenfragen konsequenten Asiaten Einhalt gebieten werden.

Wedekind trat also ungehindert in die Halle und zog eine Pistole aus seiner Jackentasche, eine alte, verrostete Walther mit defekter Zugbringerfeder und gebrochenem Schlagbolzen, in der folgerichtig sich auch keine Patrone befand, nie befunden hatte, seitdem Wedekind sie besaß. Der Kellner aus dem Churchill hatte ihm das gute Stück vermacht und von einem Glücksbringer gesprochen. Und auch wenn sich seither das Glück auffallend absent gezeigt hatte, war die Walther Wedekinds Begleiter geblieben.

Die Waffe lag auf seiner flachen Hand, als schätze er ihr Gewicht. Doch nachlässige Kleidung und das Wiegen einer Pistole scheinen in unserer für einfache, stille Bilder so blinden Zeit zu gering. In der allgemeinen Geschäftigkeit blieb Wedekind unbeachtet. Weshalb er den Griff der Waffe umschloß, seinen Arm streckte und auf einen Tisch zuging, um den herum einige konferierende Männer saßen, auf deren Schenkeln Laptops und Aktenkoffer ruhten, was ein wenig aussah, als wollten sie sich beim Trinken nicht bekleckern. Wedekind war es nicht gewohnt, auf Menschen zu zielen, weshalb er die Waffe auf die Mitte des Tisches richtete. Da er dabei jedoch keinen Ton von sich gab, wurde er zunächst bloß von ebendiesen Geschäftsleuten wahrgenommen, die nun genauso lautlos ihre Hände auf Schulterhöhe hoben. Ihr Entsetzen hielt sich in Grenzen, als gehöre derartiges zu den bedauerlichen Nebenerscheinungen eines Berufslebens. Ein kahlköpfiger, kleiner Mann, der allein dadurch präsidiabel wirkte, daß er als einziger nichts als seine Hose auf den Oberschenkeln hatte, nickte einem Jüngeren zu, welcher den kleinen Metallbehälter – auf den so unbeabsichtigt wie exakt die Waffe zielte – Wedekind zuschob. Worin sich wohl irgendein verdammter Mikrochip befand, der irgendein verdammtes System revolutionieren würde. Nicht verdammt genug, daß die Herren dafür sterben wollten. Wie sollten sie ahnen, daß der einzige Sinn dieser Aktion für Wedekind darin bestand, auf sich aufmerksam zu machen, und zwar genaugenommen darauf, daß gleich nebenan der Schwarzenbergplatz sich befinde und er folglich seine Flucht beendet habe. Da es aber offensichtlich nicht reichte, bloß eine Waffe auf einen Tisch zu richten, stieß Wedekind nun doch eine Reihe unartikulierter Schreie aus und vollzog mit schwingender Pistole mehrere Pirouetten, um das Allgemeingültige seiner Handlung zu betonen. Woraufhin endlich die von ihm dargestellte Bedrohung als solche wahrgenommen wurde und einige Leute ebenfalls zu schreien begannen. Jene, die meinten, sich mit Überfällen auszukennen, und die noch weit mehr als diesen einen Verrückten den Ehrgeiz einschreitender Organe fürchteten, ließen sich auf den Boden fallen. Zwei Sicherheitsbeamte, die in die Halle stürmten, erwiesen sich als geschulte Leute, was man daran erkannte, daß sie ihre Hände zwar an die Holster hielten, aber dort auch ließen. Denn Wedekind stand jetzt hinter zwei älteren Damen, die mimisch und gestisch erstarrt waren, und bewegte seine Waffe zwischen den beiden weißhaarigen Köpfen hin und her. Die Beamten hoben die Arme leicht an und erklärten, daß Gewalt keine Lösung sei, zumindest nicht mitten im Imperial. Dann beruhigten sie sich selbst, indem sie wieder aus dem Hotel traten.

Als Lilli Steinbeck eintraf, war die Gegend um das Hotel Imperial bereits weiträumig abgeriegelt worden, so daß im Zentrum des Schreckens eine ausgesprochen feiertägliche Stille herrschte, während sich jenseits der Absperrungen demonstrationsartige Anhäufungen gebildet hatten und der Verkehr in aufgeregter Weise zum Erliegen gekommen war.

Hinter einer Phalanx von Polizeiwagen und auf den benachbarten Häusern waren Scharfschützen in Stellung gegangen, deren konzentrierte Körperhaltungen bereits aufweichten. Ein Stoßtrupp war über das Dach des Hotels ins Innere vorgedrungen, hatte die Gäste unsanft in ihre Suiten zurückgedrängt und näherte sich nun dem Vestibül mit jener schwerfälligen Eleganz, die das Tragen von kugelsicheren Westen, dicksohligem Schuhwerk und beträchtlicher Gerätschaft mit sich bringt.

Steinbeck schien ein wenig zugenommen zu haben. Überhaupt wirkte sie auf eine unaufdringliche Art gesund, auch wenn das niemand sah, da alle immer nur ihre Nase wahrnahmen. Sie trug ein ärmelloses, pfirsichfarbenes Kleid, das ihrer schlanken Figur eine blühende Note verlieh, was in jedem Fall netter aussah als all diese unförmigen Kampfanzüge.

»Was verlangt er?« fragte Steinbeck, als sie neben dem offiziellen Einsatzleiter Oberst Stock zu stehen gekommen war. Der zuckte bloß mit den Schultern, meinte dann aber, man habe es wohl mit einem simplen Verrückten zu tun, der sich in Szene zu setzen versuche.

»Na, das scheint ihm ja gelungen zu sein.«
»Wer schickt Sie eigentlich?« fragte Stock.
»Raten Sie mal?«
»Sie würden es mir ohnehin nicht sagen.«
»Da liegen Sie richtig.«

Die Ankunft hoher Gäste befreite den Oberst von diesem unerquicklichen Gespräch. Er wandte sich zur Seite, um dem Bürgermeister zuzueilen, der von Polizeipräsident und Sicherheitsdirektor flankiert wurde. Da Steinbeck angewiesen worden war, sich vom Präsidenten fernzuhalten, erachtete sie es für an der Zeit, die Initiative zu ergreifen, weshalb sie nun den Belagerungsring passierte und auf das Hotelportal zuging, den breitrandigen Hut in der Hand, eine österreichische Audrey Hepburn, elegant, sommerlich, verhalten beschwingt wie in *Breakfast at Tiffany's*, jedoch, konnte man meinen, so blind wie in *Wait Until Dark*. Die Scharfschützen kannten Steinbeck, weshalb sie stillhielten. Stock und seine Gäste waren noch dabei, Freundlichkeiten auszutauschen, bemerkten zu spät die Eigenmächtigkeit der Kollegin. Stock bebte vor Wut. Der Präsident blickte indigniert. Der Sicherheitsdirektor meinte, er werde der Steinbeck den Schädel abreißen – aber in der Regel wüßte sie ja, was sie tue. Der Bürgermeister registrierte eine leichte Überforderung in seinem Kopf.

Als Steinbeck in die Halle trat, hatte sich die erste verspätete Aufregung wieder gelegt. Die meisten Leute waren in Deckung gegangen, kauerten in Ecken oder waren tief in die Polstermöbel gerutscht. Einer von diesen Zehnjährigen, die unerträglich werden, wenn nicht unentwegt etwas passiert oder zumindest eine Cola bereitsteht, quengelte. Als er Lilli Steinbeck sah, zeigte er auf ihre Gesichtsmitte und begann zu wiehern. Sie packte ihn mit zwei abgewinkelten Fingern an der Nase, nicht fest, gerade so, daß er sich vorstellen konnte, daß es auch fester ging, und bat ihn in freundlichem, ruhigem Ton, daß er für eine Weile den Mund halten solle. Er verstummte augenblicklich.

Wedekind stand noch immer hinter den beiden älteren Damen, die nun allerdings auf Stühlen saßen, offensichtlich Schwestern, die nicht aufgehört hatten, die gleiche Kleidung und Frisur zu tragen. Und welche auf die gleiche Weise die Henkel ihrer auf den Kniespitzen plazierten rosafarbenen Handtäschchen hielten.

Da nun Steinbeck näher kam – Audrey auf dem Weg zu ihrem Rendezvous –, richtete Wedekind seine Waffe auf sie. Steinbeck besaß einen guten Blick für Schützen. Die Gefahr dieses Mannes hätte darin bestehen können, daß er nicht sie, sondern jemand anders traf. Aber ebenso besaß sie einen guten Blick für Waffen, gerade weil sie diese Werkzeuge für unnütz hielt. Und auch wenn die hier nicht aus Brotteig geknetet war, so erkannte Steinbeck, indem sie leicht seitlich zum gestreckten Arm stand, daß der Zeigefinger des Schützen derart im Abzugbügel steckte, als hätte er bereits abgedrückt, und es folglich ganz so aussah, als würde dieser Pistole der Abzug fehlen, abgesehen davon, was ihr sonst noch so fehlte. Was dem Mann fehlte, konnte sie nicht genau sagen. Es war nicht so, daß ihm der Wahnsinn ins Gesicht geschrieben stand. Er schien auch nicht nervöser zu sein, als es der Situation angemessen war. Für einen Politischen konnte sie ihn schwerlich halten, nicht mit einer Walther aus dem Jahre X, selbst wenn sie intakt gewesen wäre. Allerdings: Die Schwestern saßen ungünstig. Und es bestand immerhin die Möglichkeit, den Griff dieser Waffe zu benutzen. Was nicht passieren durfte, weshalb Lilli Steinbeck erklärte, er solle die beiden Damen gehen lassen, bevor möglicherweise irgendein Herz aussetze. Ihres sei durchaus in Ordnung. Und sie stehe zu seiner Verfügung.

Wedekind überlegte kurz. Dann verscheuchte er das Schwesternpaar, dessen erstarrte Gesichtszüge sich im Gehen lösten und einen beleidigten Ausdruck annahmen.

Steinbeck trat an den Mann heran. Ohne die überhebliche Geste einer hingestreckten, aufgehaltenen Hand ersuchte sie Wedekind, ihr die Waffe auszuhändigen. »Das macht bei den Herrschaften dort draußen einen guten Eindruck. Und der kann jetzt nicht schaden.«

Wedekind zielte weiterhin auf Steinbeck, erklärte jedoch, seine Flucht sei hier zu Ende.

»Da haben Sie sicher recht«, sagte Steinbeck, ohne natürlich zu wissen, von welcher Flucht der Mann genau sprach.

»Erstaunlich«, sagte Wedekind. So hatte er sich seinen Henker nicht vorgestellt. Nicht in einem pfirsichfarbenen Kleid. »Die haben also Sie geschickt.«

»Ja«, sagte Steinbeck und meinte damit, daß sie Polizistin sei.

»Dabei hatte ich mit Hufeland nichts zu schaffen«, erklärte Wedekind. »Zumindest nicht direkt. Bin dem Mann kein einziges Mal begegnet. Dieser Grisebach hat mich angeheuert ... Wiese ... auch egal. Und dann die Entführung ... das Mädchen ...«

»Wie?« Was so gut wie nie vorkam, jetzt kam es vor: in Steinbecks Stimme war Erregung gefahren.

Die Erregung steigerte sich noch, denn Lilli besaß auch einen guten Blick dafür, was in ihrem Rücken geschah. Sie spürte, daß die Leute des Stoßtrupps ins Foyer vorgedrungen waren, ihre lasergelenkten Präzisionswaffen anlegten und den Mann ins Visier nahmen, der möglicherweise imstande war, die völlige Dunkelheit des Falles Sarah Hafner zu erhellen, eine Dunkelheit, die sich auf erstaunliche Weise ausgedehnt hatte. Er durfte nicht sterben.

»Halten Sie die Waffe oben!« rief Steinbeck Wedekind zu, da ja der einzige Schutz dieses Mannes darin bestand, daß er sie, die Kriminalbeamtin, bedrohte. Doch Wedekind verstand nicht. Eine Müdigkeit, eine prinzipielle, nach

Wochen der Flucht, und schlichtweg jene, die jetzt schwer in seinem Arm lag, veranlaßten ihn, die Waffe zu senken.

Auf Wedekinds Jacke, exakt an der Stelle, die sozusagen sein Herz abdeckte, leuchtete ein kleines rotes Licht auf. Er hatte noch soviel Zeit, es zu bemerken und darauf hinunterzusehen wie auf ein fremdartiges Insekt, über dessen Gefährlichkeit man sich so seine Gedanken machen konnte. Das zweite Insekt lag an uneinsichtiger Stelle. Befand sich auf seiner Stirn. Lilli Steinbeck freilich sah es. Noch während sie sich mit dem Ansatz einer abwehrenden Geste umwandte, öffnete sich an den beiden erleuchteten Stellen Wedekinds Körper, und zwei Geschosse, die er nur noch wie eine Akupunktur wahrnahm, drangen tief in ihn ein. Er sank in sich zusammen, gleich jemandem, der vom vielen Stehen ermattet war und wieder zurück auf seinen Stuhl wollte, nur daß da eben kein Stuhl mehr stand, weshalb sein Körper auf den Boden niedersank.

Für einen kurzen Moment herrschte in dem Saal eine Flaute der Gedanken und Gefühle, tatsächlich ein allgemeiner Herzstillstand, der eigentlich nur mit dem Stillstand von Zeit zu erklären war. Ein Verlust von Zeit, dermaßen minimal, daß er nicht weiter ins Gewicht fiel. Es war so, als habe jeder der Anwesenden Wedekind ein kleines Stück in seinen Tod hineinbegleitet. Und all diese Menschen kehrten nun ins Leben zurück, um die eigene Gesundheit lautstark und bewegungsfreudig unter Beweis zu stellen. Das übliche Geschrei hob an. Es schien, als sei ausgerechnet mit dem Tod des Geiselnehmers die Gefahr an ihrem Höhepunkt angekommen. Von allen Seiten brachen vermummte, bedrohliche Gestalten in den Raum und zerrten die Leute aus dem Haus, was nichts daran änderte, daß es immer voller wurde. Ein Strom von schwarzen, schnellen Krabben ergoß sich über die Halle. Unvermeidbar, daß man sich im Weg stand und es zu Verletzungen kam. Von draußen waren die näher rückenden Sirenen der Krankenwagen zu vernehmen, als würden einem die Sanitäter entgegenjubeln. Auf dem Dach landete ein Hubschrauber, wozu auch immer. Das Ganze drohte zu einer Art Übung auszuarten. Gut, das Imperial war sozusagen internationales Territorium, der Blick der Welt lastete auf Wien, und man konnte zeigen, daß man hier nicht mit Fiakern zum Einsatz fuhr. Was übrigens eine hübsche Idee gewesen wäre, zu der zumindest das Staatsoberhaupt, welches eben eintraf, sich hätte hinreißen lassen dürfen.

Oberst Stock und der Sicherheitsdirektor Marquardt waren zu Lilli Steinbeck vorgedrungen und sahen hinunter auf Wedekind, der es hinter sich hatte, während auf sie selbst eine Menge Arbeit wartete. Öffentlichkeitsarbeit, die ja immer stärker zum – wie der Akademiker Marquardt zu sagen pflegte – Punctum saliens, zum springenden Punkt polizeilicher Tätigkeit geriet. Wobei die Herren sich erst einmal darauf einigen mußten, was hier eigentlich genau vorgefallen war. In diesem Fall: Sie wollten sich den Erfolg nicht nehmen lassen. Diesmal nicht. Es bedurfte bloß einer optimalen Ausgestaltung der Aktion, einer Täterdämonisierung, die – wofür man beten mußte – endlich einmal nicht zum Eigentor führte. Und es bedurfte einer ausgefeilten Selbstdarstellung der Einsatzleitung. Die destruktiven, wie krankhaft stets gegen die Exekutive gerichteten Elemente der Presse würden es diesmal einfach schlucken müssen: Hier lag eine mustergültige Arbeit vor.

»Der Präsident ist beim Präsidenten«, sagte Stock, als müsse er die Abwesenheit seines Chefs erklären.

»Als erstes würde ich die Waffe auswechseln«, riet Steinbeck. Stock legte sich seinen Kopf zurecht, sah auf die Walther hinunter und verzog das Gesicht angewidert, wohl auch, da er seiner Kollegin recht geben mußte. Das war kaum das Objekt, das er auf einer Pressekonferenz präsentieren wollte. Marquardt zog Steinbeck zur Seite, gratulierte, natürlich müsse er darauf bestehen, ihr sogenanntes eigenmächtiges Handeln zu verurteilen. Er lächelte. Einen besseren Ausgang hätte die Angelegenheit gar nicht nehmen können. Nicht auszudenken, man müßte sich mit einem überlebenden Attentäter herumschlagen, der dann, verführt von der Aufmerksamkeit der Medien und beraten von skrupellosen Anwälten, sich zum Märtyrer aufschwang, Intentionen vorschob, auf die er von selbst gar nicht gekommen wäre, um vielleicht auch noch die Sympathien der Kleinbürger an sich zu reißen. Marquardt dankte Gott, daß der Mann tot war.

Steinbeck dankte nicht. Ließ jedoch dem Sicherheitsdirektor seine Freude, die er, nach Monaten voller Erniedrigungen, wahrlich verdient hatte. Sie schüttelten einander die Hand. Marquardt begab sich zu den beiden Präsidenten, die sich in jenem Licht sonnten, das nun, nach einer schweren Stunde der Bewährung, aus dem Imperial herausleuchtete und dem Tourismusstandort Wien einen feurigen Glanz verlieh.

Steinbeck wählte den Weg durch das Innere des Hotels, drängte vorbei an den vom Eifer, von der Gunst des Augenblicks fiebrigen Männern, und trat durch einen rückwärtigen Gang ins Freie, marschierte vorbei an Künstlerhaus und Musikvereinssaal, die, vom bewegten Blaulicht gesprenkelt, die Wirkung abdriftender Körper besaßen und sich solcherart ihrer aufgeregten Umgebung angepaßt hatten. Am Karlsplatz passierte sie eine Absperrung, hinter der sie sich durch das spontan entstandene Volksfest kämpfen mußte. Noch fehlte den Menschen die Enttäuschung über den allzu glimpflichen Verlauf, und noch hielt sich jene prospektive Schadenfreude, genährt durch die Annahme vom Scheitern der Polizeiorgane.

Aus der Masse heraus gelangte Steinbeck auf die Argentinierstraße wie in ein bloß noch mit Hitze gefülltes Backrohr und trat auf Höhe der Taubstummengasse in eines jener Häuser, in deren Eingangsbereich Messingplatten von Gesellschaften zur Verwaltung eigener Vermögen prangten. Was aussah, als handle es sich um die Schilder eines erfolgreichen, jedoch durchaus ängstlichen und abergläubischen Kriegervolkes.

Im ersten Stock nahm Lilli in einem kleinen, einzig mit zwei abgesessenen Stühlen aus der Restaurationszeit und der Reproduktion einer Federzeichnung Moritz von Schwinds geschmückten Vorraum Platz. Aus dem Nebenzimmer drang zur Klavierbegleitung der Gesang eines Mädchens herüber. Mit jugendlicher Beiläufigkeit und einer Stimme, die sauber war wie ein frisch gemachter Kaninchenstall, trug sie *Die liebe Farbe* aus Schuberts *Schöner Müllerin* vor, und zwar mit jenem Minimum an Mühe, Konzentration und Hingebung, das man angesichts einer Stelle wie »Das Wild, das ich jage, das ist der Tod« und angesichts der Kosten dieses Gesangsunterrichtes wohl verlangen konnte.

Nachdem die Stimme verklungen war, nicht viel anders, als wäre ein Buch mehrmals zugeschlagen worden, öffnete sich die Tür, und in den Vorraum trat ein Teenager, dem man die Erleichterung ansah, die musische Bildung hinter sich gebracht zu haben. Wofür Lilli Steinbeck durchaus Verständnis hatte. Andererseits: Ein gewisser Zoll mußte geleistet werden. An Schubert war nun einmal nicht vorbeizukommen, wollte man es in der Wiener Gesellschaft zu etwas bringen – was auch immer Herr Schubert davon gehalten hätte.

Die beiden begrüßten sich und verließen das Haus Arm in Arm, Mutter und pubertierende Tochter, hätte man meinen können, merkwürdig harmonisch. Lilli Steinbeck hatte das Mädchen vor kurzem bei sich aufgenommen, finanzierte dessen Unterhalt und Ausbildung. Sie hatte angegeben, es handle sich um das Kind rumänischer Verwandter, Banater Schwaben. Wie Steinbeck selbst machte das Mädchen physisch den Eindruck, als hätte es eine zehrende Krankheit hinter sich gebracht und sei gerade dabei, ein wenig Fleisch um seine Knochen zu entwickeln. Jemand, der Sarah Hafner gekannt hatte, hätte meinen können ... aber das war natürlich Unsinn. Menschen sehen sich ähnlich. Jeder von uns hat auf dieser Welt mindestens vier, fünf Doppelgänger. Zudem: Wer konnte sich schon an Sarah Hafner erinnern?

Heinrich Steinfest
Die feine Nase der Lilli Steinbeck

Kriminalroman. 352 Seiten. Klappenbroschur

Lilli Steinbeck, die international anerkannte Spezialistin für Entführungsfragen, wird in einen brisanten Fall eingeschaltet. Die Wienerin in deutschen Landen ist eine ausgesprochen elegante Person, jedoch ausgestattet mit einer äußerst auffälligen Nase, die zu korrigieren sie sich hartnäckig weigert. Die Polizei hofft auf ihren feinen Spürsinn in dem so heiklen wie unerklärlichen Entführungsfall. Lilli Steinbeck muß das gekidnappte Opfer rechtzeitig finden und gerät dabei in ein Spiel mit zehn lebenden Figuren, um die ein weltweit operierendes Verbrecherteam auf allerhöchstem Niveau kämpft. Zum Zeitvertreib. Es gewinnt, wer alle zehn Spieler getötet hat ...

»Heinrich Steinfests Romane lesen sich, als hätten Heimito von Doderer und Raymond Chandler eine Schreibgemeinschaft gegründet – der eine liefert die farbige, elegante Sprache, der andere den spannenden, immer wieder durch neue Erzählstränge angereicherten Plot.«
Süddeutsche Zeitung

PIPER

Heinrich Steinfest
Mariaschwarz

Kriminalroman. 320 Seiten. Gebunden

Gibt es die perfekte Beziehung? Am ehesten wohl bei jener Symbiose, die ein Wirt und sein Gast eingehen. Wie zwischen Job Grong, dem Wirt, und Vinzent Olander, seinem Gast. Bis zu dem Tag, als Grong ihn vor dem Ertrinken in einem See rettet. Danach ist alles anders. Der See ist ein tiefes Gewässer, das den Namen Mariaschwarz trägt und von dem die Einheimischen meinen, in ihm würde sich nicht nur das Weltall spiegeln, sondern auch ein Ungeheuer beheimatet sein. Als man ein Skelett aus jenem See birgt, ruft das den Wiener Kriminalinspektor Lukastik auf den Plan. Mit famoser Arroganz und gewohnt unkonventionellen Ermittlungsmethoden tritt er in das Leben der Dorfbewohner und stellt Mariaschwarz gewissermaßen auf den Kopf. Doch an manchen Beziehungen gibt es nichts zu rütteln.

Anne Holt
Was niemals geschah
Kriminalroman. Aus dem Norwegischen von Gabriele Haefs. 384 Seiten. Serie Piper

Eine beliebte Talkmasterin wird mit gespaltener Zunge tot aufgefunden, eine junge Politikerin hängt gekreuzigt an der Schlafzimmerwand: Sorgsam inszenierte Ritualmorde, die es in der Vergangenheit schon einmal gegeben hat – wieder beginnen Kommissar Yngvar Stubø und die Profilerin Inger Vik fieberhaft zu ermitteln. Doch was, wenn der Mörder ein raffiniertes Spiel spielt und kein herkömmliches Motiv vorhanden ist? Ein meisterhafter Thriller, in dem Anne Holt die Abgründe menschlicher Eitelkeiten erkundet.

»Lange nicht hat das Rätselraten um die (perfide) Lösung so düster gekitzelt.«
Westdeutsche Allgemeine

Arne Dahl
Rosenrot
Kriminalroman. Aus dem Schwedischen von Wolfgang Butt. 400 Seiten. Serie Piper

Dag Lundmark war Leiter der rasch und effektiv durchgeführten Razzia. Winston Modisane mußte dabei sterben – aber war der Tod des Südafrikaners wirklich unvermeidlich? Paul Hjelm und Kerstin Holm ermitteln in einem Fall, der im Milieu illegaler Einwanderer beginnt und in der trügerischen Idylle eines schwedischen Sommers atemlos endet. Ein Fall, der mehr mit ihnen selbst zu tun hat, als sie wahrhaben wollen ...

»Der schwedische Bestsellerautor Arne Dahl zählt unbestritten zu den Größten seines Fachs: Seine Thriller sind nicht nur packend, sondern auch modern, international und sensibel.«
Iris Alanyali, Die Welt